CORRIDA DO MEMBRO

UBIRATAN MUARREK

CORRIDA DO MEMBRO

OBJETIVA

1

O FUNDO DO POÇO

Por aqui não há coincidências, nada é por acaso... Você acha que só você se fodeu, velho!... que só você foi atingido... o *único*!... que voltava sempre pra casa, direto... ao final de um dia extenuante de trabalho... dirigindo seu automóvel e parando a cada sinal vermelho... — e o meteoro caindo, caindo... — ... e você se matando pra sustentar tudo isso e pensar no futuro e... sonhar e fazer planos e o caralho!... e se *violentando* pra ainda acreditar nessa conversa de... foda-se!! Foda-se essa história de... Dois seres que um dia se encontram, como dois esquilos... (foda-se!! como dois *gambás*!!)... que se unem em seus destinos!... dois pequenos organismos, que um dia se aproximaram e se descobriram inebriados e confusos... e trocaram sentimentos e esperanças... e odores!... e se afagaram ternamente numa planície que se estendia silenciosa pela linha do horizonte... como um tapete!... um horizonte juntos, dali em diante!... na alegria e na tristeza... na saúde e na... — ... o meteoro caindo, caindo... — ... e o sol descendo ao longe, como uma esfera dourada de algodão suspensa... e rútila... fecundando a planície infinita!... oferecendo seus doces e derradeiros raios como um banho cálido saudando a noite que se aproxima... para abrigar dois seres em perfeita sintonia!... como dois relógios!... colocados para sempre lado a lado... no mesmo horário... com os ponteiros perfeitamente alinhados e sincronizados entre si e com a ordem natural da vida que brota nessa planície maravilhosa e infinita e você indo fundo, se violentando pra acreditar nesse papo e... — o meteoro caindo, caindo e... PÓÓÓÓÓÓÓFFFFFFFFFFFF!!!!!!... que porrada!!... que impacto!!... que choque profundo!!... o tempo... *é uma fábrica de monstros, bicho!*... surpreendidos e abandonados numa cratera aberta pela força de todas as bombas nucleares juntas!... quilômetros e quilômetros de... estrago!... e a gente é pego sobrando no meio dela, velho!... Nós e todos os outros!... como um exército de predadores se arrastando de um lado pro outro!... sem rumo, como répteis famintos!... por entre detritos e restos... no rastro de furacões, tsunamis, maremotos, vulcões, erupções... raios ultravioleta!... pragas!... degelos!... emboscadas!... o caralho!

Eu insisto com você, irmão: nada é por acaso!... você pensa que é só você que duvida da sua competência pra *existir* nessa cagada toda! Mas é só abrir os olhos: quantos iguais a nós!... eu, você e pelo menos mais uns dez, só dos que eu conheço! Todos seres *especializados*, cara!... que só sabemos fazer a coisa assim, desse jeito!... através dos séculos!... sem o menor *talento* pra se adaptar, entende?... sem a menor *aptidão* pra se desviar dos buracos e furacões e se proteger dessa chuvinha ácida escrota... que agora não pára de cair sobre a nossa cabeça... como uma goteira eterna de cerveja morna!... pingando e ardendo como o mijo do diabo! E sabendo que tudo sempre pode piorar, cara!... já vou te avisando... como piorou praqueles que botaram a cabeça comprida... entre outras coisas também compridas!... pra espiar fora do buraco... e receberam o meteoro bem na testa, velho!... caindo, caindo e atingindo o cara... bem na Idéia!... perfurando completamente o Entendimento!... Que é o que acontece, cara!... pode apostar!... Aconteceu com um amigo meu... pra te dar um exemplo concreto... entre os tantos que eu conheço!... pra você não ficar achando aí que é só você o fodido!... o miserável!... o estúpido!!... Pra te dar um mísero exemplo de alguém que... *porque não teve outro remédio!*... deu uma espiadinha... uma olhadinha na... *paisagem*, velho!... pra ver o *contexto!*... o que sobrou pra fora do fosso em que ele tava enterrado... até o pescoço!

Um cara como outro qualquer... e que tinha tudo!... ou o que a gente sempre achou que podia chamar de tudo: carro, emprego, casa, mulher, planos... e um cachorro!... um vira-lata que chegou da rua, entrou na garagem da casa do cara, gostou do lugar e se instalou... e de lá ele saía para cagar, mijar e receber o novo dono — esse exemplo concreto!... que um dia chegou em casa vindo do trabalho, imaginando e pensando e se esforçando pra acreditar nessa e o caralho!... incomodado com a chuvinha ácida escrota e o caralho!... e com os terremotos e os vulcões e essa merda toda e... desceu do carro e...

Aihn... aihn... aihn... AAAIhnnnnnnnnnnnn!!....

... era uma alma em ruínas a desse meu amigo chegando em casa! Tão desolado, tão incômodo de si mesmo, tão... primitivo!... entrando pela porta de casa como se entrasse numa Caverna. Ele, um Homem Primitivo que um dia se orgulhou disso, acreditando ser um legítimo representante dos que... descobriram o fogo!... inventaram a roda!... chegaram à Lua!... e em lugares ainda mais remotos!!... e que nos seus momentos de enlevo e poesia pensou amar as mulheres... amar sobretudo A Mulher!... na qual ele iria encontrar repouso e afeição e... todo o resto!... ele, legítimo representante... dos que inventaram a neurociência, a neurolingüística, a neurorrobótica, a... sei lá!, os caras vivem inventando coisas!...

Aihn... aihn... aihn... AAAaihnnnnnnnnnnn!!...

... é apenas um neurótico esse que se arrasta com o rabo entre as pernas para entrar na Caverna e lá encontrar... o Ser Adorado!... batendo a porta de entrada da Caverna atrás de si e tentando desesperadamente inventar uma desculpa qualquer pra cancelar... o jantarzinho!... com aquele casalzinho!... um programinha que *ele mesmo* marcou, percebe? Contra a vontade do Ser Adorado, sacou? Que também estava perturbada com seus próprios pensamentos na cozinha, entende? Atônita entre os ganidos do cachorro lá fora, um pedaço de salmão que secava no calor do forno *ultramega-rooter* e uma manga que escorregava por entre suas mãos viscosas e... *plóoooft!...* caía no chão imaculado de cerâmica da cozinha!

Aihn... aihn... aihnnnnnn!!...

— O que são esses gemidos? — perguntou o Ser Adorado ao Homem Primitivo estacionado na porta. — O que é isso que eu estou ouvindo? O que aconteceu... com o cachorro lá fora... foi isso?

— Que gemidos? — rebateu com firmeza o Homem Primitivo. — Que cachorro?!

— Você... bateu no cachorro?! Foi isso mesmo o que eu ouvi?! Eu ouvi tudo!! Meu Deus, você fez isso? Não é possível... você é... um monstro!!

— Essa porra desse jantar maldito! — respondeu com veemência o Homem Primitivo, ciente de que só uma Nova Neura pode afastar o Ser Adorado da Neura Imediatamente

Anterior. — Não dá pra cancelar, telefonar pra eles... inventar que, sei lá, alguém ficou doente... o caralho!?

— Não acredito! — disse o Ser Adorado, agachada no chão, tentando segurar a manga... que escapava novamente das suas mãos cada vez mais viscosas. — Não creio no que estou ouvindo! Maldito o quê? O jantar?? Você ficou louco? Foi você mesmo quem inventou esse jantar! Não é importante ter relacionamentos e contatos? Essa brilhante idéia foi invenção *sua*! Só sua!! Eu falei que não queria; eu tô sem tempo, tô cansada e eu odeio jantarzinho com casalzinho em casa, você sabe muito bem disso!... e também fora de casa, inclusive... você tá careca de saber... aliás, eu odeio *comer!!*... e você também sabe muito bem disso... Telefona você! Não são *seus* amigos? Inventa qualquer coisa! Fala que o doente é você! O que aconteceu lá fora? Meu Deus!... o que ele te fez??... o que você fez com o cachorro?

O Homem Primitivo apenas observava... e ouvia...

Aihn... aihn... aihn... aihnnnnnnnnnnnn!!...

... o cachorro gania ao longe, na rua. Ele sabia que não iria telefonar pra desmarcar nada com casalzinho nenhum porra nenhuma; o Ser Adorado também sabia disso. Se não ocorresse o jantarzinho, com vinhozinho, salmãozinho e papinho, o que seria da noite deles, afinal? O que seria da Vida Eterna na Planície Encantada sem a terrina de chocolate e amêndoas... que o Ser Adorado comprou na padaria travestida de *pâtisserie* que tinha acabado de abrir no bairro? O que eles fariam, afinal, entre as oito e meia e a meia-noite?... depois que acabasse... o seriado... o noticiário... o caralho... e um olhasse para o outro e...

Aihn... aihn... aihn... aihnnnnnnnnnnnn!....

... o que sobraria para dois ponteiros de relógio, perfeitamente alinhados, se não fosse a Alegre e Descompromissada Discussão Entre Casaizinhos... sobre a ousadia que é o sabor da manga doce sobre o tênue salmão rosado... sobre o atentado que se tornou a mensalidade da escola do casalzinho de filhos... do casalzinho!... e, claro, da parte *deles*, do canto masculino da mesa (que, no entanto, se espraia por toda a sala, contaminando os ouvidos e as conversas no canto *delas* da mesa), o que seria dessa noite sem a Incrível e Interessante Aventura do Próspero e Misterioso Mundo dos Negócios?

— ... esse é o problema, entende? — disse o Amigo Empreendedor, em pleno jantarzinho, avançando o corpanzil sobre a mesa, em direção ao Homem Primitivo, que ouvia, aparentemente bastante interessado no assunto, à sua frente.

— Você entendeu qual é a raiz do problema?

— Não sei se entendi bem... — disse o Homem Primitivo, tomando, animado, mais um bom gole de vinho. — O problema todo está nas guias de importação, é isso?

— Mais do que isso! O problema vai muito, mas muuuuito além disso! — exclamou o Amigo Empreendedor, animando-se, por sua vez, com o interesse do Eterno Colega de Faculdade sentado à sua frente, ao mesmo tempo que segurava as mãos da Fiel Parceira, ao seu lado na mesa. — O problema todo está no mecanismo de controle das guias, percebe? É um problema político, na verdade! É todo um sistema complexo e entrelaçado, compreende? Que eu nem sei se posso falar aqui, agora...

— Você não pode falar? — estranhou o Homem Primitivo. — Por que você não pode falar? Vai, fala, você está entre amigos...

— Não, não sei se eu posso falar... — justificou-se, com aparente pesar, o Amigo Empreendedor. — Não sei se devo... nem se é bom para vocês saberem disso tudo!... é uma coisa muito maior, sabe?... que envolve pessoas e interesses... que vocês nem imaginam, não é, querida?

— O que foi, querido? — perguntou a Fiel Parceira, interrompendo a conversa do canto *delas* da mesa e apertando com mais força a mão do marido. — O que você disse que não pode falar?

— Eu não vivo falando pra você que o problema das guias de importação é, na verdade, um problema muito maior... é um problema político? — disse o marido, dirigindo o olhar para... o Ser Adorado. — Vocês têm dimensão do que significa isso?

— Ai, relaxa, querido, relaxa um pouco! — aconselhou a Fiel Parceira, balançando levemente a mão do marido sobre a toalha branca da mesa. — Eu vivo falando pra ele relaxar, sabe?... — continuou ela, dirigindo-se ao casal à frente e voltando-se para o marido em seguida. — Nós temos sim a dimensão do que é isso, esse problema com as guias, as pessoas, os interesses... Mas a vida não é só importação, exportação, importação, exportação!... Não, não, não! Vocês acreditam que até hoje só usamos uma vez o barco?

— Não acredito! Só uma vez? — perguntou o Homem Primitivo, fingindo espanto atrás do seu Sorriso Amarelo, mas fazendo questão de demonstrar... *que ele se lembrava, sim! que eles tinham comprado um barco!* — Então vocês mal usaram o barco desde que compraram?!

— Só uma vez, você acredita? — disse a Fiel Parceira, dirigindo-se ao Ser Adorado, que acompanhava sonolenta o desenrolar... da conversinha. — A gente ia fazer um longo cruzeiro no *réveillon*, sabe? Tipo uns 15 dias de barco... Acho que eu cheguei a comentar com você...

— Ah?!... — exclamou o Ser Adorado, como se estivesse tentando se lembrar, das profundezas do seu ser, do tal comentário.

— ... mas aí decidimos esquiar e...

— *Você* decidiu esquiar! — interrompeu o marido, voltando-se para o Homem Primitivo. — Ela e os meninos decidiram. Eu cansei de esquiar! Não agüento mais esquiar!

— Aliás, você não sabe esquiar! — exclamou a Fiel Parceira, olhando para o Ser Adorado numa espécie de cumplicidade feminina e irônica.

— Mas quem é que vai numa estação de esqui para esquiar? — disse o Amigo Empreendedor, buscando, por sua vez, ironia e cumplicidade no Homem Primitivo. — Nas mais de 15 vezes que fomos para uma estação de esqui, pergunta para mim o que eu fiz lá... Pergunta!

— Eu também não sei esquiar! — exclamou o Homem Primitivo, ensaiando um Sorriso Amarelo para o Ser Adorado... sem ser retribuído, no entanto.

— Adivinha, adivinha o que eu fiz lá? — insistiu o Amigo Empreendedor junto ao Homem Primitivo, sempre inconformado quando faz uma pergunta sem volta... — Vai, adivinha...

— Você ficou... — disse o Homem Primitivo, tentando desesperadamente imaginar o que se faz quando não se esquia... numa estação de esqui. — ... talvez... lendo?

— Isso! — disse o Amigo Empreendedor — ... claro, eu também lia muito, mas...

— Mentira! — contestou a Fiel Parceira, que estava especialmente impossível... nesse jantarzinho específico. —

Nas mais de 15 vezes que fomos para uma estação de esqui você nunca levou um livro!

— Levei sim, levei sim... — disse o marido, dando tapinhas carinhosos nas mãos da mulher, sobre a toalha branca da mesa. — Você sabe que, não importa onde eu vá, eu sempre carrego meus livros técnicos! Você sabe que eu sou um voraz leitor de livros técnicos! Mas quem é que consegue tempo para ler numa estação de esqui quando a gente passa a noite inteira... vamos ser francos!... no cassino!

— Isso é verdade! É a pura verdade! — concordou a mulher, inclinando-se sobre os ombros do marido, mirando o Ser Adorado. — *Aaaaaaai*... nas primeiras vezes eu achava esquisito essa coisa de cassino, sabe? Achava até uma coisa meio brega, sabe? Meio cafona... — disse ela, tomando um bom gole de vinho e buscando a intimidade cúmplice da colega à sua frente.

— Imagino... — disse o Ser Adorado, forçando as palavras para fora da boca. — Deve ser meio esquisito passar a noite num cassino...

— É, no começo é sim... muito esquisito! — disse a colega. — Mas depois, deixa eu ver... depois... é: depois da sexta ou sétima vez que fomos para uma estação de esqui...

— É, acho que foi lá pela sétima... — interrompeu o marido.

— É, foi lá pela sétima vez... — retomou a Fiel Parceira — ... quando a coisa ficou realmente divertida... não teve jeito. Eu me entreguei completamente à loucura do cassino. Passei a me envolver em cada lance, cada momento. Sabe que isso vicia?? É emocionante, uma vez é sempre diferente da outra, a gente nunca sabe o que vai acontecer, é imprevisível...

— Mas não é perigoso se acostumar com isso? — interrompeu o Homem Primitivo, buscando adicionar vida e emoção... à conversinha. — Quer dizer, nós nunca fomos num cassino, não é, querida? — disse ele, dirigindo-se ao Ser Adorado Imóvel ao seu lado. — Mas eu imagino que se pode perder muito dinheiro se a coisa se tornar fora de...

— A-há!! — interrompeu o Amigo Empreendedor, apertando com força a mão da mulher... sobre a mesa. — Mas aí é que está a sabedoria! Aí é que está a manha!

— Qual manha?? — perguntou o Homem Primitivo, feliz por ter adicionado calor e interesse... ao jantarzinho.

— Nunca se entra num cassino sem ter de antemão um dinheiro separado! Nunca, nunquinha! — disse o Amigo Empreendedor que, por algum motivo, dirigiu a sua revelação ao Ser Adorado. — Sacou qual é o segredo?

O Ser Adorado apenas fechou e abriu os olhos... sem acreditar que aquilo fosse dirigido especificamente... à sua pessoa!

— Mas isso a gente só aprende com o tempo. Só depois de perder muuuuuito. Sabe quanto eu tive de perder para aprender isso? — disse o Amigo Empreendedor, insistindo em dirigir o seu ímpeto para o Ser Adorado. — Você imagina quanto eu tive de perder para aprender essa lição?

O Ser Adorado, mais uma vez, abriu e fechou os olhos... apenas isso... deixando o Amigo Empreendedor sem resposta e o Homem Primitivo sorrindo amarelo e em pânico...

— Quanto você teve de perder?? — perguntou, enfim, o Homem Primitivo, tentando evitar que o Ser Adorado, com seu silêncio, criasse um constrangimento à grande e iminente revelação do Amigo Empreendedor.

— Ai, querido, deixa pra lá quanto você perdeu! Vamos esquecer isso! — disse a Fiel Parceira, tentando deter o marido... sem tentar, verdadeiramente... detê-lo! — Ninguém precisa saber quanto você perdeu até aprender a freqüentar um cassino! O que importa é que depois a coisa ficou realmente divertida! Vamos esquecer quanto *nós* perdemos...

— Correto... correto... quanto *nós* perdemos... — concordou o marido, achando bastante apropriado incluir as perdas no rol patrimonial da família...

— Mas quanto *vocês* perderam, afinal? — insistiu o Homem Primitivo, num desejo mórbido de quantificar... a *cifra*. — Vocês estão nos deixando curiosos! — disse ele, sorrindo amarelo para o Ser Adorado.

— Ahhhhh... vocês nem imaginam quanto *nós* perdemos!... — continuou a Fiel Parceira, adicionando drama à revelação numérica. — Vocês querem mesmo saber??

— Quinhentos mil em sete anos! — disse, triunfal, o marido.

— Quinhentos mil reais? — perguntou o Homem Primitivo, fingindo espanto mas, de alguma maneira, aliviado por não se tratar, afinal, de... *tanto*.

— Não, dólares! — disse a Fiel Parceira, enterrando as esperanças do Homem Primitivo de que a quantia fosse algo... *razoável*. — Na verdade, acho que foi até mais!

— Sim, foi mais! Certeza! Talvez... uns 700 mil!! — completou o Amigo Empreendedor, enfiando um punhal na esperança do Homem Primitivo de estar, de alguma forma, apto a perder um dia ao menos uma parte disso... num cassino. — Em sete anos, foram uns 700 mil... 100 mil por ano. Eu só parei de perder no sétimo ano, dos 15 anos seguidos que fomos à estação de esqui, não foi assim, querida?

— *Nós* paramos de perder, você quer dizer! — disse ela, buscando novamente intimidade e cumplicidade no Ser Adorado Sonâmbulo à sua frente. — Sim, acho que foi isso, algo assim... lá pelo sétimo ou oitavo ano!

— De qualquer forma, foi muito! — capitulou o Homem Primitivo, principalmente... diante de *si mesmo*.— Perder 500 mil dólares jogando em cassino! Que loucura isso, não é, querida? – perguntou ele ao Ser Adorado.

— Quinhentos não, 700 mil! — corrigiu a Fiel Parceira, dirigindo-se também ao Ser Adorado. — E você imagina que a gente só reverteu o processo de perda a partir do sétimo ano?

— E isso porque foi *ela* quem colocou os limites! — disse o Amigo Empreendedor, inclinando-se e abraçando a Fiel Parceira. — Por causa *dela* eu passei a separar um tanto de dinheiro só para isso, todos os anos! O que somos nós sem vocês para colocarem limites na nossa vida, me diga? — continuou ele, com um largo sorriso, dirigindo-se especificamente, por algum motivo, ao Ser Adorado. — Você imagina quanto a gente ia perder nos sete ou oito anos seguintes se eu, quer dizer... nós!... se nós não tomássemos essa providência??

O Ser Adorado olhou de volta para todos ali na mesa. Porque todos, por algum motivo, olhavam para ela. Sentiu como se os destinos daquela noite ou, mais ainda, daquelas *existências* repousassem na sua capacidade de... como dizer?... matar a bola no peito e devolver pro meio do gramado! Continuando assim a partida! Retomando o jogo daquele jantarzinho supostamente animado naquela noite supostamente incrível! Como se Ela, ex-psicóloga, futura designer de sapatos, pudesse interpretar os anseios e os significados... daquela conversinha! Pressionada inclusive pelo Homem Primitivo, bem ali, do seu lado, o Seu Homem Primitivo, que estava com a respiração praticamente suspensa... esperando... torcendo... pelo grande e esperado lance do Ser

Adorado! ... esperando nada menos do que um grande lance daquele Ser Adorado Espirituoso com o qual ele se casou um dia! E não só ele: também o Amigo Empreendedor e a Fiel Parceira esperavam... que ela, ex-psicóloga e futura designer de sapatos... lhes sinalizasse... algo!, nem que fosse algo... bastante simbólico, um comentário qualquer sobre o dinheiro e os valores do jogo, sobre a atração pela roleta e o desejo de morte, sobre caminhar sobre a neve de salto alto numa estação de esqui... sobre qualquer porra de alguma forma relacionada... às suas crenças... às suas experiências, às suas... histórias de vida!

— Vocês querem mais... vinho? — disse o Ser Adorado, rompendo, sem verdadeiramente romper, a cadência do *papinho*. — Vou buscar mais uma garrafa na cozinha! — apressou-se ela, levantando-se num pulo.

— Viva! Aleluia! Até que enfim alguém tem uma boa idéia nessa mesa!! — animou-se de imediato o Amigo Empreendedor, provocando um ligeiro olhar repreensivo na Fiel Parceira e eufórico por finalmente encontrar ali a Oportunidade Natural para derramar os conhecimentos do seu recém-finalizado curso de... enologia! — Que grata surpresa, sabe?! Esse vinho que vocês serviram é tânico na medida, sabe? — disse ele ao Homem Primitivo que, dado o júbilo do Amigo Empreendedor no novo tópico, estava aliviado quase ao ponto de se orgulhar da saída magistral da esposa. — Você sabia que os vinhos tânicos são os que mais pegam fundo nas papilas gustativas? Você sabia disso? Tão pouca gente sabe! Você sabe o que são papilas gustativas? Sabe onde ficam? Olha... — disse o empreendedor, abrindo o bocão em cima da mesa.

* * *

— Huuuummmmmmmmm... gostoso... Huuuummmmmmmmm... delícia... Huuuummmmmmmmmm... assim marido não beija, Gato! — sussurrou o Ser Adorado, no sofá do apartamento duplex de um ex-namorado... um ex dos seus tempos de solteira, que ela reencontrou dia desses no trânsito, parados num congestionamento... os dois falando, falando, falando... nos respectivos telefones celulares... falando, falando e, de repente, olharam pro lado... simultaneamente... e se reencontraram!... depois de dez, 12 anos?!... engarrafados?! E depois, no sofá do apartamento duplex, o Gato capricha nas preliminares, como todo bom Gato, sugando os lábios dela, bebendo a saliva dela, apertando a mão forte ao redor do pescoço dela, afastando os cabelos negros e caídos dela, jogando pra trás dos ombros dela... esse ser... adorado!

— Huuuuuummmmmmmmmmm, Gato... delícia, Gato... marido beija assim só no começo, Gato... mas depois... esquece! — derramava-se o Ser Adorado, insistindo no tópico do marido... Mas o Gato ignorava o tal marido, como todo bom Gato... na verdade, ele não parava pra ouvir um minuto: passeando a língua nos dentes dela, no céu da boca dela, puxando a língua dela como um tubo solto de aspirador, sugando metade da língua dela pra dentro da sua boca, lambendo as papilas gustativas da parede da boca dela; e avançando: tirando a roupa dela aos poucos... ele que sabe das coisas, como todo bom Gato... que ela, quando fica pelada sozinha, fica Louca... O Gato desceu então as patinhas atrevidas pelas curvas ainda estonteantes dela, se jogando nos peitos teimosamente inflados dela, enrolando com a linguona ali nos peitos por um ou dois minutos... e despencando o bocão naquele paraíso de pêlos lá embaixo... como todo bom... Gato!

Ela uivava.

O Gato lambeu então calmamente a frestinha rosada apertadinha dela... como se enfiasse a língua calmamente num pires de melaço... que escorre pelas bordas. Descrevendo sua paixão em um e-mail enviado ao Gato uns dias depois do encontro no engarrafamento, o Ser Adorado deu conta do melaço assim:

... Olha, quer saber de uma coisa? Eu mereço!! Estive pensando muito nisso nesses dias: eu mereço essa pegada, você tem... esse seu cheiro! E essa língua gostosa e quente... Você sabe me chupar, sabia?? Você sabe tudo! Eu havia até esquecido como era bom, como era estar viva! É isso! Você me faz sentir viva novamente! Eu não tenho vergonha alguma de te dizer isso, meu amor, meu querido, meu gato: você me chupando e afastando minhas dobrinhas com muuuita calma... e depois enfiando sua língua fundo... e depois alisando as dobrinhas... É isso! Você não imagina quanta saudade eu tinha disso! Morro de saudades de você, sabia?... Você não imagina o quanto eu precisava disso! Estou louca pra estar com você de novo... pra te dar!!! Sou sua, completamente sua... vou te ver de qualquer jeito... sou sua molhadinha... sua todinha... sua putinha! Pronto, falei: é isso o que eu sinto! É isso o que eu quero!.... ihhhhhh, tenho que parar agora! Ele já está vindo pelo corredor... Estou indo pra você, vou sair em um minuto...

— Chegou tarde hoje, tudo bem com você? — disse o Ser Adorado ao Homem Primitivo, que entrava no escritório, levantando-se em seguida da cadeira da escrivaninha e dirigindo-se para o quarto... sem beijo... sem nada. — Ainda bem que você chegou, porque eu já estou de saída; olha, não me espera; não tenho hora pra voltar...

— Você vai sair hoje... de novo? Você já saiu ontem!... — protestou o Homem Primitivo, incansável no seu espanto. — Você agora toda noite resolve... *sair*? Assim, sem mais nem menos...

— Qual o problema? — rebateu o Ser Adorado, arrumando o casaquinho bordô na saída do quarto. — Não é você que gosta de ficar em casa? Sua casa não é o seu mundo?? Não é isso que você vive dizendo? Pois o meu mundo é mais amplo!

— Não é esse o ponto... olha...

— Eu *gosto* de sair!! — afirmou ela, levantando o tom de voz. — Mais do que isso: eu *preciso* sair!! Ficar aqui o dia todo... me aprisiona... me sufoca!

— Aprisiona? Sufoca!? — bradou o Homem Primitivo, levantando também a voz e dando início à Espiral de Indignação Justa Porém Inútil dos últimos meses. — *Você* escolheu ter um estúdio... e trabalhar em casa!... e fazer seu horário!... e o caralho! E agora diz que isso te aprisiona?... te sufoca?!

— Tá, isso tá me aprisionando sim! Tá me sufocando sim!! — devolveu ela, já na altura da porta da sala. — Tá completamente me aprisionando e... sufocando!!

— Você sabe quanto a gente gastou nessa porra desse estúdio? — disse ele, apelando para O Argumento. — Me diz, você tem idéia de quanto foi gasto nisso? São *dois* cômodos!!! Uma prisão de dois cômodos! E um lavabo!

— Querido, lindo, sossega! — disse ela, um pouco mais calma, respirando melhor, já com metade do corpo pra fora da porta. — Seu jantarzinho está quentinho no fogão, você faça um bom proveito, depois vê um vídeo, toma um leite, se afunda no sofá e... sei lá!... tá?... tá bom assim pra você, não tá? Um beijo!

— Isso está errado, sabia? — gritou ele, para a platéia vazia da sala. — Está errado, entende? — repetiu o Homem Primitivo para a porta fechada, reafirmando para si mesmo em seguida... — *está errado, está errado, está errado!!*... ainda que ela esteja indo ao cinema com uma amiga... uma explicação que ela nem mesmo deu e, se desse... até a porta duvidaria!... *está errado... errado!*... — por mais que ele mesmo não tenha a mínima vontade de levá-la para sair para fazer porra nenhuma em lugar algum... por mais que eles de fato não tenham saído muito nos últimos cinco anos desse matrimônio feliz de dez anos inteiros e completos, regados a jantarzinhos e conversinhas e... — *errado!!*... — ainda que... sim, a última saída deles; quando tinha sido mesmo a última saída deles? Ou o que possa ser considerado uma saída? Algo *a dois*, digamos assim... algo realmente divertido, uma festinha de sexta-feira, por exemplo... dessas de se acabar!... e depois foder pra caralho!!... como a Derradeira Oportunidade Perdida no aniversário de um amigo dele dos tempos de solteiro... por mais que, do ponto de vista do casal, tenha sido um desastre completo... ele chegou a pular do carro em movimento, bêbado, aos gritos com ela, por nenhum motivo, no caminho de volta da festa... isso de se despedir assim, tão afirmativamente, tão cinicamente segura de *não ter hora pra voltar*... o que é isso?? Que porra é essa?? Não ter hora pra voltar... *de onde??* Dizendo isso ali, que não tem hora pra voltar de algum lugar que ninguém sabe qual é... já que ninguém foi informado... dizer isso assim... E se eles tivessem filhos??... não era esse o Plano??... e se os filhos estivessem ali... o casalzinho do casalzinho!... a menininha e o menininho... ou o contrário... não era esse o sonho??... sobre o qual ela não quis nem conversa a partir de um certo tempo??... as crianças poderiam estar... presenciando! Ela poderia estar... traumatizando os filhos! Criando um dano irreparável! Não, não, não!... a coisa não caminhava nada bem, velho... não cheirava nada bem, cara... estava errado, não estava certo e não poderia dar em boa coisa...

Como de fato não deu. O Homem Primitivo, naquela mesma noite... sozinho, um entre muitos... somado a milhões de almas solitárias... imersos talvez nas profundezas da mesma Caverna... se dirigiu ao computador, em busca... de um alívio, um sarro cibernético, em busca de qualquer coisa, em busca sei lá do quê, cara!...

O Homem Primitivo entrou no escritório. O organismo estava lá, ligado... com várias janelas do programa abertas. Entre elas, uma caixa postal aberta. Ou seja: pública. Intenção? Desleixo? Descuido? Ou ela simplesmente se atrapalhou?, ansiosa por causa do Líquido Quente e Viscoso que já devia estar escorrendo ali de dentro... da *coisinha rosa apertadinha!* O coração do Homem Primitivo, do Homem Primitivo que amou sobretudo a Mulher, o Ser Adorado, uma entre muitas... estava aos pulos; porque o Homem Primitivo procurou-a entre centenas, milhares talvez, e a encontrou um dia, como num sonho dourado!... No início, nos primeiros quatro ou cinco anos, jantava todas as noites com ela; assistia TV ao seu lado; dividia com ela a cama por toda a noite, e também o banheiro... os odores... o caralho!; quando era domingo, se a manhã estivesse ensolarada e feliz, ele sorria para ela... e ia passear na planície, quer dizer, no clube junto daquele Ser que ele, Homem Primitivo, ainda que estivesse imerso num turbilhão de tarefas e problemas de dimensões mundiais... ou cotidianas!, mas igualmente prementes e importantes... esse Ser que ele adorava, reverenciava e... aprisionava!... aprisionava?! Que porra é essa nessa merda dessa tela maldita??!

... Você está me fazendo um bem, Gato!!... Você não imagina como eu me sinto aprisionada e sufocada aqui nessa casa! Presa! Amordaçada! Cansada dessa vida chata... só papinho e jantarzinho... jantarzinho e papinho...

Vida chata? Jantarzinho??

... como esse casalzinho que esteve ontem aqui em casa... aiiiiiiiiiiii, como esse cara inventa de trazer malas aqui em casa!!... é um carregador de malas esse cara! sabe, quando eu te liguei? Foi quando eu não agüentei a conversinha e saí da mesa... fingi que ia só buscar um vinho... eu ia morrer naquele jantar!! aiiiiiiiii, como esse cara tem amigos careeeeetas!!!... são do tipo que tem barco!! que gosta de cassino!! que entende de vinhos! socorro!! Veio um cara que entende de vinhos ontem em casa! De vinhos e de mais naaaaadaaaaa!!! aiiiiiii, como esse cara é babaaaaaca!!

Malas? Carregador? Esse cara? Babaca? É ele o esse cara??

... Com você eu sinto que posso falar... gritar... o que eu bem entender!! aiiiiiii, como eu amo você... aiiiiiiiiii, como eu te adoro!

Que porra é essa... diante do Homem Primitivo?... ali, numa tela incandescente e escrota... e-mails... dúzias de e-mails... talvez centenas!... do Ser Adorado para o Gato... do Gato para o Ser Adorado!... deixados ali, na tela... por... descuido?

... you ar the sunshimne of mi lyfe... theris row always I wiu love you...

O Gato é um DJ Tatuado... percebe o Homem Primitivo... isso está nos e-mails, dá para ser provado em juízo!... e tem mania de escrever em inglês, pelo visto... tipo letras de músicas... que ele provavelmente toca... canta e escreve... errado!

... adoro quando você canta no meu ouvido... enquanto lá embaixo você...

O que parece não ter a menor importância para o Ser Adorado!

... *love me, trender... love me whú...*

... *eu te acho o máximo... acho você tudo...*

E-mails, e-mails, e-mails. Sei lá, velho, mais de cinqüenta, mais de sessenta e-mails. Despencando em cascata nos olhos estupefatos do Homem Primitivo. Confirmando talvez o que ele, no íntimo... já soubesse?? Já imaginasse? Essas noites todas que ele chega em casa e ela já saiu... *sem hora pra voltar...* A caixa postal ali, aberta... escancarada... está então subentendido que ele *sabe*? Que a partir de agora ele tem como *saber*? Mas isso tem necessariamente de incluir... os detalhes?...

... *a língua que percorre meu corpo até desaparecer na caverna molhada do meu suco...*

... sendo que são os detalhes o que mais... machuca e dilacera?...

... *essa voz no meu ouvido, me chamando de putinha, enquanto seus dedos brincam no meu anelzinho...*

... o Homem Primitivo soltou um lamento milenar e insano ao ler isso!... que saiu de dentro do que ele tinha de mais profundo!... do seu esôfago!... dos seus antepassados!... olhando para os céus e uivando... como um afegão torturado!...

... *thatz the waii... aha aha... I lykeit... aha aha...*

... que gritou, xingou, blasfemou... chorou!... ainda sem agarrar o telefone para fazer o Grande Estrago... o que seria apenas uma questão de tempo... o início do Ritual Implacável e Público do Macho Traído, que ele iria cumprir à risca, claro... inocente, claro!... sem poupar ninguém, nem a si mesmo... claro!... um covarde, talvez... como todos... diante do Expurgo... pronto para provocar mortos e feridos... adicionando mais uma catástrofe... num cenário já tão catastrófico!... enquanto à sua frente jorravam, literalmente... detalhes e detalhes... novos!

... o jeito como você me faz subir e descer e depois me deixa de quatro, daquele nosso jeito... (nosso jeito?) *a Sexta do Jardim Perfumado, não é isso?... (*sexta o quê?) *a que eu mais gosto* (piranha!), *mais até do que a da Fênix Brincando na Caverna Vermelha... que também é ótima, a da perninha pra cima* (cadela!)*... eu gosto dela também, mas minhas melhores sensações eu sinto mesmo nas variações do nosso jardinzinho, sabia?* (variações? que jardinzinho?)*... o nosso Jardim, que só nós sabemos onde fica...* (onde fica?) *quer dizer, que só você sabe me levar... me conduzir... quando eu estou bem agachadinha, sentindo vc vindo...* (vaca!) *... só pelo seu cheiro... sinto você chegando, vindo... um cheiro de homem e, de repente... aiiiiiiii... quando você erra a porta!* (porta do inferno, cadela!)

Uma penca de intimidades... uns sessenta e-mails. O Homem Primitivo se informou ali de todas as minúcias, que eram muitas: inundações de líquidos quentes, chupadas desenfreadas, lubrificações bocais e genitais, intumescimentos e deflorações, membros deslizando para fora e para dentro de locais úmidos e escuros... e perigosos!, palavrões pra caralho, misturados a imagens e figuras estranhas... rituais com bichos: jumentos, macacos, dragões, cigarras, gaivotas... *vamos repetir a do Cavalo Sacudindo as Patas?? ... e depois a do Enorme Pássaro Sobre o Mar Escuro?... aiiiiiiii... eu me sinto uma Gaivota Em Pleno Vôo...* mistério e exuberância... exuberância e mistério... mas não tinha erro, velho, não tinha a menor chance de erro: era o Ser Adorado sendo fodida de todas as formas, em todos os buracos, tudo descrito como se estivessem vivos, a Gata e o Gato, ou o bicho que seja... o caralho!... na frente do Homem Primitivo... ali, na tela incandescente de janelas estrategicamente abertas... públicas... para ele imaginar? Praquilo se tornar... real e concreto? Pra ele sentir a enormidade de um corno de 20 centímetros de diâmetro encravado no meio da sua Idéia?

E imaginar o gato, pato ou cavalo invadindo algo que... era dele apenas? Era ou não era? Ela era ou não era Sua? A Deusa Única... O Ser Adorado!... Não era esse o combinado?? Você é minha... eu sou seu... e estamos conversados!?... E onde fica esse jardim do diabo!? É onde esses putos se encontram? Ou isso é dar de quatro? É dar o rabo, é isso? E por acaso ele não comia o rabo dela?

O Homem Primitivo se esforçou, tentando se lembrar... no seu desespero! Ultimamente, é verdade, não rolava muito rabo. Também não rolava muito beijo na boca já fazia um tempo... e nada também de *caverna molhada e jato quente jorrando na planície encantada*... Mas e o Ser Adorado, nesse estado de coisas, fazia o quê? Não fazia um mês, expulsou-o do chuveiro, de cacete empinado... havia uns vinte dias, afastou-o de uma chegada por trás na pia da cozinha, depois do jantar... para mais tarde, ofendida na cama, deixar ele de cacete empinado novamente... tipo de castigo!

... seu pau me pira... quero o Jumento no Final da Primavera...

E quantas vezes ela não interrompeu a coisa ainda nos raros, raríssimos preâmbulos!... ou com a transa já no meio — é permitido isso??... afastar o macho... *bem no meio da foda??!* E quantas vezes ela não levantou as questões mais esdrúxulas e descabidas e broxantes enquanto lá embaixo a boca dele, Homem Primitivo... fazia alegremente o dever de casa... subitamente interrompido!

... quero te ver amanhã, não me canso de ser chupada, ser chupada, ser chupada... pra depois... ahhhhhhhhhhhhhh... tenta... tenta... a Armadilha da Cobra?!...

O amanhã do e-mail era aquela noite, cara, e eram três da madrugada... Estava acontecendo naquele exato minuto, velho... e ele podia ver como se estivessem os dois na sua frente, sentados numa cama... num gramado?... encaixados um de frente para o outro, cada um segurando com as mãos, para trás do tronco, os pés do outro... Boa essa: uma verdadeira armadilha... um imobilizando o outro, só permitindo o vai-e-vem... da *cobra*.... O Homem Primitivo ficou louco ali também... hipnotizado, imobilizado ele também, suando frio... tremendo, tendo visões, caindo ele também na armadilha: uma cobra imensa, entrando vagarosamente... no seu rabo!!

... ai, Gato, querido... que surpresa alguém como vc do meu lado... ter você para contar nessa fase da minha vida... pra me dar um apoio... você junto de mim... eu junto de vc... nesse momento que eu estou passando!!

Huu...Huuuuuuuuuuuuuuummmmmmmmmm....Ôôuuuuuummmmmmmmmm... Quuuallllquuuummmmmmmmmmmmmmmmmmm.... a mulher emitia sons cada vez mais estranhos... ruídos que vinham de dentro dela mesma, do seu estômago, talvez... ou de algum cano furado lá dentro!... soltando no ar algo gutural e sólido... como uma rocha!! Háááá...Túuuuuuuuuuuummmmmmmmm... o ruído envolveu totalmente o Homem Primitivo, todos os seus sentidos, como se o abraçasse por inteiro... ele que estava deitado de bruços, no chão frio de sinteco de um quarto vazio, no interior de um apartamento amplo, branco, de pé-direito alto, parcialmente mobiliado... recebendo toques pelo corpo todo... vindos dessa verdadeira mulher, ou mulher verdadeira... o caralho!... uma massagista terapêutica que, como ela própria anuncia, tem a Verdade dentro de si... sendo esse apenas o mais recente de uma série de tratamentos terapêuticos recomendados para Homens Primitivos em Crise Aguda e Permanente... Pós-Separação Traumática e Irreversível... tarô, mapa astral, cristais fluorescentes, transpsicobiografia... pencas de livros de ajuda disso, ajuda... do caralho!... *você pode deixar de ser isso, você pode ser, eventualmente, Aquilo*... a imersão na Bolha Gelatinosa (essa foi, especialmente, foda: ficar preso numa bolha)... os vastos corredores holísticos — que ele praticamente já percorreu todos...

A mulher verdadeira, ou verdadeira mulher... o caralho!... tocou as costas e membros do Homem Primitivo com a ponta pesada dos seus dedos grossos, apalpando-o em seguida com a palma gorda da mão... e depois com o corpo todo!... depositando 80 quilos condensados em um metro e meio de altura sobre o massageado inerte, estirado, de bruços... para então, sentada sobre ele, mexer febrilmente os Grandes Quadris, para a frente e para trás, e depois para os lados, num movimento frenético e intenso... como um galope desenfreado!... para então gemer... *Ah*... *Huuuuuuuuuuuuuuuuuuuu*... *Quuualll... quuuuuuummmmmmmm*... e atirar sobre as costas e o pescoço do Homem Primitivo grossas e estranhas partículas de sais... *AHuuuuuuuuuuuuuuuuuummmmmmmmmm*... que ela esfregou como uma lavadeira insana sobre o corpo todo dele... sais esfoliantes indianos... sobre a pele áspera... uma verdadeira carcaça!... para extrair as células mortas!... *Cum... Cuuuuuuummmmmmmmmmm*... um procedimento que não estava nem mesmo previsto na contratação da massagem terapêutica!... e, como o Homem Primitivo sinceramente esperava, ali, estirado... não deveria estar incluído no preço!

— Veja, sinta toda sua *dorrrrrrr* sair desse ponto! — exclamou a massagista terapêutica, sentada sobre o lombo e apertando fundo as costas do Homem Primitivo, comprimindo suas costelas com os dedos grossos. — Imagine, vamos: faça um esforço para *libertarrrrrr* sua alma... em direção a um facho de *luzzzzzz*... Está vendo? Vê o facho?? Sinta o fogo que sai dos meus dedos... Sinta o *calorrrrr*...Rruuuummmmmmmmmmmmmm..... — a mulher soltou mais um grito, galopando os Grandes Quadris intensamente sobre as costas do Homem Primitivo... um cético assalariado materialista que sempre duvidou de tudo e de todos, especialmente de xaropes de ervas e tratamentos alternativos... mas que agora estava ali, deitado de cuecas, de bruços, com o bundão pra cima... recebendo aquela pequena mulher massiva de mãos grossas e pesadas pulando no seu cangote e emitindo sons estranhos, de olhos fechados, balançando os longos cabelos negros emaranhados... como uma bruxa!

Aquilo tudo durou uns trinta minutos. Muita coisa passou pela cabeça do Homem Primitivo durante a primeira parte da sessão — o Difícil Relaxamento Inicial e a Preparação para a Absorção da Verdade Plena. Capítulos inteiros com episódios constrangedores entre ele e o Ser Adorado tomaram conta do seu pensamento, mesmo interrompido pelos ruídos e trancos e solavancos; ele recordou ali seus piores momentos... que foram muitos!... *Eu me recusei a ir com ela ao cinema às terças...* Rruuuuuuuuuuuuuummmmmmm... *e também aos domingos...* Cuuummmmmmmmmmmmmmmm... *e desconheço o que são teatros e balés e concertos!*... toda sua Tenebrosa Mesquinhez de Marido veio ali à tona... entre ruídos e... *Eu me recusei a pagar o que sempre pediram por um buquê de rosas... Qualcuuuuuuuuuuuuummm... argentinas!... ou de qualquer outra nacionalidade!... floristas filhas-da-puta! argentinos mercenários!!...* Pruuuuuuuuuuuuuummmm... ressurgiu ali toda sua Justificada e Digna Preguiça de Macho Após o Expediente Sagrado... *Eu me recusei a trocar uma lâmpada, a consertar um bule... a trocar o gás!... por falar nisso... como se troca o gás?!...* e toda a Sucessão de Cagadas Inexplicáveis Suas por Direito emergia... *Eu passei mal no último jantar a dois, no aniversário dela (quando foi mesmo? qual é mesmo a data?!)... esses restaurantes franceses, que carregam na manteiga, na gordura... e no preço!... Hahuuuuuuuummmmm... reconheço, foi um vexame depois em casa... eu emiti incessantemente naquela noite na cama... como emiti em tantas outras... a partir do terceiro ano de casado!!...* recaiu sobre ele toda a Coisa Assustadora que a Gente se Torna com os Anos... *Eu gozei duzentas vezes sozinho... provavelmente mais de duzentas!... e dormi em seguida!... Ahuuuuuuuuuuuuuummmm... e eu ainda me acho o máximo na cama depois disso!!... Proruuuuuuuummmm... eu joguei terra no olho do cachorro... que disparou numa corrida cega, e se espatifou no muro. Eu eu eu eu eu eu eeeeeeeeeeeuuuuuuuuuuuuuuu!...*

— Cá...Puuuuuuuuuuuuuuuuuuuummmmmmmmmmmmm!!..... — gritou a massagista terapêutica, despertando o Homem Primitivo do seu Retorno Infeliz ao Passado. — Acorda! Agora! Já!! Sinta esse novo despertar na sua vida! — exclamou ela, que se sentou na frente dele no vazio do quarto, um de frente para o outro, ambos de pernas cruzadas. — Porque eu posso enxergar isso claramente, sabe? Olhe! Olhe nos meus olhos quando eu falo!! Eu posso sentir, eu posso verrrrrrrrr! Senti essa energia subindo pelos meus próprios dedos, invadindo o meu próprio corpo... A energia negativa que você passou para o meu corpo... olha, é uma coisa pesada!... como um choque elétrico!

O Homem Primitivo balançou a cabeça entre os ombros; de fato, ele se sentiu mais relaxado... como se tivesse saído um tumor de dentro dele... seu pescoço não estalava mais... as orelhas conseguiam se encostar nos ombros, seus movimentos estavam mais leves... estava, portanto, pronto para absorver a segunda parte do tratamento... a Verdadeira Absorção da Plena Verdade.

— Tudo o que aconteceu até agora em sua vida... já se foi: tudo é passado! — continuou a mulher verdadeira... ou

verdadeira mulher... o caralho!... que, depois de uma calma aparente, começou a adotar um ar novamente... estranho...
— Você tinha medo, homem, e isso o incomodava, impedia o amanhecer de sua alma... — ela disse, abrindo os braços e desenhando no ar um arco invisível, para depois suspirar e fechar os olhos, trazendo as mãos novamente na cintura. — Eu posso ver isso claramente... — continuou ela, de olhos fechados. — Sim, vejo isso claramente... Você simplesmente não amanhecia!... Olha, estou vendo... agora mesmo!... posso ver as histórias ruins que o atormentam!... *Auuummmmmmmmmmmm*.... Há espinhos profundos encravados em sua testa... (eeeepa!!) Há dor, miséria, traição na sua vida... (um tremor percorreu a alquebrada espinha do Homem Primitivo...) e também abandono... muito abandono... (sua alma primitiva rangia... como ela podia saber?... como esta mulher estava... *sabendo*??)... seus valores foram incompreendidos... o território sagrado do seu ser foi invadido (sim!... de fato!... isso foi mesmo... invadido, sim, fui!)... o inimigo violou os seus segredos e penetrou os desvãos da sua integridade (caralho!... que bruxa!... que levanta e abaixa a cabeça, revira os olhos... e... porra, *como ela sabe??*) Eu sei, sei, sei... estou vendo! Posso ver! Está dentro de mim, na minha frente, na minha própria alma! — ela revirou os olhos, como uma possuída. — Mas agora chega! Chega! Chega! E chega!! — gritou ela, levantando-se na frente dele, que continuou sentado, de pernas cruzadas, olhando pra cima, atônito! — Abandone o homem que perambula dentro de você como um cachorro... Esse homem manco! (meu Deus!)... esse homem se foi, junto com suas células mortas!... Pois você está morto!! Viva esse homem em novo formato! Sais esfoliantes!! Ajam, sais esfoliantes!! — gritou

ela, num surto! — Levanta a cabeça, olhe para mim quando eu falo!! Esqueça seu passado, seu presente, seu futuro!! Agora você é um Novo Homem... Saído das trevas para um Novo Momento... de abundância e prosperidade... Viva! Viva! Viva!! Novo Homem, sai do buraco!! — a mulher levantou o Homem Primitivo do chão num forte impulso, lançando-o para cima, amortecido, esperançoso... e assustado. — Eu sei o que espera por você, Homem de Pouca Fé... Vai por mim! Confia!!

Cabuuummmmmmmmmmmmmmmmmm....

A porta do apartamento amplo e praticamente vazio se fechou atrás do Homem Primitivo. Lá dentro ficou a mulher verdadeira, ou verdadeira mulher... o caralho!... e massagista terapêutica — e um checão de 300 contos! *Arrquuuuuuuuuuu-uuuuuuummmmmm....* Na sua frente, um hall vazio, lúgubre, escuro; o Homem Primitivo ainda estava um pouco zonzo após a avalanche terapêutica recebida; conseguiu apenas distinguir na escuridão a luzinha vermelha do botão do elevador; andou até ela, apertou-a. Estava desconcertado e só: a mulher verdadeira, que ele nunca tinha visto na vida, indicada por uma taróloga que ele também nunca tinha visto antes... ela, por acaso, sabia do Ocorrido?... Como era possível? E se ela sabia disso, do ponto principal, do galo que incomodava na testa e o caralho!... talvez ela não estivesse tão errada no resto... na essência da coisa... na raiz do problema... no Homem Primitivo que ele era, no fim das contas. O elevador subiu lentamente; mas passou direto pelo décimo andar, onde ele se encontrava; estacionou no 13; ali ficou alguns segundos... e voltou para baixo, parando então no décimo... Ele abriu a porta. Saiu um facho de luz dourado de dentro da cabine de madeira escura... iluminando a escuridão do hall e os olhos cansados do Homem Primitivo... um clarão emitido pelas mechas loiras de uma Deusa Proporcional que descia a caminho do térreo... que, surpreendida pela abertura brusca da porta do elevador, olhou para aquele Ser, ali, esperando... Do alto do equilíbrio poderoso da sincronia entre as medidas dos seios e da bunda, ela aparentemente não se emocionou com o Homem Primitivo, que não tirava os olhos dela... abaixando o olhar felino em seguida. O Homem Primitivo, no entanto, não se abalou; sorriu para ela assim mesmo, junto com um leve aceno de cabeça... sem obter resposta! Mas, inesperadamente, ele se sentiu bem nesse momento... renovado, talvez... seguro! Apertou o botão já apertado do térreo com uma nova e tremenda convicção. Talvez já não fosse mais o Homem Primitivo quem morava dentro dele — *você está mortuuuuuuuuuummmmm!!*... — e aquela Fêmea Ofuscante ao seu lado na cabine do elevador podia muito bem estar só dissimulando... fingindo, claro!, que também não imaginava coisas incríveis com ele!... um sujeito que, afinal, acabava de perder um grande número de células!... um sujeito esfoliado, experiente e... sofrido!... mas que ao mesmo tempo ganhava outras células, que se recompunham!... como parte desse mistério insondável que é a Vida!... *Ahhhhuuuuuummmmmmmmmmmmmmm!!*... Tudo fazendo um novo sentido — calculou o talvez-ex-Homem Primitivo... que se sentia, de fato, mais leve... talvez por abandonar o casulo, o fosso, e colocar o pescoço comprido — e brevemente, outras coisas também compridas!... — pra fora da velha casca... talvez por já sentir o Novo Homem que estava a caminho, vindo das entranhas... dos intestinos, principalmente!... e que iria enfrentar situações cada vez mais inesperadas como essa do elevador, tão ousadas e surpreendentes!... como essa Maravilha Semiótica caída literalmente do céu do 13º andar, diretamente para o campo de ação desse, quem sabe?, Novo Homem, talvez-ex-Homem Primitivo... que começava a alçar vôo, iniciando a Longa Jornada Rumo ao Eldorado das Situações Arriscadas e Recompensadoras... reluzindo de novo e bastante curioso diante do Agora!... como se tivesse acabado de nascer, como se nunca houvesse existido... sem passado, sem presente, sem futuro... saindo do ovo, como um pinto babado... no ponto, portanto, para encarar...

2

O JARDIM PERFUMADO

A ponta da língua faz uma curva acentuada à direita... e toca a fibra da carne macia... huuuuuuuummmmmmmmmmmm!!... a língua inteira treme, de leve, coisa pouca, sutil... com as moléculas de calor que passam de um tecido para o outro, da língua morna para a carne fresquinha!... um movimento que transporta... uma energia, um calorzinho que atravessa os dois pedacinhos de corpo... da língua para o pedacinho de carne!... provocando um arrepio, um pequeno tremor na língua!... huuuuuuuuuuuummmmm!... que passa de um pedacinho de carne para outro pedacinho, agora à esquerda — mais uma curva acentuada, e o mesmo tremor, o mesmo calorzinho que passa... vruuuuuuuuuuuuuummmm!... e depois a língua dobra à direita novamente, fazendo uma nova curva acentuada... como se fosse... vruuuuuuuuuuuuuummmm!... um carrinho de autorama! numa pista expressa!!... vruuuuuuuuuuuuuuummmm... à direita e depois à esquerda... a pontinha da língua friccionando um pedacinho de carne, e depois o outro pedacinho... provocando o mesmo torpor, fazendo o mesmo movimento circular... e depois para cima e para baixo e... vruuuuuuuuuuuuuummmm... direita, esquerda... pedacinhos de carne, já não tão frescos agora... vruuuuuuuummmmmm... esquerda, direita... tudo já meio morninho!!... vruuuuuuuuuummmm... e depois... depois... — a língua ganha vida própria, se anima e se enterra no meio dos dois pedacinhos de carne, avançando e forçando a abertura dessas duas coisinhas lindas, róseas, agora ligeiramente tépidas, feitas de pele e filetes rosadinhos que marcam as nervuras... que beleza!!... de lá para cá, de cá para lá... vruuuuuuuuuuuuuuummmm.... toda uma emoção e uma técnica passeando em alta velocidade... — além, claro, de toda uma técnica milenar de se equilibrarem pedacinhos de carne... em dois pauzinhos!

— Pauzinhos??

O Novo Homem interrompeu o delírio das voltinhas da língua, olhou pro lado e observou a garota derrubar uma fatia de sashimi... no potinho de shoyu!

Ploft!!

— Merda de pauzinhos! — disse a garota, olhando consternada o pedaço de atum caído no potinho de cerâmica. — Não consigo equilibrar os pauzinhos! Simplesmente não consigo!!

Todo mundo no restaurante viu: a fatia de atum despencou dos pauzinhos da garota quando chegava à boca e... *Ploft!!...* borrifou shoyu no balcão de mogno do restaurante!... à vista, portanto, de todos os casais ao lado, espremidos no balcão do sushibar... observando o esparramar daquele líquido marrom gosmento mundialmente conhecido como shoyu que, por muito, muito pouco, não atingiu a camisa nova branca do ex-Homem Primitivo, que finalmente saiu da toca, do buraco, e decidiu ir à luta, quer dizer, à caça.

Ex-Homem Primitivo? Velho, convenhamos! O cara leva a gata no restaurante japonês pra ficar ali... dá vergonha dizer!... pra ficar ali... caralho!... dando voltinhas com a língua em duas fatias de sashimi como se fossem... como dizer... como se fossem... meu chapa, o cara fez um sanduichinho de sashimi com os pauzinhos!!... pra ficar lambendo e fazendo curvas acentuadas... como se fosse uma... ninguém acreditaria, não dá pra acreditar: o cara fez um sashimi duplo, duas fatias prensadas de robalo, uma invenção só dele, sanduichinho de robalo!... um babaca!... pra enfiar a língua no meio e lamber como se fosse... dá vergonha dizer... como se fosse... uma vagina! Uma vulva! Uma boceta! Pra ficar ali lambendo na maior, do lado da garota... da boceta Real e Verdadeira!! A mesma que derrubou a fatia de atum no shoyu... alguém acredita?!

Três meses no inferno, dormindo em sofás de amigos, morando em hotel e o caralho!... e isso pra quê? Pra nada: pra finalmente sair com uma gostosa e ficar ali no balcão do restaurante japonês... lambendo peixe! Chupando robalo!! É foda!... Inferno e paraíso, paraíso e inferno — e, no meio, umas recaídas, como o atum que despenca no shoyu! Novo Homem do caralho, ex-Homem Primitivo do caralho: pra que saber o nome dele, velho? Pro exemplo ficar mais concreto?... esse mísero exemplo... de um perfeito otário?!... Pra você não achar que é só com você, é isso?!... o único, o perturbado!... mesmo que isso não importe, claro!... não faça diferença nenhuma... e absolutamente não mude a *desordem* natural das coisas... e não atenue em nada a solidão e o abandono na imensidão da cratera... e os destroços... e o caralho!... Se ele se chamar... Gerard... pra não dizer Geraldo... atenua? Isso muda alguma coisa?... estão todos mais felizes com isso?... com esse fato?... com a oportunidade de conhecer alguém que, no fundo... ninguém conhece *real-*

mente?... isso deixa você e todos.... satisfeitos?... tipo *identificar o sujeito?*... e, principalmente, a *miséria intestinal do sujeito*?! Gerard. Ele se chama Gerard. Que você acha que não conhece, certo? É isso? Mas... olha, velho, provavelmente você conhece o fulano. Não o Gerard em si, porque o Gerard em si... é apenas um exemplo!... Mas há dezenas, cara!... há centenas, talvez milhões deles à sua volta, soltos no hemisfério como um Todo (e talvez em outros hemisférios!...); um punhado deles está agora mesmo ao seu lado, basta ver, basta reparar... dar um passeio na cratera ou um pulinho em qualquer porra de buraco que você está acostumado a ir... pode ser no centro da cidade, por exemplo, ou na periferia, num condomínio num bairro distante... talvez num shopping!... em qualquer lugar, caralho!... O importante é *olhar*: ver como estão todos lá, como uma nuvem de gafanhotos nesse mundo grande do caralho!... nessa vastidão da porra: todos por aí, de um lado pro outro, apavorando, barbarizando... comendo e bebendo e emitindo e falando, falando... e se gabando!... nas firmas, nos escritórios... nos banheiros!... cara!! Entra num banheiro público masculino... desses movimentados, desses de aeroporto... e veja, veja com os seus próprios olhos... o Pior Espetáculo da Terra!... Gerards e mais Gerards... mijando e cagando e ruminando os intestinos e emitindo cheiros e gases e... valores!... Cara!... as silhuetas mais descabidas e obtusas!... as formas mais escabrosas!... todos degenerando em silêncio, sem olhar pro lado!... olhou é suspeito!... olhou é... viado!!... e dali eles saem para os seus vôos e compromissos e lares... e depois rapidinho pra fora deles: milhares e milhares de Gerards em reuniões e tramóias e negociatas... fervendo e suando dentro de seus ternos e gravatas nesse sol assassino que faz nessa cratera do meio-dia às quatro!... e depois se aglomerando como carrapatos quando chega o começo da noite. Boa, essa: vai chegando a tardinha... e os Gerards já se mandam... já se picam... olha lá os caras: campos de golfe, quadras de *squash*... gramado disso, gramado daquilo: Gerards e Gerards... e mais Gerards... barulhentos e saltitantes... devoradores de tudo o que encontram pela frente: devorar, devorar, devorar!... como uma praga que tomou conta de todos os lugares: bares, clubes, festas, eventos, padarias, torneios, oficinas, laboratórios, churrascarias, cartórios, pizzarias... governos... sindicatos... postos de gasolina... tudo!!... aqui e lá longe!... de segunda a domingo, domingo a segunda: sem folga, e mandando ainda hora extra... saindo de casa como quem sai da tumba!... sendo os balcões de restaurantes japoneses o ambiente preferido de um Verdadeiro Gerard!... por isso os japas proliferam, como moscas... aliás, inclusive... parece... que os japoneses constroem restaurantes só para os Gerards... para eles se sentirem à vontade como se estivessem em suas próprias tocas... e abocanharem... com seus pauzinhos, eventualmente, longos... as suas presas!

— Adoro japonês, sabe, lindo? Freqüento bastante! — disse a linda garota para Gerard, a Sandrinha, morenaça que a-do-ra japonês e... iiiiiiiiihhh: o atum quase despencou de novo na travessinha de molho... iiiiiiihhhh... essa foi por um triz: ia espalhar shoyu pra todo lado!!

— Mas pauzinho não é a minha, sabe? — continuou ela, após o susto. — Não consigo equilibrar... não consigo me acostumar... Posso pedir um garfo...

Garfo? No japonês? Gerard olhou pro sushiman e também pros lados...

— Garçom, me traz um garfo?!... e uma faca, se tiver... — solicitou Sandrinha... à vista de todos!

Gerard sorriu pro sushiman, reduzido a garçom pela Gata Fantástica — sendo que o sushiman mal tinha acabado de limpar o balcão de shoyu com uma toalhinha quente... Tudo bem, tudo ótimo. Ainda restava a Sandrinha aquele belíssimo par de peitos — e, fora o sushiman e seu ajudante, ninguém ali era japonês nem era obrigado a equilibrar atum em dois pauzinhos, caralho! E o que realmente importava, no fim das contas, era a Visão do Paraíso que Gerard tinha tido há pouco, na frente do prédio de Sandrinha, quando foi buscá-la com sua nova picape azul-marinho, que ele adquiriu com alguma sorte... e muito esforço! Gerard estacionou o carro em fila dupla na frente do prédio de Sandrinha, chamou a gata pelo celular e ela não só desceu em apenas dois minutos como apareceu linda, descendo como uma princesa egípcia os 15 degraus entre o prédio e a calçada: equilibrando-se num salto agulha, alto pra cacete, que jogava ela inteira lá pra cima... pra vir naturalmente descendo os degraus assim... de ladinho!... alta, magra, fantástica, curvilínea, cuidadosa, alternando as looooooongas pernas nos degrauzinhos que a traziam para a rua... *aiiiiiiiii que medo de cair do salto!!*... de ladinho, de ladinho!!... pernaças alternando nos degraus... que levavam em direção a uma maravilhosa e perfeita *buuuuuuunda!!*... em sintonia com aquele par de *peeeeitos liiiiiindos!!*... cobertos por aquele cabelo *neeeegro liiiiiso!*... caindo nos ombros largos como folhas de outono!

Que do caralho essa Sandrinha descendo de ladinho!

Gerard não acreditou no que via. Olhou para o Céu Misericordioso e orou, agradecendo... a Oferenda Após o Dilúvio que ele humildemente recebia, descendo de ladinho os degraus da escada, roçando as perninhas *fantááásticas* uma na outra... balançando aquele par de peitos *duriiinhos liiiindos*... sendo que o convite para um chope e nada mais tinha partido justamente... da Oferenda! Dela e ninguém mais: o que poderia dar errado?

— Mas me conta, o que você tem feito nesses anos todos que eu não te vejo? — disse Sandrinha, olhos nos olhos de Gerard. — Faz tanto tempo, né? Fala pra mim, o que aconteceu que você se tornou esse cara importante que você é... Como é que foi isso? — perguntou ela, amassando o sashimi bem amassadinho... com o garfo! na travessinha de shoyu!...

— Eu?? Importante? Larga disso, nem sei do que você está falando... — despistou Gerard, fugindo prudentemente do Grande Perigo da Vaidade Masculina que Já Era, um pouco vacinado depois do Calombo!... que fez ele repensar seriamente o mau hábito adquirido com o tempo de falar de seus desafios profissionais o tempo todo... uma espécie de Direito Adquirido Furado... como se alguém... tivesse algo a ver com isso!... como se isso fosse de suprema importância pra alguém além... dele mesmo!!... como se isso não fosse uma desculpa pra no fundo falar... dos seus sucessos!!!... que foram pequenos, na verdade, se comparados... se é o caso de comparar com... melhor nem falar nisso!

— Tá na cara que você é um cara importante, quando eu te vi naquele bar, aquela noite... eu logo percebi isso...

— Percebeu como? Baseada em que você fala isso? — disse Gerard... oferecendo seu pescoço, por um segundo... para a mosquinha azul da vaidade que ficava ali, rondando...

— Pelo seu jeito... (*meu carro!! minha picape azul-marinho!*)... seu bom gosto (*meu paletó importado, o restaurante japonês caro!!*)... sei lá, seu estilo...

— Esquece, esquece... você está enganada... as pessoas exageram muito, sabe? Não é nada disso! — disse Gerard, afastando de si... a muito custo... o Perigo. — E aí, tá gostando da comida?? — disse Gerard, reaprumando: agradar sempre!... ouvir sempre!... se interessar sempre!... sorrir sempre!...

— Huuuuuuuuum, tá ótimo. Eu adoro japonês, já te disse... É perfeito pra minha dieta... tipo light, sabe? Eu mudei muito desde que a gente não se vê. Não bebo mais, fumo só de vez em quando e quase nem saio de casa.

— Você virou evangélica!? — disse Gerard, o espirituoso...

— Quase, gato!... — respondeu ela, sorrindo. — Virei uma pessoa muito zen, sabe? Ando de bicicleta todas as tardes... Vamos andar de bicicleta qualquer dia juntos??

— Vamos!

— A gente pode ir também pra praia juntos?!

— Podemos!

— E pra Nova York juntos!!

— Nossa, gata!... Nova York... juntos?!

— Yessssssss!.... Vai ser um barato nós dois juntos em Nova York... A gente pode alugar uma bike e sair juntos... de repente, por todos os Estados Unidos! Vamos?

— Vamos!

— Mas será que custa muito caro?

— Caro?? — disse Gerard, detendo-se momentaneamente... — É, talvez, deve custar, sei lá quanto... faz tempo que eu...

— Me diz: quanto?

— Quanto o quê? — perguntou Gerard, confuso. — Uma semana nós dois em Nova York juntos?

— Ééé, gato... nós dois, juntos!... Será que precisa de visto?

— Visto? — perguntou Gerard, ligeiramente atordoado. — Acho que... sim, claro, claro que precisa de visto...

— Será que eu consigo um? Você me ajuda a tirar o visto se eu precisar de uma força? — perguntou Sandrinha, devorando o barquinho cheio de atum com filetes de nabo... apertando os filetes de atum um a um com o garfo no potinho de shoyu... como se fossem... bifinhos!

— Como eu te ajudaria a tirar um visto?!

— Huuuuuuuummm... você é um cara muito importante... você conhece muita gente... eu tô sabendo... Hummmmmmmm... delícia!!... — exclamou Sandrinha, partindo rapidamente para outra... fechando os olhos como que pra sentir melhor o gosto do peixe... — De uns tempos pra cá, só como coisa light, sabe? Muito peixe, frutas, muita verdura, muito... nabo!!... Sabia que nabo faz bem pra pele?

— Nabo? Bom pra pele? Jura?? — disse Gerard, um pouco perdido com a dinâmica de Sandrinha, mas também animado com a velocidade e a variedade de assuntos dela (*ela está viva e animada!!... eu estou vivo e animado e...*)...

— É... Nabo. Muito nabo! De preferência... raladinho!! Muito nabo ralado e muitos legumes verdes e variados. Você não gosta?

— Gosto!... do quê?? — atrapalhou-se Gerard.

— De nabo... como esse aqui, ó!! — disse ela, pegando com as mãos um punhado de nabo ralado no balcão...

— Gosto... nabo... sei lá!... não sei... devo gostar!... eu acho!...

— Huummmmmm — exclamou ela... empanturrando-se com um maço de nabo ralado. — É como eu sempre digo pra mim mesma: não há nada melhor *para eu*!!

(*Para... quem??*)

— Faço questão, sabe, de escolher sempre o que é melhor *para eu*! — continuou Sandrinha... — E faço questão também de falar direito, sabe? Eu acho que falar direito é muito importante... *para eu*!!

Gerard se assustou... ela estava animada, ele estava animado, mas... tudo estava um pouco estranho demais... para ele!... que por pouco não derrubou ele também a fatia de robalo no shoyu... sendo que ele seria capaz de jurar que o garçom que acabou de repor o saquê saiu rindo lá pra dentro do restaurante, despertando a curiosidade mórbida dos outros casais ao lado... e o sushiman também ouviu tudo atrás do balcão!... disso ele também estava certo... o cara apenas fingia cortar o peixe, compenetrado... na verdade, ele estava ouvindo e anotando tudo... no seu caderninho!

— Mas o que você faz mesmo? — Gerard retomou a conversa, num esforço medonho para manter num certo... patamar... o papo.

— Não tenho feito muitas coisas ultimamente, sabe? — disse Sandrinha, novamente atrapalhada com as fatias de peixe cru, tentando separar duas fatias unidas por uma nervurinha que ficou entre elas... fazendo uma força excessiva com o garfo e... borrifando novamente o balcão com gotinhas de shoyu!! — Aiiiii, garçom, uma faca!! Eu trabalhava na academia de ginástica do meu ex-namorado até o mês passado, sabe?... sabia que ele é um *puuuuuuta* empresário?!

— Até o mês passado? — disse Gerard, devorando o seu pedacinho de peixe. — E ele era um *puuuuuuta* empresário de quê, o seu namorado?

— De vários empreendimentos... vários. Mas depois eu saí da academia, sabe? Entrei num outro momento e...

— Mas o que você fazia na academia? — disse Gerard, querendo... saber mais da vida da gata! — Você era *personal*? — insinuou ele, olhando Sandrinha de alto a baixo.

— Aiii, quem me dera ser *personal*! Esse sempre foi o meu sonho! Nãããoo, eu não era *personal*... eu era administrativa... (hummm...) cuidava de vários departamentos da academia... (*hum-hum!*...) ficava um pouco no escritório (huuummm...)... um pouco na recepção... (*recepção?*... *huuuuuuuuummmmm!!*...).

— E aí saiu fora... — cortou Gerard.

— Saí, quer dizer... meu namorado achou melhor que eu saísse. Tinha muita inveja naquele lugar, sabe? Muita energia negativa. Você não imagina as energias negativas numa academia de ginástica...

— Nem imagino — disse Gerard, virando pela goela o que seria o seu terceiro e último saquê da noite.

— ... muita puxação de tapete... (*puxação de tapete?... na recepção de uma academia de ginástica?!*) — ... e olha que o dono da academia era meu namorado!... imagina se não fosse!

— E ele não fez nada para que você ficasse, o seu namorado?

— Calhou que terminamos, mais ou menos na mesma época em que eu saí. Quer dizer, eu terminei... quatro anos de namoro... ele até hoje fica me ligando... Eu até gosto dele, sabe? Ele nem é muito bonito, mas é um cara legal, tem várias empresas... é um *puuuuuuta* empresário!... Mas eu sei que ele não é o melhor *para eu*!...

— Olha, Sandra... — interrompeu Gerard, não suportando mais a tentação de corrigi-la... — Quando você usa *para*, você...

— Olha *eu*, gato: esse garçom não me trouxe a faca, esse peixe tá morno... Desculpa, não gostei desse lugar. Pede a conta e vamos... vai, vamos! Quero te mostrar um tipo de lugar que você não está acostumado... o tipo de lugar que *eu* freqüento... Garçom, traz a conta, pelo amor de Deus!? — gritou ela para o sushiman, bruscamente interrompido no Sagrado Momento de Fatiar o Salmão Rosado...

Gerard conhecia Sandrinha fazia um tempo: dez, 12 anos?; daí a surpresa de encontrá-la no balcão do bar de um evento... um evento de merda, na verdade... de alguém que quis lançar uma bebida qualquer no mercado e achou que a melhor forma de fazer isso era lotar uma porra de um bufê com uns seiscentos estranhos... Gerards e mais Gerards e DJs e garotas como... Sandrinha! Ao entrar na picape com ela, na saída do japonês, Gerard começou a ligar os pontos: a última vez que a viu... até encontrá-la no bufê... deve ter sido... na saída de alguma festa?!... só pode ter sido!... lá atrás... ele tentava se lembrar: Sandrinha na sua memória aparecia entrando em picapes, saindo de picapes... em alguma madrugada distante... do seu passado!... Sandrinha entrando em picapes, saindo de picapes... todas de cor escura... pretas, cinza, verde-oliva... nenhuma azul-marinho!!... pertencentes sempre a um idiota qualquer de camisa listrada... entrando e saindo sempre lá pelas quatro, cinco horas da manhã... entrando em picapes, saindo de picapes... Sandrinha no sobe-e-desce... picapes que nunca eram a sua, pertencentes a Gerard!... porque Gerard naquela época não tinha uma picape!... e Sandrinha naquela época não era uma mulher para Gerard... um proto-Homem Primitivo... com pelo menos dois longos estágios pela frente antes de ter sua própria picape... ainda que fosse azul-marinho!... que era o que se podia conseguir... com desconto!!... e também ter sua própria Sandrinha!... o terceiro e derradeiro estágio (proto-Homem Primitivo... Homem Primitivo... Novo Homem) acontecendo precisamente... naquele momento!... Gerard e Sandrinha andando velozmente de picape pelas ruas esburacadas da cratera... e tudo era passado!

— Pára a picape aqui, pára!!... estaciona!... — gritou Sandrinha, segurando Gerard pelo braço e apontando o dedo em direção a um boteco de esquina qualquer. — Pára, desce!, que eu quero te mostrar uma coisa...

Desceram... Gerard e Sandrinha, Sandrinha e Gerard... de mãos dadas, duas da manhã, o boteco mais do que aberto. Lá dentro, dois ou três jagunços pingados, que viram chegar, saídos da picape azul-marinho... Gerard e a Gata de Jeans Apertado Balançando a Bundinha Sobre o Salto Agulha. Gerard olhou para o céu... e respirou fundo!!... Fodam-se os jagunços! Fodam-se os pauzinhos! Fodam-se os japoneses! E os pronomes!! O que contava naquele momento era a brisa morna de janeiro... o céu aberto... a chuva de cometas!... o lábaro estrelado!... e a inocência pura e contagiante da Morenaça Maravilhosa com Peitaço, que não ligava para restaurantes caros — 400 paus a conta, caralho! —, que cagava para papos e lugares finos... que gostava mesmo é de uma boa cerveja na mesinha de um boteco qualquer de esquina, com mesinhas de ferro na calçada... diversão autêntica, com uma garota autêntica... de Verdade!

— Que noite linda, Sandrinha... adorei esse lugar...

— Também tô adorando, gato!... — disse Sandrinha, aproximando seu rosto do rosto de Gerard... — Adorando!... adorando!... — disse ela, se aproximando mais e mais do rosto de... — Tô amando essa noite!!! — ... e pulou sobre o indefeso Gerard, dispensando a cerveja, o papo, a verdade do lugar e os cuidados com a mesa de metal que se inclinou com o pulo repentino dela... quase derrubando a cerveja... a mesa... e o próprio Gerard!... que recebeu sem ter tempo de reagir a língua viva de Sandrinha... que entrou como uma enguia nos sashimis internos que Gerard tinha dentro da boca...

— Desculpa, gato... — disse Sandrinha, após o Ocorrido... — ... achei que você não ia fazer nada nunca... Achei que você tava demorando muito...

— Olha... — engasgou Gerard... — Veja...

— Vejo... depois eu vejo... — sussurrou Sandrinha, que pulou de novo sobre ele.

A brisa era morna, velho!... a noite era quente... e Sandrinha ferveu sobre Gerard!... a enguia viva que ela tinha na boca se enroscou completamente na língua dele, saindo por uns instantes e percorrendo o pescoção de Gerard... enquanto, com as mãos, ela abria rapidamente os primeiros botões da camisa dele, desbravando caminhos para a língua aterrissar no peito dele em seguida... vinda sabe Deus de onde... movida sabe Deus a quê... vruuuuuuummmmmm... vruuuummmmm... era ela quem dirigia o carrinho... no autorama verdadeiro e autêntico... uma pista quente feita de... Gerard!!... que recebia imóvel a língua dela que molhava e encharcava de saliva a floresta de pêlos na pista dele... vruuuuuuuummmmmmmmm!!!... a língua freava e derrapava, fazendo loucuras, como um cavalo-de-pau na região do umbigo... mas logo se recuperava e... vruuuuuuuummmmmmm!!... descia até... bem lá embaixo do umbigo!!...

Gerard olhava para o alto... as estrelas!... a chuva ininterrupta de cometas que passavam por entre os edifícios naquela noite clara!... como se fossem atingi-lo!... observados por Gerard sentado na cadeirinha de ferro, na calçada... quente e amassado como um filé na chapa! Sandrinha, então... começou a gemer. Primeiro, gemeu baixinho, pra só Gerard ouvir — ao mesmo tempo que a enguia subia e percorria os ombros e as costas de Gerard... Depois, Sandrinha aumentou o volume dos gemidos... concomitantemente ao aumento impressionante do volume do morro na pista lá embaixo... ali, na descida... na cabeceira... aquele mesmo, em que Sandrinha e todos dentro e fora do bar... reparavam!... As estrelas brilhavam ao longe... os cometas disparavam... a noite era morna... a brisa era quente... por um minuto, Gerard foi atacado por seus pensamentos... pelo seu maior inimigo: Ele Mesmo... *quantos beijos não dados... quantas noites sóbrio... quantos restaurantes caros!!... meu Deus, quanto dinheiro!!... para terminar a noite com os hormônios sufocados!!... e o pau intacto!!...*

— Uhhhhhhhhhh...

Gerard foi despertado por um gemido mais longo da gata...

— *Vruuummmmmm*

... e por uma descida brusca da enguia motorizada para o Grande Morro Lá Embaixo... a Sandrinha, velho!... a Sandrinha... caiu de boca no caralho!!... absorvendo ali... a verdade única!, a verdade autêntica!, a verdade... *dura!*... Sandrinha derrapou com a língua por cima do morro volumoso sob a calça de Gerard... na mesinha da calçada, na frente da jagunçada, debaixo das estrelas e cometas... por entre os edifícios...

— San-drinha... olha...

Nada detinha Sandrinha. Ela mordia loucamente e publicamente a cabeça inchada do pau de Gerard dentro da calça... enxarcando o jeans do cara de saliva... e depois subia pra lamber os pêlos do peito, pra depois derrapar de novo pela pista embaixo... *vruuuuuummmmm... vruuuuummmmmmm...* dando cavalos-de-pau com a língua e gemendo e ofegando e apertando as coxas de Gerard... com mãos de academia de ginástica nas coxas de Gerard... e no...

— San...dri...nha...

Gerard esboçou uma reação com as mãos, tentando inutilmente deter aquele sobe-e-desce do carrinho desenfreado, tentando afastar Sandrinha do Grande Everest Estacionado na cabeceira da pista... mas sem verdadeiramente acreditar que fosse possível... que ele pudesse fazer Sandrinha parar de gemer e encharcar... sua virilha...

A verdade verdadeira é que Gerard não tinha alternativa. Quem teria uma alternativa àquela altura, velho? Eu teria? Você teria? Seu pai teria? Quando se é levado para isso daquela maneira, qual a escolha? Mal Gerard entrou de volta na picape — puxado pelos braços por Sandrinha, inconformada com as *limitações* do boteco — e a enguia dela já se enrolava em volta do Everest solto pra fora da calça... antes mesmo que ele desse a partida no carro... antes mesmo de Gerard virar a chave na ignição da picape e seu morro já estava completamente descoberto pra fora da calça, quase tão grande quanto o câmbio — mecânico! Com desconto! — da picape... solto, inteiro, inchado, ao relento: e ela gemia e chupava, chupava e gemia... Mandar Sandrinha parar de gemer? Falar para ela... calar a boca? Mandá-la parar de chupar? Se preocupar com a jagunçada que a essa altura gargalhava no balcão do boteco verdadeiro e autêntico? Deixar o resto pra noite seguinte?! — sendo que o resto acontecia ali no carro e... como ele aprenderia num estágio posterior, um tempo mais tarde... não haveria provavelmente noite seguinte... Tentar deter o jato que já fervia na cabeceira do morro?

No dia seguinte, Gerard não saberia dizer, com precisão, o trajeto entre o boteco e o motel em que levou Sandrinha depois do *petisco*... Como eles foram parar lá? Quem desceu o toldo móvel da cabine do motel? A luz negra do quarto já estava acesa quando eles entraram? Ou foi Sandrinha quem acendeu, quando ligou o globo de espelhos giratório?? As lembranças vieram aos poucos para Gerard: o sinal atravessado no vermelho; o quase acidente com a filha-da-puta da picape preta da faixa esquerda; Sandrinha pulando e apavorando com o rock pesado... a escolha e a chegada triunfal na Suíte Tropical... as palmeiras enfileiradas na parede, na frente da cama... a cachoeirinha no canto do quarto, o piso duro de cerâmica decorada... o lençol áspero com estampas também ásperas de folhagens e flores grandes vermelhas (uiiiiiiiii... *begônias!! são begônias? São as que eu mais amo!!!!*)... a selva, em suma, em que eles se enfiaram: palmeirinhas enfileiradas, com luz verde vinda de trás... simulando... um ambiente tropical e selvagem!... uma porra de um quarto abafado com cheiro doce e estranho... da porra dos caras que vieram antes dele? Nessa mesma noite? Ou é o cheiro insuportável do desinfetante? Porra tem cheiro de desinfetante?... A noite ficando cada vez mais nítida: a coisa voltando inteira na cabeça, como um inchaço, ganhando nitidez crescente... embalada pelo cheiro matador... de porra?... desinfetante?? que impregnou o corpo e a idéia dele, Gerard... uma nitidez assustadora.

Mal trancaram a porta da Suíte Tropical... Gerard mal se jogou na cama... praquela Inspeção Inicial Básica na Presa e... primeiro, foram-se os sapatos de salto agulha de Sandrinha, atirados num canto da suíte, perto da cachoeirinha... e, pela força implacável da gravidade... artificialmente mantida pelo salto agulha... foi-se, com os sapatos... a bunda da garota!!!... que sem o Grande Salto Agulha desceu direto do paraíso para as catacumbas do inferno: uma viagem sem volta, bilhete só de ida... uma pêra que virou... foda-se!, uma jaca!! E com a calça jeans justinha que Sandrinha atirou em seguida, sobre as palmeirinhas... foi-se também... a Garota que Vivia na Praia (*não perco um fim de semana, sabe?? meu ex era um puuuuuta empresário, sabe??... que tinha casa na praia... cinco quartos, sabe??... o sol faz muito bem para... eu!!*): bronzeado homogêneo demais, marquinhas precisas demais, a asa-delta que saía da bunda... delineada demais!... sob a luz negra da suíte... nítida demais!!... Depois, veio a descoberta mais dolorida, a mais sentida... a Cruel Decepção Quiçá Irrecuperável: o sutiã de Sandrinha que se foi e levou com ele... junto com a esperança para sempre perdida... o recheio dos peitos de Sandrinha!!

Essa porra tem enchimento!! (gritou para si Gerard... numa explosão interna de Fúria Avassaladora, atingido profundamente nos seus instintos, levando uma direta no saco!)... *essa mina infla os peitos!!... enganadora desgraçada... filha de uma vaca... você não pode fazer isso, Sandrinha!!... nenhuma mulher pode fazer isso... ninguém pode fazer isso, caralho!!!* — debatia-se internamente Gerard, triste como um sapo. E o seu caralho, que era claramente *a principal vítima dessa chacina!!*... e que estava ali, observando, apenas... antes de dar as caras no pedaço... recuperou-se, é verdade, do Choque Inicial do Sumiço dos Peitaços... mas apenas parcialmente. Ele não seria mais o mesmo dali em diante... foi uma seqüência bastante trágica de revelações para Ele... que é grosso e rude e indiferente a pequenos detalhes na maioria das vezes, mas que, no fundo, é também sensível e delicado... e atento!... daí seu desconforto, daí a falta de certezas... uma coisa tão cara a Ele... daí a necessidade desses movimentos redobrados e efeitos frenéticos da enguia de Sandrinha... que, provavelmente, instintivamente, sentindo a presa escapar... a presa retrair-se de leve, mas não totalmente!... daí Sandrinha se dedicar a movimentos ainda mais loucos, envolvendo com a língua todos os membros de Gerard... deitada de bruços sobre um Gerard espatifado na cama... abrindo e fechando as pernas, contorcendo-se no ar; balançando o bundão para sempre caído e gemendo sempre... e também revirando os olhos, num quase transe... (*a emoção verdadeira!... a noite autêntica!...*)... uma overdose de língua, contorcionismos e... porra! Gerard não fodia desde o final do casamento! Seria sua primeira foda depois de abandonar o Ser Adorado... na verdade, mesmo antes de abandonar... pra ser exato... pra ser... totalmente verdadeiro... seria a primeira foda... mesmo antes do final, do trágico abandono!!... na verdade foram meses e meses sem foda alguma!! Por isso Gerard, a certa altura, botou uma camisinha larga no pau meia-bomba e levou a coisa meio... no piloto automático!... sem muita determinação... esticando a borracha até quando desse e depois penetrando Sandrinha de ladinho, metendo meio sem jeito, mandando a coisa lá pro fundo meio no *vamos que vamos*... iniciando uma seqüência rápida de movimentos isolados... um sem nada muito a ver com o outro... apenas estocando, estocando... tum... tum... cada vez mais fundo, no entanto... tum... tum... tum.... correspondendo cada tum de Gerard... a um gemido de Sandrinha... que logo aproveitou o embalo para gemer e rebolar num ritmo mais veloz do que os *tuns* de Gerard... derrapando na cadência... atravessando o ritmo... tum... tum... Sandrinha!... não atravessa!!... calma, porra!!... tum... tum... sem acompanhar os *tuns* de Gerard... porra!... Sandrinha... não!... tum... tum... não faz... tum... Sandrinha!... tum... tum... tá errado, filha!!... tum... Gerard teve de subir em cima de Sandrinha como um peão pra manter o ritmo — e a própria continuidade!! — dos *tuns*... tentando controlar ao menos um pouco o que acontecia... com a garota lá embaixo... *tum... tum...* sendo que lá embaixo... *tum... tum...* acontecia... *tum...* de o gemido virar... *tum...* um alarme de incêndio!!

Velho, é foda, mas... sabe como as cadelas gemem? Já viu uma cadela levar uma sapatada? Já viu o ruído que ela emite após ser atingida nas costas por, sei lá... um coturno do Exército? Imagine então uma gata de quatro, na cama, no glorioso Jardim Encantado da Suíte Tropical (... *você me leva lá??... no nosso jardim??*), deitada sobre um lençol áspero, num quarto abafado impregnado de desinfetante (porra?) e suor, deitada de bruços com as pernas bem abertas e recebendo um cacete meia-bomba por trás... Imagine, velho, essa gata gemendo baixinho, baixinho e, de repente, sem que nada extraordinário acontecesse, nenhum *tum...* mais aprofundado, nem um *tum...tum...tum...* mais ritmado... apenas uma penetraçãozinha besta, uma fricçãozinha barata dentro dela... imagine, velho, que ela, por causa disso, de umas batidinhas e mais nada... nada mesmo!... começasse uma mistura de uivo com respiração ofegante... até gritar mais e mais e começar a ganir como se recebesse uma sapatada nas costas... ganir como uma cadela!... uma cadela levando uma sapatada e ganindo, ganindo... ofegando, como se pedisse mais e mais sapatadas... e Gerard ali em cima... *tum... tum...tum...* e Sandrinha rebolando, atravessando completamente o ritmo... *tum... tum...* e tudo atravessado e... *ahhhh!!!...* ela jogando a bunda de um lado pra outro... e Gerard sendo jogado de um lado pra outro também... *tum... tum...* ficando completamente zonzo... com um calor subindo pelas orelhas... o cara ficando mareado de tanto ganido e movimento pra um lado e pra outro... *tum... tum...tum...* a bordo daquele transatlântico... *tum... tum...* mas, ainda assim, mantendo... ou tentando... manter os tuns no ritmo programado, nem mais, nem menos... Olha, velho, até que Gerard estava indo. Se não fosse Sandrinha virar rapidamente o rosto para trás e olhar rapidamente para Gerard, por um breve instante... olhos nos olhos... num lapso!... e Gerard olhar pra baixo e perceber... que Sandrinha abriu ligeiramente os olhos!... para vê-lo pelo canto do olho! Nesse momento, velho, por um segundo, por um décimo de segundo... Gerard percebeu que Sandrinha estava de olho nele... tum... tum... e ele fingiu que nada via... tum... fingiu que ele não viu que Sandrinha olhava para ele... e que ela viu que ele via que ela olhava para ele... tum... tum... e Sandrinha olhou pra frente e também prosseguiu como se não tivesse olhado nem visto nada, gemendo e entregue apenas àquelas idas e vindas... ao tum...tum... meia-bomba de Gerard... atolada em palmeiras, begônias e outras flores que pareciam saltar daquele lençol áspero para a pele do seu rosto... um lençol barato, vagabundo, que irritava a pele de Sandrinha... tum... tum... que era socada mais e mais para baixo... tum... tum... enterrando a fuça entre palmeiras, cachoeiras, samambaias e o odor de desinfetante (porra???) do quarto... É, velho... é foda, cara!... ou você acha que Sandrinha estava realmente gostando?

Na manhã seguinte, uma ressaca de saquê monstruosa e gigante, tipo Godzila, devorou Gerard completamente. Ele mal conseguia levantar para mijar e, conseqüentemente, abaixar o cano; à sua volta, no quarto, tudo continuava muito errado: roupas jogadas por todos os cantos, a porta do banheiro aberta, deixando entrar o sol que batia no olho, um calor de rachar, total desordem e desconforto... no criado-mudo, misturavam-se camisinhas (fechadas!), CDs soltos sem as caixinhas, ou as caixinhas sem os CDs, nada menos do que três isqueiros sem dono, muitos comprovantes de gastos de cartão de crédito, uma meia, também solitária como Gerard... sem seu par, como Gerard... um cinzeiro cheio de bitucas de cigarro, um copo d'água vazio que estava ali havia uns dois dias e uma cabeça de dinossauro de brinquedo que ninguém, ninguém mesmo, saberia dizer como tinha ido parar na cabeceira... Desordem exterior, desordem interior: depois de meia hora fritando nos lençóis, Gerard se levantou zonzo, tropeçou no sapato jogado do lado da cama e, ao tentar se apoiar no criado-mudo, colocou tudo abaixo, num grande estrondo... espalhando bitucas, CDs e a cabeça de dinossauro, que saiu rolando até o banheiro...

— Ninguém limpa essa porra, ninguém limpa essa merda dessa porra dessa casa... — berrou Gerard, chutando o sapato pro corredor, fora do quarto. — Eu não limpo essa merda... a porra da empregada não limpa essa merda!... se eu não limpo, ninguém limpa essa merda!... Culpa dela... Culpa totalmente dela!!... Cadê você, piranha?? Sua merda de garota... profissional de merda!... mulher de merda!.... esposa de merda... boceta de merda!... futura mãe de merda!!!... A culpa é sua, escrota!... é só sua a culpa, pilantra!... escrota, picareta, pilantra!... Cadê você?!... Carolina, sua louca!? Ralando com aquele filho-da-puuuutaaaaaaaaa!!... e eu não sei limpar essa porrraaaaa!.... e ninguém vai limpar essa porra dessa merda dessa... porraaaaaaa!!.... Carolinaaaaaana!!!....

Gerard cambaleou até o chuveiro, chutando cuecas e camisas e... a cabecinha do dinossauro... Lá, se animou, encharcado de água quente, esfregando avidamente o saco...

então, se lembrou do aniversário de Marília naquela noite... despertando, finalmente. E, como não tinha sequer gozado na Suíte Tropical — apesar de ter aparentado o contrário —, fez uma rápida e sincera homenagem láctea para Sandrinha... que escorreu lentamente pelo boxe de vidro do chuveiro, até bem depois dele terminar o banho...

3

CAVALO SACODE AS PATAS, GAIVOTAS EM PLENO VÔO

Êêêêêêêêêêêêêêêêêêê!... Mas que figura esse entregador de pizza, hein, meu chapa?!... que figuraça: o sujeito chega no apartamento da gostosa, toca a campainha... e ela abre, fingindo a maior "surpresa"!... vestindo só topzinho e shortinho... mostrando toda a *exuberância*: bunda e peitinhos loucos pra saltar pra fora... do topzinho e do shortinho!!... uma puuuuuta loira gostosa e, como a gente vai descobrir logo, logo... vice-versa!... E em dois minutos o entregador já está sentadão de perna aberta no sofá da sala... entregando a pizza!!... com a pizza no colo dele e a gostosa ajoelhada no sofá, do lado do entregador!!... olhando gulosa para a tampa da embalagem redonda da pizza... como que adivinhando... Huuummmmmmm!... *o que será que tem dentro dessa caixa??*... Huummmmmm!.... *do que será essa pizza?*... e o entregador abre a tampa e... porra!!... o pau do entregador saltou pra fora da caixa!... cacete!... o pau do entregador saiu de dentro... de um buraco aberto bem no meio da pizza!... que louco isso!! e que cacete!!!... que saltou do meio da mozarela e das fatias finas de calabresa como se fosse... uma lingüiça!!... e a gostosa ali, do lado dele, ajoelhada no sofá... de shortinho enterrado no rabinho!... lambendo os beiços!... gulosa!... preparando o bote e... caindo de boca na calabresa!!... na calabresa do entregador!!... e Gerard vendo isso tudo na tela do computador, contaminado pela cena toda... pirado com a tal... *Big Sausage Pizza!!*

Francamente, só faltava essa, velho!... um site especializado em entregadores de pizza com um buraco no meio, de onde salta... uma calabresa!!... e você acha que já viu tudo?

Gerard pulou pra outro site, já teve sua fatia de *big sausage* hoje — a gata se arrebentando em cima da calabresa do entregador etc. etc... umas trinta fotos e vídeo etc. etc... e Gerard já está noutra, em outro site... chegou nesse sem querer, a partir de um link de uma relação imensa de links de sites pornôs semigratuitos... Está no *Two chicks, one dick* agora... ou: duas gatas para uma mesma... calabresa!... uhhhhhhhhhhhhhhhh!!... pura sacanagem!!... duas gostosas são sempre melhor que uma, é a... *filosofia* dessa turma!... a mensagem subliminar, o... *sentido* da coisa!... mas... porra!... que merda!... que... *sacanagem*: ninguém avisou, quer dizer... não havia um aviso prévio na lista imensa de links semigratuitos de que Gerard iria se deparar frente a frente com... um site de *negão*, porra!... quer dizer... de um site cujo protagonista, no fim das contas, é um Caralho de Negão Imenso, Grosso e Asqueroso... aquela coisa astronômica, desproporcional e absurda... e nojenta também, nojenta pra cacete, se você me permite, cara... porque do ponto de vista estritamente do macho — e esse é sim! o ponto de vista de Gerard, apesar das controvérsias e até prova em contrário — nada pode ser pior do que um Pau de Negro, um Mastro de Ébano, uma Tora de Carvão, um Torresmo Queimado... ou qualquer outro nome que se queira dar para Aquilo... e de nada adiantam duas loirinhas branquinhas e gostosinhas sentarem em cima daquela Coisa Absurda... e saírem de cima e chuparem juntas a coisa preta até a coisa preta... jorrar leite com espuma branca!... podem ser duas, três, vinte, duzentas gostosinhas... ou gostosaças!... pode ser um harém de branquinhas em volta de um príncipe etíope... a coisa só vai piorando, entende?... só fica pior e pior... até chegar ao Ponto Extremo do Nojo... o leite espumado descendo do pico daquele naco gigante e monstruoso de carne que nem pára direito em pé de tão monstruoso... e nunca se decide entre ser... preto ou roxo... meeeeuuu, Gerard merece isso?!

Mas Gerard está descolado... está virando praticamente um sábio: se informa e se educa mais e mais a cada dia, esse exemplar de... ex-Homem Primitivo?!... Desde que começou com essa mania de percorrer sites pornôs no meio do expediente, no escritório, tipo três da tarde... depois do almoço... já se tornou mestre no assunto. Normalmente, saca de longe quando vai se deparar com um torresmo queimado. Uma coisa instintiva, sabe, velho? Tipo luta pela sobrevivência numa selva cheia de... macacos!!... Na situação dele, o cara aprende a farejar o perigo! Mal ele abre um site e vê uma coisa meio torta, meio escura no canto da tela... e click!!... aperta qualquer link na hora!!... sai fora voando! E o mesmo vale para os sites "anais"... porque pior do que um Cajado Roxo... só uma Loucura Escrota com a Bunda da Garota!... e vice-versa!... No início do Longo e Tenebroso Inverno... que se seguiu ao Desastre da Separação Inevitável e os Meses de Novas e Desconcertantes Descobertas, Gerard ficava intrigado. Pensava consigo mesmo: mas que caralho tem esse povo da Internet pra promover um vale-tudo quando o assunto é rabo? Por que essa perversão maluca com tudo o que é cu no mundo? Por que enfiar um cilindro de vidro de meio punho de diâmetro, que se alarga nas extremidades, que ficam ainda mais largas do que o meio do tubo... um punho transparente e liso como um tubo de laboratório... por que enfiar isso no rabo de umas loirinhas lindas como essas do site *Anal destruction*? Que cagada é essa? E por que caralho enfiar também Lá Dentro... um pé de cadeira?!... fino e torneado de madeira escura?!... que escorrega pelo meio do cilindro de vidro? O que os caras pretendem com isso? Atingir com o pé da cadeira... o intestino da garota?! Abrir a coisa de tal modo... de tal modo... que aflição maluca!!... me diga, velho!!... esticar os músculos internos de tal modo... pra foder completamente a gata? E por que a cena toda se passa num ambiente todo branco? É um laboratório? É um teste científico?! É o pessoal da Nasa que está por trás disso?? São os americanos?? Estão querendo provar o quê, esses filhos-daputa? Até onde se estica um rabo? O quanto agüenta esse doce rabinho dessa doce ruivinha... que aparentemente não tem mais de 17 anos?! Que porra tem na cabeça essa turma do *Anal madness*? E depois, no fotograma final, por que fazer invariavelmente a gatinha ficar de quatro e abrir o rabinho o máximo possível... mas o máximo possível mesmo... tipo: ei! olha o que tem lá dentro!!... como se fosse uma contorcionista de circo no clímax de um número muito louco... por que entortar a garota desse jeito... pra mostrar em close profundo... a porra escorrendo pra fora do cuzinho!? Mas por que isso? Dá tesão mostrar isso?? Até onde podem chegar esses malucos?

— Seu Gerard, posso limpar o... *ooohhh!*

É, Gerard velho, a coisa ficou... digamos... *preta* pro seu lado...

— Jussara!! — exclamou Gerard, clicando atabalhoadamente qualquer coisa com o mouse, o que significa sair do *Anal madness* e cair na tela de um site especializado em... ejaculações na cara de garotas... de óculos!! — Eu posso explicar, Jussara...

— Não explica nada não, seu Gerard... eu não vi nada não, seu Gerard...

— Vida de separado, né, Jussara, sabe como é... — disse Gerard, tentando sair dessa com o Sorrisinho Amarelo na Face de Um Quase Quarentão Necessitado e Canalha...

Foda-se a Jussara, na verdade. Fodam-se *todas* as jussaras da limpeza, e também os hackers que ficam lá atrás, cuidando do sistema de computadores do escritório. Gerard nem ao menos se dá ao trabalho de apagar os rastros de sites visitados no computador da firma. Desde que enfiou na cabeça que dez minutos de pornografia por dia fazem bem a um sujeito como ele, na situação dele — na verdade, a qualquer sujeito, em qualquer situação, escanteados pelo Ser Adorado ou não —, Gerard não respeita nada, nem ninguém, de fora ou de dentro do escritório. Pensou inclusive em fazer seu próprio site: o *10 Minutes of Porn*. Assim mesmo, em inglês, para informar e educar o mundo todo... o maior número possível de... *escanteados*... Gerard selecionaria diariamente, no mar de porra da Internet, o equivalente a dez minutos de fodeção, em vídeos e fotos, numa só página... e disponibilizaria os links semigratuitos para ninguém ser jamais surpreendido novamente com expressões desconhecidas, intrigantes e misteriosas trocadas entre seres adorados e seus gatos...

... ahhh, gato... a do Jumento no Final da Primavera... que doido foi isso!!...

O pequeno galo embutido na testa lateja quando Gerard se lembra dessas coisas... da Universidade que Carolina andou freqüentando quando chegava tarde em casa... e Gerard se lembra dessas coisas bem mais do que gostaria... várias vezes por dia... somando, uma boa meia hora no total... meia hora de sofrimento diário... contra 10 *minutes of porn*... dez minutos de pornografia por dia... nem mais nem menos que isso... o suficiente, em doses homeopáticas... todo dia, faça granizo ou faça sol: dez minutinhos diários de entregadores de pizza bem-dotados, destruidores de cuzinhos, gatinhas de óculos esporreados, punhetas batidas com o pé, chupetas com a mãe do melhor amigo... seqüestros, curras, espancamentos... loucuras até então inconcebíveis para quem mal saiu de casa... nos últimos dez anos!!

E o bom é que esses dez minutos, se bem, digamos... posicionados, inflam o sujeito durante o dia todo... preparam-no para o embate noturno... para a Grande Caçada Contínua... em suma: deixam o bicho louco. Gerard, por exemplo, só acabou de despachar a esperançosa Sandrinha — que enviou um torpedozinho cheio de graça, sugerindo sabe-se lá por quê uma repetição do fiasco da Suíte Tropical da véspera — porque se sente preparado para emoções ainda maiores na festa de Marília... Ou ao menos emoções mínimas: uma sacanagenzinha rápida, uma chupetinha no carro... uma gozadinha na cara de uma gata qualquer de óculos...

Porque uma boa putaria engrandece o homem, sabia, velho? Pergunte ao seu padrinho de crisma, ao melhor amigo do seu pai, ao seu tio-avô... Pergunte a quem quiser com mais de, sei lá, cinqüenta anos. É só perguntar: meu senhor, por que caralho na sua época ninguém saía da zona? Por que vocês despachavam a namorada lá pelas tantas... tipo dez e meia da noite!... e corriam todos desesperados para o mesmo lugar?! Qual lugar? Como, qual lugar, velho? Você não sabe o que é uma zona, cara? Nunca ouviu falar em "zona do meretrício"? O que é *meretrício*? É como um site na Internet, meu chapa, só que ao vivo. Interatividade pura! A coisa vai e volta... na real, entende? Na verdade, uma zona é mais do que um site... é um portal, cara, com um monte de sites juntos!... todos ao vivo!... e em cores: casinhas espalhadas por uma ou duas quadras numa área meio fora da cidade, todas com luzinhas coloridas acesas na varanda, do lado de fora... luzes amarelas, azuis, vermelhas, roxas... Seu tio-avô chegava naquela de luz azulzinha, por exemplo... entrava sem bater na porta... que, por sinal, estava sempre aberta... sem precisar de senha!!... e que do caralho!... dava de cara com um punhado de meretrizes gatas — e não tão gatas — de camisolinha curta e perninhas de fora, sentadinhas em um sofá estropiado, sorrindo pra ele, esperando que ele... seu tio-avô, cara!... derramasse toda sua atenção para elas... e, no final... depois dele derramar toda a sua atenção na carinha delas... ou no rabinho delas... e em tudo delas!!... ele derramava também... um dinheirinho!... uma contribuiçãozinha do seu tio-avô para o leitinho das crianças!... em troca do leitinho derramado dele!... nada mais justo! Tudo dentro do previsível e combinado! São os famosos bons tempos, velho... tudo claro e principalmente... combinado!

Se bem que as gatas — e não tão gatas — da festa da Marília, na qual Gerard acabou de chegar, saído direto do escritório, também vestem uma espécie de camisolinha... blusinhas com alcinhas e ombros de fora, feitas de seda ou algo parecido, um tecido macio e com bordadinhos nas bordas, que caem sobre os peitinhos até acabarem na cintura marcada pela calça jeans bem apertada... gatas de blusinha de seda e jeans apertadinho, todas mais ou menos iguais, sentadinhas em volta de uma mesa... sorrindo para Gerard... que acabou de chegar inflado pelos seus dez minutos de *porn a day*... o Grande Entregador de Pizza Gerard que acabou de passar pela porta giratória do bar...

— Gerard!! Nooossa! Gostou do meu poder, gostoso? Aqui a gente manda matar... cuidado! — disse Marília logo de cara, notando o bocão aberto de Gerard diante da reunião de gatas de camisolinha... levantando-se para dar as boas-vindas com beijos melados de uísque e abraços apertados com as mãos quase na altura da bunda de Gerard, que envolveu com força a cintura dessa magrela cinqüentona, alta e loira e pescoçuda como uma girafa, uma pensionista milionária com pelo menos um bom casamento no currículo... o que inclui um pacote de ações de um frigorífico... arduamente e juridicamente conquistados!!... o que inclui dividendos garantidos presentes e futuros... e uma sucessão de festas e viagens pela frente!... e isso com a vida *apenas começando*!!... e que, apesar disso, não faria feio, de forma alguma!, numa casinha com luz amarela na varanda... chefiando o bando de gatinhas sentadinhas no sofá... como uma cafetina!... como uma lontra!... papel que, pelo que Gerard acaba de perceber, Marília está doida para desempenhar...

E é um poder e tanto o de Marília... são... o quê? Umas oito, dez garotas?... Espalhadas em duas mesas juntas, no meio do salão do bar que a essa altura já está contaminado de fumaça de cigarro e odor de vodca, cerveja, caipirinhas e uísque... as mesas cheias de copos e bitucas... aquele enfumaçadinho legal que dá conta da maldade correndo solta na festinha... tipo inferninho!... o som alto, abafando qualquer possibilidade de conversa racional... apesar de serem apenas oito horas da noite — "a gente começa cedo pra ter mais tempo pra se acabar, gostoso!" — ... uma noite que incluía também mais uns três ou quatro casais em volta das mesas, meio abraçados, meio olhando pros lados... tipo conferindo o que eles perdem de diversão e sacanagem e alta rotatividade... casais de meia-idade como Marília, mas ainda dispostos a não perder nada nem, ocasionalmente, alguém que por acaso estivesse ali dando sopa e topasse uma coisa tipo... a três ou a quatro?!... ou a cinco?!... quem sabe das múltiplas possibilidades?!

— Fica *avonts*, meu lindo... ali, bem *aliiiiiiiii*... — disse Marília para Gerard, apontando uma cadeira vazia no meio da Turba. — Ninaaaa.... abre espaço pro meu amigo Gerard, gata!... Vai, Gerard, senta ali... Entre a Nina e a Tati... — indicou Marília, num bom começo para o entregador Gerard: entre a loirinha mignon Antonina... nota oito e meio, de zero a dez... pelas curvas!... e a morenona magricela Tatiana, sete e meio no máximo... com meio pontinho de lambuja... por causa dos peitos fartos saltando pra fora do corpo esquálido... ficando, portanto, acima da Rigorosa Média Sete, logo... passou!

— Nina, Gerard... Gerard, Nina... — apresentou Marília. — Mas cuidado que a Nina é louca, Gerard...

— Louca, eu, querida? — devolveu Nina, com a voz estridente totalmente amolecida pelas quatro doses de vodca e limão ingeridas já naquele comecinho de noite. — Louca somos todas! Louca é a Tati, que sai toda noite e deixa mofando em casa aquele rinoceronte podre...

— *Aaaaai*, que maldade, sua doida! — rebateu Tati. — Ele é podre de saúde, *my love!!* — emendou ela, que já se pendurava nos ombros de Gerard... que de cara oscilava entre Nina e Tati e começou a se dar conta de que em volta das mesas ainda estavam umas seis ou sete presas, mais dois ou três sujeitos talvez menos perdidos do que ele, porém mais velhos e barrigudos do que ele, seguramente mais ricos do que ele... o que parecia claro pelas camisas listradas para fora da calça e as cabeleiras grisalhas empasteladas de gel caindo para trás da nuca... — E podre de grana, sim!!, como você sabe...

— Aiii, vai começar — disse Nina para Gerard, afastando-o de Tati e puxando-o pelo ombro para junto de si, como se fosse lhe contar um segredo. — Não liga pra ela não, meu amor... Já, já você vai saber de tudo... ela vai contar tudo pra você!... a coleção de carros antigos importados, as 15 empregadas só na casa de campo... o helicóptero e... o spa cinco estrelas!

— Rola um spa? — perguntou o curioso Gerard para Nina, aquecendo-se para entrar... *na jogada*. — Cinco estrelas? Onde fica?

— Ah, e o que é mais importante! — continuou Nina. — Já, já você vai saber... mas não leva muito a sério não, fofo!... do graaaande amor que ela tem pelo marido... aquele rinoceronte podre pervertido...

— Nina, sua monstra... o que você está cochichando aí com o *nosso* Gerard? — interrompeu Tati, puxando Gerard para o seu lado... já que estava na sua vez de agarrá-lo pelo pescoço... e puxar para si o *nosso* Gerard... que já estava para lá e para cá em menos de dez minutos de festa... como uma bolinha num jogo de pingue-pongue muito louco e divertido!...

— Vem cá, Gerard, não ouve ela não... tudo o que ela disser é mentira, bobo! Menos o rinoceronte, claro! — disse Nina (*ping!*).

— Gerard, vem cá, me ouve... não ouve essa frustrada!... — rebateu Tati, puxando Gerard pro seu lado da mesa (*pong!*).— A Nina se separou do marido semana passada... um casamento de apenas três semanas!!... um italiano trouxa que ela enganou dizendo que era virgem... e o cara nem falar português falava...

— Graças a Deus!! Já pensou se ele falasse... e entendesse?! — cortou Nina (*ping!*). — E você, já contou pro Gerard do spa, querida?... Tá demorando!

— Adorei você, *Gerald*... mesmo, de verdade!... — rebateu Tati (*pong!*). — Você tem que passar um fim de semana no spa cinco estrelas do meu marido com a gente! Você é tão simpático!

— Não é *Gerald*, Tati, sua burra! É Ge-rár-d! — gritou Marília do outro lado da mesa, interrompendo o Campeonato de Gerards de Mesa daquela noite que mal começava, e que, absolutamente... *não tinha hora pra acabar, gostoso...*

— Mas que nome lindo esse seu, *Gé-rar-d!* — disse Tati, puxando o *nosso* Gerard para si (*pong!*) e tentando envolvê-lo numa conversa mais... aprofundada... — De onde vem esse nome tão exótico, tão... diferente?...

— Coisa do meu pai, que deu uma pirada na hora do batizado... — disse Gerard, fiel aos seus princípios equivocados de ser sempre... Verdadeiro e Transparente Ainda que Seja Apenas uma Bolinha de Pingue-Pongue no Meio de um Serpentário...

— Uma pirada? Como assim? Gerard não é um nome alemão? Você não é alemão? — indagou Tati (*ping!*).

— Alemão nada... — respondeu Gerard, tentando a todo custo engatar... um papo!... — A história é a seguinte: minha mãe queria que eu me chamasse Geraldo... mas meu pai não admitia Geraldo... sei lá por quê, acho que é por causa de um tio que se chamava Geraldo e faliu a família inteira quando decidiu abrir uma pista de kart... algo assim... aí deu a maior briga e, sei lá por quê, ficou Gerard...

— Ahh, entendi... — disse Tati (*pong!*), soltando *nosso* Gerard dos braços. — Olha, desculpa dizer, mas sua mãe é que estava certa (*pooong!!*)!

— Eu também prefiro Geraldo!! — disse Nina, puxando *nosso* Gerard de novo para si (*pong!*) — Geraldiiiinho... Geraldiiiinho é fofo!!...

Gerard estava atônito. E afoito. Sabia que pisava na bola pela enésima vez — e ele tinha jurado para si que jamais voltaria a fazer isso... Intimidades sobre seu nome estavam proibidas, caralho! Quantas vezes ele não havia treinado isso sozinho, para si mesmo: É Gerard porque é Gerard!!... Porque nem ele nem seus pais nem ninguém tem explicação alguma plausível para esse nome!!... e, se insistirem... é por causa de um bisavô alemão, e pronto! Ele é o culpado!! E muda-se de assunto! É isso: um bisavô alemão que fugiu da Primeira Guerra Mundial, há muito tempo... Um bravo bisavô alemão que foi perseguido... perseguido... e perseguido!! Por quem ele foi perseguido?... se insistirem... Quem perseguiria um bravo bisavô alemão na Primeira Guerra Mundial? Os sérvios? Que sérvios? Os russos? Eles perseguiriam um bravo bisavô alemão? Não interessa, porra! O velho Gerard foi perseguido e ponto! E caiu aqui há muitos e muitos anos! E muda-se de assunto... enquanto é tempo...

— Geraldinho, vem aqui — esparramou-se Tati sobre Gerard... retomando novamente o jogo... (*pong!*) — Gostei demais de você, sabia? Você parece um cara inteligente, culto... Tão diferente desses caras que a gente encontra por aí!... esses na sua frente, por exemplo... esses amigos da Marília!... você olha para eles e sabe de cara o que eles estão pensando de você...

— E o que eles estão pensando de você, Tati? — perguntou Gerard, feliz por um minuto de intimidade verdadeira no meio de uma dúzia de raquetadas...

— Em comer você, é lógico, *Geraldo*! No que mais eles estariam pensando? — devolveu Tati... (*ping!*) subitamente...

— Mas por que eu seria diferente deles? — arriscou Gerard, decidido a... mostrar-se por inteiro e virar o jogo...

— O que faz você achar que eu não seria como...

— Não sei... pelo seu jeito... e porque Marília disse que você é inteligente e sensível... que adora livros!!... Eu me identifico muito com você, sabe, *Gerald!*?

— De onde ela veio com essa idéia de livros? Nunca li um livro na frente dela... — explicou-se Gerard, firme e decidido a ser... Bruto, Feroz e Ignorante...

— Ah, não se faça de modesto, meu gostoso... Pra que esconder o jogo? Tá na cara que você é inteligente e sensível... um homem de verdade!... que sabe seduzir uma mulher aos poucos!... Sabe o que eu gostei em você, *Gérard*? — disse Tati, indecisa quanto... ao nome!

— Nem imagino...

— Que tá na cara que você não quer me comer! Você é como o meu marido! — disse ela.

— Ele também não quer te comer? Jura?? Que... estranho!

— Nãoooo, lindo!... nada disso!... geeeeeente, que louco esse *Gerald*! — gritou Tati (*poong!*), saindo daquela intimidade promissora para algo bem mais... audível!

— Eu falei que esse cara era louco! — rebateu Nina, puxando Gerard (*ping!*) e recomeçando a partida... — Com essa cara de quietinho... seu safadinho!... Geraldinho safadinho!!

Nina pulou em cima de Gerard, jogando seus braços sobre as pernas dele e começando a executar, lentamente... a Sonata para Violino Solo Embaixo da Mesa do Inferninho...

— Eu amo meu marido, sabe, Gerald?? — rebateu Tati (pong!) — E tudo bem ele ter 74 anos!! E tudo bem ele ficar em casa lendo enquanto eu saio e ele ser um cara rico pra caralho, sabe? Ele é rico pra caralho e a gente tem um spa cinco estrelas, sabe? E tem um helicóptero pra chegar no spa, sabe? Que mal há em se ter um spa e um helicóptero? E uma gata como eu estar com ele... aos 34 anos!?

— Ah, ele deve merecer tudo isso, sem dúvida! — respondeu Gerard, que a essa altura respondia qualquer coisa, perturbado pelo antebraço de Nina... que executava já não tão sutilmente um *aleggro troppo aleggro* para violino... *no seu cacete ali embaixo da mesa!*

— Merece isso tudo e sabe do que mais? Eu sou fiel! — proclamou Tati, entornando de uma vez a sexta ou sétima caipirinha, com limão e gelo e tudo. — Pra mim isso é fundamental, sabia, *Gerald*? O amor é a coisa mais fundamental da vida!!...

— Geraldo... Geraldinho... — sussurrou (ping!) Nina nos ouvidos de Gerard, ao mesmo tempo que intensifica a sonata do violino... lá embaixo! — Não dá ouvidos pra essa louca...

— Mesmo porque a gente trepa pra caralho, sabe, *Gérard*... — continuou Tati, puxando Gerard para si (pong!). — Você nem imagina o que ele faz comigo... aos 74 anos!!...

Mas antes de Gerard imaginar qualquer coisa sobre Tati e o rinoceronte... e o rinoceronte e Tati... Pára tudo, cara... pára tudo... porque... Luciana chegou na festa!!

Cara!... Luciana! Alta, loira, lisa, magra... leve... bocuda... pernuda... queixuda... angulosa... e intensa!!... como um furacão, ela passou pela porta giratória!!... arrastando tudo... atraindo tudo para si!... principalmente... Gerard!... que a vê cumprimentar todos — menos ele — e sentar-se bem na sua frente!... ao lado de Marília, de uma loira oxigenada de cabelos curtos grandona e cheinha, tipo fortinha, chamada Joana, e de um daqueles ogros grisalhos besuntados... que estava quieto ali bebendo durante todo o tempo... morto como um presunto... sendo que Luciana não está nem aí para o ogro... porque em 30 *segundos*... ela irá mirar o *nosso* Gerard...

— Vem, Gerard, vem comigo... — (8 *segundos*) levanta-se Tati, de repente, puxando Gerard consigo para fora da mesa.

— Nina, vem, vamos juntos... (12 *segundos*)

— Juntos? Vamos? — surpreendeu-se Gerard (18 *segundos*), que não estava entendendo o *roteiro*... submetido a intensos movimentos do arco do violino...

— É, cara, vai (20 *segundos*), levanta!... (22 *segundos*) vamos dar uma voltinha, vamos... (25 *segundos*) vem, Nina, levanta... (28 *segundos*) vamos dar... unzinho...

— Unzinho? — (30 *segundos*). Cara! Luciana percebeu Gerard. No exato segundo em que ele era arrastado para fora da mesa para dar um *unzinho* no banheiro com Tati... Luciana levantou o lindo rosto anguloso e olhou para Gerard... com um leve sorriso!... iniciando o Movimento Centrífugo de Atração e Morte Instantânea do Ser Masculino que atraiu Gerard como um mosquito... para o olho da coisa, o epicentro da Fêmea, ao mesmo tempo que Tati o puxava pelo braço em direção às profundezas do banheiro no andar de baixo... no fim de um corredor vermelho-escuro... imenso e algo assustador... o próprio infinito!... e além!

Que jogo de forças, hein, velho? Era o próprio diabo, cara, puxando Gerard bem no meio... do redemoinho! Os tentáculos invisíveis de Luciana de um lado, Nina enlouquecida tocando sua sonata de outro... Tati puxando o cara pro corredor infinito... segurando Gerard pelo braço... afastando-o de Nina — que ficou para trás... perdeu o apoio e quase se espatifou no chão quando Gerard se levantou da cadeira.

Por ora, Tati levou a melhor. Foi sozinha com Gerard para unzinho no banheiro. Desceram a escada em caracol para o andar de baixo e estacionaram do lado de fora da entrada do banheiro feminino, simulando um papinho. Quando a última voz feminina se materializou para fora da porta do banheiro, entraram rápido, como se fugissem do exército otomano. Trancaram-se numa das quatro cabines privativas... uma cabine estreita, apertada... uma privada e só isso!... iluminada por uma luzinha vermelha sobre um espelho. Na penumbra, Gerard podia sentir o corpo todo de Tati junto ao seu... a camisolinha de seda macia... como um baby-doll que mal cobria os peitos grandes, fartos... ligeiramente caídos daquele corpo magro!... mas ainda inteiros!... e vivos!... parcialmente cobertos pelos densos cabelos negros ondulados... que se esparramavam sobre aquele dorso cheio de ângulos. Gerard foi chegando mais e mais perto... até sentir... um puta hálito! Caralho, velho! A Tati tinha um puta hálito! Uma coisa forte! Dá pra acreditar? Aquela grana toda, aquela porra de 15 empregadas e um spa... cinco estrelas!... e helicóptero e o caralho!... e tratamento disso, e terapia daquilo... e aquele hálito! Não o suficiente para derrubar o sujeito... mas mesmo assim forte, penetrante, ousado!... mas não o suficiente para inviabilizar... como não inviabilizou... totalmente...

— Vai, cheira, é do melhor... é do meu marido... Esse meu marido é tudo!! — disse Tati, tirando um porta-teco disfarçado de batom de dentro da bolsinha crocodilo, um artifício bastante prático... um cilindro laqueado com uma tampinha removível numa extremidade, de onde sai uma espécie de espátula... feita pra se retirar o pozinho de dentro da outra extremidade do cilindro que se abre... de forma bastante engenhosa!... e colocá-lo direto ao alcance... do nariz profundo!

Gerard respirou fundo, esvaziou o pulmão, tampou a narina direita com um dedo... e mandou o pozinho pra dentro da narina esquerda... Depois fez o contrário... e respirou fundo várias vezes no final... mandando todo aquele pó branco lá para dentro... das profundezas do seu ser... sentindo no ato... a temperatura interior subir, as orelhas arderem, o esfíncter... quer dizer, o cu... apertar!!... e um clarão se abriu na idéia de Gerard... um clarão verdadeiro e luminoso... o Clarão da Verdade que inundou aquele Ser de Ansiosa Esperança... iluminando tudo o que conta na existência... a essência mesmo das coisas... tudo o que Verdadeiramente Vale a Pena... como Luciana sentada lá em cima na mesa... que nesse momento de Luzes e Esclarecimento só podia estar mesmo à sua espera, sentada ao lado de Marília e Joana, esperando Gerard... lá em cima...

— Tá na cara que você é um cara especial, Gerard! — interrompeu Tati, ofuscando o clarão com seu hálito e chegando ainda mais perto dele, roçando seu corpão de 34 anos no corpão ouriçado de Gerard... — ... tão especial!... mas tão especial!... que coisa encontrar você agora!... nesse momento louco que eu tô passando!...

— Louca mesmo essa nossa amizade, Tati!... — disse Gerard, iluminado pelo Clarão no Meio da Idéia, excitado com Luciana à sua espera lá em cima... — Eu também não esperava encontrar algo assim tão especi...

— Olha, tem tanta coisa acontecendo comigo nesse meu momento que... — Tati não terminou a frase e se descontrolou, beijando a boca de Gerard sofregamente... enterrando a língua na boca do seu mais novo... e melhor... amigo!...

Gerard não teve como — nem queria, por um mero instante — escapar da cabine vermelha. Tudo na vida, a essa altura, era um aquecimento para ele... 10 *minutes of*... Para fugir do hálito forte, beijou Tati como um desesperado. Lambia os beiços, o nariz, o pescoço e, em instantes, os peitos de Tati. Pensou por um minuto no velho rinoceronte poderoso de 74 anos... empresário do setor de transportes... ou de *commodities*... ou foda-se!... Descontou ali todo o sarro em cima dele na mesa lá em cima... o pingue-pongue, o duplo sentido, o *Geraldo*... Quer dizer então que você ama o velho, Tati? Que você conhece o Verdadeiro Amor e as graças da fidelidade e nada disso tem a ver com... o helicóptero? Nem com o spa? Aquele... *asilo cinco estrelas*? Maravilha! Então chupa, minha linda! Chega junto aqui... do Grande Entregador de Pizza... 20 — talvez 18!, sem excessos, Gerard! — centímetros de puro *pepperoni*... em ponto de bala para soltar o jato nos seus lindos óculos de grife que você guarda na bolsa crocodilo!!... Que iluminação... que imaginação!!... que mente chapada!!... todos os sites visitados à tarde passeiam pelo clarão aberto na Idéia de Gerard... que observa Tati... a essa altura... de joelhos à sua frente... abaixando desesperadamente o zíper... à procura de... cadê a bolsa crocodilo?... cadê os óculos?... cadê o tubo de laboratório?... e a perna torneada da... cadeira??

Alguém bateu com desespero na porta da cabine. Era Nina, que sentiu no ar o *cheiro*... essa garota intuitiva!... *do teco*!! Com as batidas fortes na porta, Gerard e Tati trataram de se recompor rapidamente. Abriram a porta, e Nina entrou espavorida, excitada! Queria o seu teco, precisava dar um teco... sem isso ela não se suporta! Gerard aproveitou a deixa e passou Nina para trás pela fresta da porta, escapando da roubada. Deixou as garotas na cabine privativa, como quem foge de mil suçuaranas... e correu para Luciana... pego novamente pelas garras invisíveis do furacão, que o arrastou pra cima... como se ele voasse sobre a escada em caracol!... fazendo loops muito loucos!... sugado pelo corredor vermelho!... flutuando na volta... do infinito!... e Luciana não apenas ainda estava na mesa, ao lado de Joana e Marília, como havia uma cadeira livre, inteiramente para Gerard, ao lado dela... a única cadeira que restou livre da mesa! — duas Bichas Finíssimas haviam acabado de ocupar o lugar que antes foi de Nina e Tati, bem do outro lado.

— Oi, gato, tá de volta? Achamos que você tinha fugido com as duas... Você é que é o *famooooooso* Gerard? — disse Luciana, quebrando o gelo logo de início, poupando léguas e léguas de caminhada no deserto para Gerard... — Marília fala *muuuito* sobre você, disse que eu *precisava* te conhecer...

— Não acredito... ela falou isso? A Marília fala isso, fala aquilo, mas ligar que é bom ela nunca me liga! — começou Gerard... um mal começo, como sempre...

— Como assim, eu nunca te ligo? — disse Marília, a emborrachada, levando a conversa pro seu canto da mesa... algo que Gerard deveria ter evitado a qualquer custo... com a própria vida, se preciso!... — Eu te liguei outro dia mesmo, Gerard... pra perguntar dos meus óculos que eu perdi naquela festa... se não ficaram no seu carro, na volta... fala aí, Gerard, onde você enfiou meus óculos?

A mesa caiu na gargalhada, sem nenhum motivo justificável; as bichas principalmente — que adoram assistir a um Sacrifício Hétero... o cara ali, sendo devorado... o fígado sendo comido pelos micróbios... e as bichas no camarotezinho delas, com gostinho de sangue na boca, cada vez mais soltas... cada vez menos... finas...

— Vi sim, gata! Você sentou em cima deles no banco de trás do meu carro... e aí eles... desapareceram!! — disse Gerard, provocando um urro nas mulheres da mesa, mostrando suas garras afiadas para as bichas cada vez menos finas... impulsionado, é verdade, pelo teco... iluminado... pelo Clarão na Idéia... o Grande Entregador de Pizza... o Campeão do Beijo Longo e Enlouquecido Dentro do Banheirão Apertado...

— Mas que nome exótico esse seu... *Gêrard*, é isso? — disse Luciana, já no pé do ouvido de Gerard, afastando a conversa da discussão instalada entre mulheres, ogros e viados cada vez menos finos sobre o destino final dos óculos de Marília...

— É, *Gêrard*... vem do meu bisavô, um fugitivo alemão... — disse Gerard... O graaaande Gerard! *Big sausage pizza delivery man!!*

— Seu bisavô foi um fugitivo... alemão? Ai, que perigo: um fugitivo... que emocionante! Seu bisavô fugiu do quê? De onde?

— Da Alemanha, no final da Primeira Guerra... — continuou Gerard... *Anal madness!!... anal destruction!!*

— E veio parar aqui? Que bom!! O meu também! — revelou Luciana.

— O seu bisavô? Jura? Também fugiu da guerra? Que coincidência!

— Nooossa! Nem diga! Quanta!! O seu fugiu da Primeira? — perguntou Luciana, tipo incrédula! — O meu fugiu da Segunda!!... Era um lindo judeu... polonês!... se não me engano!

— Você é judia? Que loucura!?... — espantou-se Gerard... sem saber por que se espantava!

— Mais ou menos... Judia só por parte desse bisavô... Mas não quero falar disso hoje... é uma história triste de família... e já estou triste demais hoje... tô arrasada...

— Arrasada por quê, gata? O que te deixa triste? — perguntou Gerard, chegando mais e mais perto e sentindo... o hálito puro de Luciana!

— O meu cavalo quebrou a perna... — disse ela, consternada.

— Seu cavalo? — perguntou Gerard, surpreso! — Você tem um cavalo? Não me diga!

— Faz um mês que ele quebrou a perna... — respondeu ela — ... e ninguém fez nada!... Você acredita? Deixei ele ferido na fazenda, pra meu irmão cuidar... e sabe o que ele fez? — perguntou Luciana indignada.

— Não... o que ele fez?? — perguntou Gerard, também indignado... tomando as dores... do pobre cavalo!

— Nada!! O cara não fez porra nenhuma... você acredita? Deixou o cavalo lá, com a pata ferida!!... e não fez porra nenhuma!!... só agora resolveu levar no veterinário... e enfaixaram a perna do cavalo... que ninguém mais garante que vai ficar boa!! Você não imagina....

— Que absurdo!! — exclamou Gerard. — Isso não se faz com um cavalo!... Na verdade, isso não se faz com ninguém!... De que raça é o cavalo?

— Sei lá, esqueci... — disse Luciana. — Mas é um cavalo lindo... que eu ganhei quando fiz 15 anos... todo marrom, com a crina preta... lindo, lindo... e um amor de cavalo!...

— É manga-larga, certeza — disse Gerard, o Profundo e Instantâneo Entendedor de Cavalos! — Marrom com a crina preta... só pode ser manga-larga... Você sabe que cavalos manga-larga...

— Não sei o que me deu pra enfiar o bicho num barranco!... — cortou Luciana, dispensando os profundos conhecimentos eqüinos recém-adquiridos de Gerard. — Eu estava andando na fazenda com o meu cavalo... e a gente passou sobre um buraco!... eu vi o buraco, mas insisti, foi horrível!... ele se desequilibrou e... foi horrível!... ele torceu a pata da frente... e se esborrachou todo!!... e torceu a pata!!

— E você foi junto?!... — perguntou Gerard, verdadeiramente preocupado.

— Nada!... eu fiquei firme em cima dele!... sabia que eu nunca caí de um cavalo na vida, gato? — perguntou Luciana, olhando de frente para Gerard.

— Sério? Você nunca caiu de um cavalo? — perguntou o Sempre Interessado Gerard na Totalidade dos Aspectos da Gata....

— Nunca, nem mesmo agora... — disse Luciana.

— ... Agora?...

— Que eu me separei do meu marido!

— Como assim?! — perguntou Gerard... numa mistura de estupor e estranhamento... com uma dose tremenda, desumana... cavalar de boa vontade!!... mas sem entender exatamente... — O que sua separação tem a ver com cair de um cavalo?

— Tudo. Exatamente tudo a ver — respondeu Luciana. — Porque eu posso estar triste... tremendamente triste!... eu posso estar ferida!... mas quem caiu do cavalo nesse casamento... foi meu "ex", entendeu!?

— Ãn?... — murmurou Gerard. — Quer dizer que... — atrapalhou-se Gerard, mas ainda assim decidido... a tocar a bola da conversa o mais longe possível... do tombo do "ex"...
— E faz tempo que vocês se separaram?
— Duas semanas... Eu me separei há apenas duas semanas... dói, né? — disse Luciana, sorrindo graciosamente para Gerard... um sorriso que ele identifica como triste... uma mistura de dor e alegria da gata por poder colocar sua dor para fora... depois de uma separação tão sofrida e recente... confessada assim, no pé do ouvido de um cara novo... na verdade, um completo estranho!... mas que parece interessado e, principalmente... sincero!... ouvindo os segredos mais íntimos da gata... sua dor mais recôndita... seus tombos na fazenda... e na vida!... ditos assim, baixinho, como um sopro lançado em meio àquela balbúrdia de risos, vozes, trejeitos, copos, peitos, garrafas, viados, maldades e fumaça de cigarro...
— Dói, Luciana. Eu sei como... — disse Gerard... preparando-se para... abrir mais o flanco...
— Como você sabe que dói? Você também é recém-separado? Também caiu do cavalo... como meu *ex*?— perguntou Luciana.
— Sim, sim... total... quer dizer... — disse Gerard, tentando segurar as pontas... sentindo-se no limite... entre o Salto e a Queda... num embate interno para ser seco, prático, conciso... ex-Homem Primitivo... do tipo que controla a coisa!... do tipo que salta sobre o buraco!!... sentindo a brisa totalmente a favor em direção a Luciana, as velas infladas com toda a força... manejando firme o leme do seu barquinho... que é ainda precário... tentando bravamente não ser sugado para o centro daquele furacão loiro e esguio... e recém-separado! — Me separei já faz um tempo, sabe?... Se-

paração dói bastante, parece que vai doer para sempre... mas tem jeito, sabia? — disse Gerard *big sausage*, Gerard *Ten Minutes of Porn*, Gerard *The Total Anal Destruction Porn Madness*... controlando o barquinho...

— Tem jeito? Que jeito? Me conta? Tem horas que eu acho que não vou agüentar... — disse Luciana, doída, linda, bocuda... aproximando-se do lóbulo esquerdo da orelha de Gerard, num tom baixo... como num confessionário...

— Vai agüentar sim, Luciana, você vai sair dessa... — sussurrou Gerard. — O principal, a primeira coisa a ser feita é...

Mas Gerard não teve tempo... de evitar o *tombo*!

— Lucciano!!! — exclamou Luciana, antes que Gerard terminasse a frase... surpresa como se houvesse caído uma bomba bem no meio da mesa!!... uma bomba que atende pelo nome de... — Lucciano!! — exclamou novamente Luciana, deixando Gerard com a frase matadora pela metade, a Grande Revelação do Único Portador solta no ar, sem destino, sem função, sem dono...

— Olá... Lucciano!... olá, prazer, Lucciano!... olá a todos! — saudou Lucciano, que chegou todo se apresentando... abraçando e beijando... beijando e abraçando... primeiro Marília, depois Joana... deixando Luciana esperar um pouquinho de garganta pra cima, como uma cegonha na fila do gargarejo... acompanhando o *simpaticone* cumprimentar a todos, pra só depois dar um beijo nela... mas um beijo cheio, estalado, na bochecha angulosa de Luciana, ao mesmo tempo que segurava sua cabeça firme com uma das mãos, com determinação e vontade...

E que simpático esse Lucciano! E que cara esquisito também: a cara cheia de buracos... pra lá de quarentão, mas malhado... alto, mas algo estranho... o corpo ligeiramente inclinado pra frente... como se conseguisse seu um metro e oitenta de altura com algum esforço... tipo enchimento nos sapatos!... por dentro e por fora do salto!!... coberto parcialmente pelo jeans preto... da mesma cor da camiseta colada no corpo... como um agente funerário desinibido!... do tipo que vai chegando cheio de intimidade e sorrisos!... mas que a gente percebe que, no fundo, no fundo... faz um grande esforço... pra ser ultra-mega-hiper-simpático e, por que não dizer... atraente e seguro!... Lucciano arrastou uma cadeira vazia da mesa do lado, sentando-se entre Marília e Joana, que rapidamente abriram espaço para ele — a uma cadeira de distância de Luciana, portanto...

Gerard teria murchado de qualquer jeito, mas murchou mesmo, de verdade, chegando perto do aniquilamento total, quando Luciana se levantou de repente, sem mesmo olhar para ele... e ouvir a frase matadora que ficou entalada na garganta... e trocou de lugar com Joana. Dali, do seu canto, da sua posição repentina de sobra pra festa alheia, só restou a *Gerald* fingir não acompanhar o papo animado no outro canto da mesa... primeiro entre Lucciano e Marília... Marília e Lucciano... e depois entre Lucciano e Luciana... e Luciana e Lucciano... Lucciano e Luciana... e Luciana e Lucciano... e o pingue-pongue rolando adoidado *naquele* canto da mesa... os cochichos ao pé do ouvido... Luciana e Lucciano... Lucciano e Luciana... as histórias tremendamente engraçadas que Luciana parecia ouvir de Lucciano... e Lucciano parecia ouvir de Luciana... aquela intimidade à qual Gerard não tinha e provavelmente jamais teria a menor chance de acesso...

Sabe, velho, o pior de tentar subir uma montanha, ou atravessar um barranco... é cair, entende?... levar um puta tombo animal!... um tombo do cacete!... onde o sujeito rola pela ribanceira do buraco em direção ao... inferno!!... e quando vê, está numa cratera no meio do nada... escoriado!... amaldiçoado!... com a pata dianteira estraçalhada!... manco!!... Foi o que sobrou de Gerard, naquele momento terrível e insano de queda livre, cruel como todo momento terrível e insano... e o que restava a um cara estatelado na cratera que se abria embaixo dele... talvez para sempre? Disfarçar de Joana, que olhava fixamente para ele... e também de todos ali na mesa... as escoriações, o constrangimento? Enfiar no meio do cu o... Sorriso Amarelo? O maldito Sorriso Amarelo... herança do Homem Primitivo que ele foi e que agora se manifestava novamente?... diante das apresentações babacas de praxe e os papinhos previsíveis que ele iria trocar dali para diante com Joana?... diante da caipirinha de vodca... com frutas vermelhas... da porção de filezinho com mostarda que Gerard acabava de pedir... por não ter absolutamente mais nada a fazer!?... pra depois consultar o relógio no celular... e fingir que lia um torpedo que tinha acabado de chegar para ele!?... encenar que alguém te mandou um torpedo... caralho!... fingir que se é procurado... que alguém se interessa por... ele, *Gerald*?... que alguém, eventualmente, está a fim de... dar pra ele ainda essa noite!... talvez em plena madrugada... (*teach my ass!*... *anal madness!*)... enquanto, no outro canto da mesa... entre risinhos e beliscõezinhos... e uma passadinha ou outra de mão nos peitos miúdos de Luciana... a coisa verdadeira rolava?... Luciana e Lucciano... Lucciano e Luciana... rolando... *de verdade*?! Mas que porra Lucciano tanto falava no ouvido de Luciana? E por que ela ria como uma escrota? E o cavalo?? E o coitado do cavalo caído... prestes a ser amputado?? Ninguém mais pensa no pobre do cavalo?? E a dor da separação recente, como é que fica? Não foi uma tragédia que aconteceu havia apenas... *duas semanas!*? Não estava doendo ainda essa porra? Duas semanas... fazia *apenas duas semanas* e Luciana... ria desse jeito!... se jogava no cara desse jeito!... beliscando a perna do cara... chegando com a mão perto do troço desse cara perfurado!... desse empresário de relativo sucesso!... dono de uma casa noturna e que... se por acaso essa fosse uma festa realmente descolada e decente e houvesse aqui um fotógrafo da coluna social daquela bicha reacionária daquela revista escrota... se o fotógrafo tirasse uma foto de Lucciano nesse exato momento... que fatalmente sairia na coluna social reacionária dali a dois dias... Lucciano se levantaria da cadeira e puxaria o fotógrafo de lado e, caso ele não soubesse seu nome completo, o que seria raro, chegaria ao ouvido dele e diria:

— É Lucciano Profumo, ok? Tudo junto o Profumo... ok? E sem acento, ok?... de espécie alguma, ok?!... Cuidado, hein?! Não me vai pôr acento! E Lucciano é com dois "c", ok?... diz-se *Lutxiano*, ok?... Não erra nada na hora de publicar, ok?... — ... e é esse o cara para o qual Luciana toca violino na coxa... uma sonata *alleggro troppo ardente*... para esse imbecil filho-da-puta!... esse otário com nome ridículo e nariz pedregoso!... esse cara que subitamente cortou o embalo de Luciana e levantou a voz pra quem quisesse ouvir na mesa:

— Qual é a sua, garota? Pra cima de mim, neném?! — disse *Lutxiano*, o com dois "c", *pró-fumo* e *pró-qualquer-porra-de-um-caralho*, interrompendo o pingue-pongue animado com Luciana e jogando agora abertamente para a platéia de mulheres, ogros e viados. — Vai com calma... menina!! Não foi isso que eu disse!!! Olha lá... Conheço todos os seus poros, hein!

Conhece o quê? O *pró-fumo* conhece os o quê de quem? É pra Luciana que ele falou isso? Pra ela e pra todo mundo? E ela continuou rindo?... Do seu canto, do Fundo da Cratera do Ostracismo, Gerard *ex-Big Sausage* ouviu tudo... e ficou maluco, mesmo sem imaginar o que teria acontecido... entre Lucciano e Luciana... e Luciana e Lucciano... e Luciana então se levantou, ainda rindo pra todos na mesa, mas Gerard percebeu... atento a tudo!... que Luciana... estava meio sem jeito... meio... puta da vida com o pró-fumo e aquilo tudo!... por isso largou Lucciano e a festa e pegou a bolsa... e disse qualquer coisa no ouvido de Marília e um tchau pra Joana... e se encaminhou para a porta giratória!...

Gerard ficou ali, duas cadeiras adiante, perturbado... atônito... em devaneios... com vontade de entender e se levantar e dar um coice em Lucciano — em nome de quê, ele não tinha a menor idéia... Foi quando Luciana, já perto da porta giratória, de saída, voltou de repente para a mesa e, chegando por trás de Gerard, colocou as duas mãos nos seus ombros, apertando forte os ossos dele e inclinando-se no seu ouvido... e disse, baixinho, quase num sussurro:

— Vou nessa... me desculpe... preciso me afastar desse cara... Você tem meu telefone? Me dá o seu... Como é o seu nome mesmo??... Anota aí... me liga!!...

Um perturbado Gerard anotou o telefone de Luciana no celular, teclando o aparelho por baixo da mesa... como se fizesse algo escondido... como se ele não fosse... a *segunda opção da noite da garota*!... sem ter noção, no entanto, do que havia se passado... se ele estava afinal dentro da cratera ou fora dela... se a montanha-russa estava no ponto mais alto ou no ponto mais baixo do trajeto... se ele era um Cavalo Manco ou um Estouro... se Lucciano estava ou não estava mais ali na mesa... se Lucciano estava ou não estava... *percebendo que ele anotava o número!*... se todos os outros também percebiam ou não a troca de celulares... se isso era um pequeno segredo entre eles ou se era algo... direcionado a todos!... Joana, Marília, Tati, Nina, os ogros, as bichas e as outras mulheres da mesa às quais ele não fora ainda apresentado... incluindo uma garota miúda de cabelos escuros e curtos, olhos e pele claros e... lábios estranhamente rachados!!... que estava à direita de Gerard na mesa e que se chamava Ruthinha... com quem Gerard não havia ainda trocado uma palavra.

Luciana sumiu pela porta, deixando uma marca nas costas de Gerard... uma pressãozinha forte, quase uma dorzinha... provocada por dedos longos e determinados... que deixou Gerard amortizado... imóvel... sem ter vontade de se mexer... para a pressãozinha não passar nunca, ficar para sempre no seu lombo doído e confuso...

— Você é amigo da Luciana? — Ruthinha, a garota estranha sentada à direita, perguntou a Gerard, assim que Luciana sumiu pela porta. — Vocês se conhecem faz tempo? Vem cá, puxa sua cadeira aqui, mais perto... — continuou ela, pronta, sincera... amigável! — Estava reparando em você desde que você chegou, sabe? Adorei o seu papo... quero muito conhecer você... Me dá seu telefone? Como é o seu nome mesmo?? Vou te ligar amanhã, posso? Acho que depois de amanhã também... acho que vou te ligar todos os dias!... posso?

4

ENORME PÁSSARO SOBRE UM MAR ESCURO

Tlin tlón tlin tlón... tlón tlin tlin tlón... Era meio-dia do dia seguinte quando Ruthinha ligou para o celular de Gerard... que estava nesse momento num Aborrecimento Qualquer com o Cliente, ele e mais dez reses em volta de uma grande mesa oval de trabalho, entupidos de pureza atmosférica vinda do ar-condicionado... interrompidos todos pelo barulho sonoro intermitente, irritante e personalizado do celular de Gerard, que não reconheceu o número — já que fingira, como um otário, que anotava um a um o telefone da horda de garotas da festa de Marília na noite anterior, com a Honrosa Exceção Óbvia quanto a Luciana. Gerard atendeu a chamada, afastando a cadeira e distanciando-se da mesa... olhando de soslaio para todos ali presentes... como se fosse um criminoso.

— Alô?! — disse Gerard, num tom quase inaudível.

— Gerard... é Ruth!... a Ruthinha... de ontem!... lembra?... você... pode falar?

— Ruth? Ruthinha?... de ontem?... Ruthinha!!... — lembrou-se Gerard... dos lábios rachados! — Estou em reunião!... Posso... te ligar mais tarde?

— Não se preocupe, querido... eu ligo de volta!

— Não! — apressou-se Gerard... em jogar pra escanteio aquela, ao que tudo indicava... pentelha! — Deixa que eu te ligo, ok?!... Não sei a que horas vou estar livre pra poder falar e...

— Não, não... — insistiu Ruthinha. — Eu mesma ligo!... Vou saber a hora certa, pode deixar... beijo! — disse Ruthinha... desligando o telefone.

Como Ruthinha saberia a hora certa de ligar de volta? O que ela sabe da atribulada agenda de um profissional ascendente como Gerard? E que lábios eram aqueles?... rachados, como um código de barras... roxeados, escuros e finos, assombrando a cara já suficientemente pálida da garota! Qual era a dessa Ruthinha, afinal? Por que ela ameaçou — e isso seguramente *é* uma ameaça — ligar para ele todos os dias? Gerard ficou ressabiado. Tinha sido bastante estranha a noite anterior. E terminou de forma estranhíssima. Com essa garota esquisita jogando um papo sério em cima dele, no meio daquela... zona!!... Marília, a certa altura, desabou da cadeira, levando junto uma das mesas e derrubando garrafas e copos no colo de todos, atingindo principalmente... merecidamente!... as bichas!... Um final algo melancólico, com Lucciano Pró-fumo bêbado e falando alto sobre seus restaurantes e seus planos e sua casa noturna recém-inaugurada, um clube metido a besta que dava muito dinheiro a ele e aos sócios etc. etc., tipo uns 100 paus líquidos por mês etc. etc... pra *cada* sócio, ou seja: *ele incluído* etc. etc... e como ele, Lucciano, era poderoso e importante e, eventualmente, um gênio etc. etc., disposto a aplicar todos os seus vastíssimos conhecimentos de negócios e de todo o resto no promissor, veja!, mas muuito arriscado, ramo imobiliário etc. etc., e na hora de pagar a conta, como se já não tivesse sido o bastante, Lucciano atirou seu cartão de crédito *golden-private-premium* sobre a mesa como se fosse... seu próprio *cazzo*!... etc. etc... e Gerard encalacrado entre Ruthinha — "*tenho lido muito sobre tudo isso ultimamente, e você?*" — e Joana — "*acho tão difícil achar alguém legal para um papo hoje em dia, especialmente à noite, e você?*"...

Quanto à Luciana... Gerard não sabia muito o que pensar de Luciana àquela altura... não havia uma Decisão Final de Sua Parte sobre o real estado das coisas, se ele estava no topo da montanha-russa ou estatelado como um ovo frito no meio da cratera... Sua cabeça pesava, na sinusite inevitável do dia que se seguiu ao teco no banheiro com Tati... o clarão se fora... restou um desconforto físico e moral que necessitavam de energéticos estimulantes... especiarias, talvez... algo forte... que talvez ele encontrasse no restaurante contemporâneo de toque indiano recém-inaugurado onde havia marcado de almoçar com Cristiano, o Cris... um amigo recém-separado como ele... um herdeiro rico de imóveis residenciais e comerciais do pai, recentemente falecido... um cara autocentrado... às vezes... agressivo!... um trintão cabeludo que passava a mão na crina quase todo o tempo livre que tinha... o que equivalia a quase o dia todo!... e que necessitava urgentemente de uma conversa com alguém também recém-separado como ele... também candidato a renascer de algum buraco profundo como ele... alguém como Gerard!

— Não sei se é o caso de almoçar num restaurante contemporâneo de toque indiano num dia atolado de trabalho... — disse Gerard logo que chegou à mesa, onde Cris já esperava, irritado e impaciente como sempre. — Esse toque indiano não é um pouco forte no meio do expediente? Eu trabalho, você sabe...

— Sei lá, foda-se... — disse Cris, apertando forte a mão do amigo. — Curte o lugar... é de uma amiga de minha namorada... Uma gostosaça... Tava louco pra vir aqui sem ela... Daqui a pouco você vai ver... É uma loucura esse lugar... Isso aqui vai encher de gatas...

— Hummmmmmm... já gostei do lugar... — disse Gerard, sentando-se alegremente à mesa. — É como eu sempre digo: nada como um bom curry na hora do almoço...

— E uma boa curra depois da janta!! — completou Cris, fiel ao seu espírito de sorrir sempre, mesmo enterrado no buraco...

— Pelo visto, você está ótimo... — disse Gerard. — Não entendo então seu ar de desgraça no telefone...

— Você vai entender... — disse Cris. — Calma, que você vai entender... vamos pedir logo alguma coisa e depois você vai entender...

— Peraí, então fala logo... — disse Gerard. — Assim você me deixa curioso... Conta aí o que tá acontecendo pra esse seu amigo que também está numa fod...

Tlin tlón tlin tlón (tocou o celular de Gerard)... tlón tlin tlin tlón... (ele não identificou o número... talvez algum grande ato profissional urgente... ele atendeu).

— Oi, Gerard, é Ruth, a Ruthinha... você pode falar agora?

— Ruth? Ruthinha? — perguntou Gerard, surpreso porque, por um momento, num grande lapso, não se lembrou de nenhuma Ruth, Ruthinha. — Ahhhhhh. Ruthinha... — disse ele... lembrando-se imediatamente dos lábios rachados... *não acreditando que...*

— Você pode falar agora? — insistiu Ruth.

— Posso... quer dizer... — hesita Gerard, inconformado com a ousadia daquela garota que, afinal de contas, não era sequer... *comível.* — Tô no meio de um almoço...

— Você é um cara importante, né, Gerard? — perguntou Ruthinha, num tom estranho, que Gerard identificou como algo... irônico. — Desculpa atrapalhar seu importante almoço de negócios...

— Não, não é de negócios... — justificou-se Gerard, sem saber se levava o papo em frente ou dispensava aquela, a essa altura... filha-da-puta! — Tô com um amigo, na verdade...

— Quem é? Eu conheço? — insistiu Ruth, já começando a... *encher completamente o saco* de Gerard... que a essa altura já tinha Cris também na sua cola, cheirando fêmea no outro lado da linha...

— Falaí, é mulher? — perguntava Cris. — É gostosa? Eu conheço??

— Ruth, tá complicado... — disse Gerard. — Tô no meio do pedido pro garçom... Posso te ligar mais tarde?

— Deixa que eu te ligo — disse Ruth, insistindo em impor... uma dinâmica própria ao relacionamento...

— Olha, tô num dia complicado... — insistiu Gerard. — É melhor *eu* te ligar...

— Não!! Eu sei quando te ligar... até mais, Gerard — disse ela, e desligou o telefone.

Como assim, *eu sei quando te ligar?*, pensou Gerard... essa Ruthinha está ultrapassando os limites... a passos largos...

— Cris, não tô entendendo essa garota... Uma escrota chamada Ruthinha que eu conheci ontem... e tem os lábios rachados... Tô achando estranho... Isso tá me deixando um pouco assustado...

— Lábios rachados?? Você também tá assustado? — perguntou Cris, num tom súbito de quase desespero... assustando Gerard mais um pouco...

— Como assim? — perguntou Gerard. — Você tá assustado? Com que você tá assustado? Você tá me assustando, Cris...

— Cris!!! — exclamou então alguém que colocava as mãos nos ombros de Cris.

— Nereida!!! — disse Cris, dando um pulo da cadeira... reconhecendo a dona do restaurante, a amiga da sua namorada...

— Que bom te ver aqui!! — disse Nereida. — A Lara sabe que você vinha pro almoço?

— Que susto você me deu, Nereida! — disse Cris.— Como é que você chega assim por trás e...

— Calma, gato... eu não mordo... só arranho... — disse Nereida, com um sorriso largo, dando um beijo sonoro na bochecha de Cris e mirando os olhos em Gerard... — E trouxe um amigo... *Prazerrrrrr*, Nereida!

— Nereida, esse é o Gerard... um amigo meu — disse Cris.

— Gerard, que lindo nome! — disse Nereida — É Gê-rar-d ou Gé-rar-d?

— Tanto faz... como você quiser... — disse Gerard, decidido a evitar a qualquer custo polêmicas etimológicas desnecessárias. — O prazer é meu... Que lindo seu restaurante!

— É, é simpático... Acabamos de abrir... mas tá indo superbem... superótimo... vou me sentar para um drinque com vocês, posso? — disse Nereida, afastando a cadeira e já se sentando entre Gerard e Cris.— Vocês já fizeram o pedido?

— Não ainda — disse Gerard, animado com as curvas largas e acentuadas de Nereida... uma gata alta, grande... tipo um metro e oitenta de altura... e cabelos longos negros e lisos... com mexas loiras!!... tipo... um aplique? chapinha? reflexo?... que nome tem isso?? — O que você sugere pra gente pedir?

— Olha, nossa comida é contemporânea com toque indiano... — explicou Nereida.
— Ou seja? — perguntou Gerard.
— ... que é um pouquinho afrodisíaca! — completou Nereida.
— Afrodisíaca? — perguntou Gerard, adorando o "conceito" do restaurante. — Não me diga?
— Digo!, mas calma... é apenas um toque... uma bossa, sabe? Nada muito forte, meninos... *há há há há*... Por isso decidimos pôr o nome de Ananga no restaurante... Você sabia disso, Cris?
— A Lara tinha me dito algo sobre... — respondeu Cris. — Mas não consegui captar... a *extensão* da coisa...
— É... o que Ananga tem a ver com isso? — perguntou o sempre curioso e interessado Gerard.
— Ananga é um livro indiano, sabia? — disse Nereida. — *Ananga Ranga!* O Livro do Amor!! Foi escrito por um xeique indiano há muitos séculos... Não é lindo... como *conceito*? Não tem tudo a ver com um restaurante contemporâneo?
— Um xeique indiano? — disse Cris, o que Nada Perdoa, nem Mesmo uma Potra Gostosa... e Burra! — Nunca ouvi falar que havia xeiques na Índia... não tenho esse registro...
— Não seria um *sultão* indiano? — sugeriu Gerard, o Apreciador Relâmpago da Rica Cultura Hindu...
— Um sultão, um xeique... pra mim tanto faz... — disse Nereida. — Só sei que é um indiano muito gordo e poderoso e que só andava de elefante... e tinha muitas mulheres... acho que mais de cem mulheres... tem uma gravura com uma figura dele lá no andar de cima, querem ver?
— Podemos! — disse Gerard, de pronto, decidido a esclarecer o Mistério de Ananga Ranga naquele mesmo minuto!

Antes que Gerard deparasse com a desaprovação de Cris, no entanto — que não tinha absolutamente saco para a amiga da namorada... nem pra nada...

Lirirîririri...lorórόrό (tocou o celular de Nereida, uma versão personalizada de... *Pour Elise*...)... Liririri...lorόrόrό... (Nereida olhou no visor...)

— Ai, meninos, é minha cruz... — disse ela, reconhecendo o número. — Eu tenho de atender, senão não vai parar... eu conheço! Cada uma tem o sultão que merece...

Gerard olhou para Cris, que olhou espantado para Nereida, que afastou a cadeira da mesa e falou baixinho no celular, sem, no entanto... obter discrição alguma!

— Fala... o que você quer?! Estou na hora do almoço — disse Nereida no aparelho, agressiva. — Hum... Hummm — grunhia ela, voltando-se para Cris e Gerard com ar de enfado. — Hum-hum... hum-huummm.... Olha! Não quero falar com você sobre isso. E muito menos no meu almoço. Já disse que não falo com você fora do horário do expediente! Das oito às 12 e das duas às seis!! Com você tenho apenas negócios agora! Apenas negócios!!

Gerard olhou de lado... procurando, meio sem jeito, as gostosas do Ananga Ranga prometidas por Cris... que mergulhou no cardápio... detendo-se nos enroladinhos de papel de arroz e legumes crocantes... e molho de amendoim picante agridoce... e farofa molhada de castanha-do-pará e banana...

— Eu recomendo! — disse Nereida, interrompendo a conversa com o *sultão* e enfiando o dedo indicador no meio do cardápio de Cris. — É uma mistura ótima de várias culinárias... indiana e tropical... mas com personalidade!!... pede que eu garanto... Garçom!! Marquinhos!!! — gritou ela para um rapaz vestido com uma túnica ocre e dourado, voltando em seguida a se afastar da mesa e a falar no celular que permanecia ligado. — Olha, eu já falei que eu não aceito mudanças no que foi combinado! Não aceito! Nem uma vírgula, tá entendendo?! — disse Nereida, elevando a voz no telefone. — Garçom! Marquinhos!!! — gritou ela, impaciente com a demora do garçom.

Gerard e Cris ficaram desconcertados.

— Nem uma mesinha-de-cabeceira... — continuou Nereida com o *sultão* no celular. — E muito menos o sofá! Onde já se viu isso?? Não sei por que você está vindo com isso agora! Meu advogado já colocou tudo pra você: o apartamento decorado e 30% do sítio são meus, o resto é seu, entendeu? Estamos entendidos?

Cris fez o pedido para o garçom, que chegou apressado; Gerard seguiu o pedido feito por Cris, eliminando, por precaução, o molho de amendoim picante agridoce...

— Senta no chão, meu filho!! — explodiu Nereida no celular. — Senta onde você quiser!!... não me interessa onde você vai colocar seu... Olha! Esquece o sofá, entendeu? É melhor para nós dois que você deixe esse sofá de lado!! Foi criação minha um sofá de seis metros!! Você tá me entendendo? Agora me dá licença que eu estou num almoço de negócios!

Nereida desligou o telefone; recompôs-se num instante e reaproximou a cadeira da mesa, com um ligeiro abanar de seus longos cabelos negros e lisos... e tingidos!

— Ai, desculpem... Separação é um problema, vocês entendem, não é, Cris?

— Separação? — surpreendeu-se Cris. — Você e Raul... se separaram?

— Como? A Lara não te falou nada? Que eu, graças a Deus, me livrei daquele asno? — disse ela.

— Meu Deus! — disse Cris. — Mas... vocês?? Eu jamais imaginei que...

— Imaginou errado... a coisa já vinha de tempos... — disse Nereida. — Marquinhos, por favor, me traga um suflê de broto de bambu, abobrinha e shitake... Hummm... é uma de-lí-cia... Vocês já fizeram o pedido?

— Pedimos! Mas, me diga! Quero conhecer melhor esse Ananga Ranga... — disse Gerard, Sempre Disposto ao Conhecimento, tentando arrumar um pretexto para retomar a saga hindu e a gravura no andar de cima e...

— Aquilo podia ser tudo, mas não era um casamento, sabe, Cris? — disse Nereida... disposta a tudo para continuar com O Assunto... — Na verdade, aquilo era um esgoto!... Eu sempre achei que nossa história não passava de um negócio!! Um mau negócio!!

— Todo casamento é uma espécie de negócio, tipo um contrato! — disse Gerard, disposto a filosofar sobre Todo e Qualquer Assunto...

— Mas o nosso contrato era furado já na assinatura, entendeu? — disse Nereida para Gerard. — Muita historinha... muito papinho furado... muito jantarzinho com casalzinho... e Ananga Ranga que é bom... *necas!* — prosseguiu Nereida, agora para Cris. — Mas chega disso, xô baixo astral, já estou num outro momento! É um momento novo esse que eu tô passando!! — continuou Nereida, levantando o braço direito carnudo e, por pouco, não acertando a cabeça de Gerard. — Garçom!! Marquinhos!!... três doses de saquê com cointreau, melaço de amora e gengibre... Aqui e agora! Essa é por minha conta, rapazes! Vamos brindar a essa minha nova fase!

Tãtã... tãrãrã... rãrãrãrã... tãtã... rãrãrã... (tocou o celular de Cris... toque personalizado: um roquinho básico... no visor... Larinha!... Cris não teve remédio...).

— Oi, Larinha, tudo bem? Tudo ótimo! Hum... Fala!... — disse Cris no aparelho, mais ouvindo do que, exatamente... falando! — É, isso... hã hã... sei... o quê? Onde estou nesse exato momento?! — disse Cris, afastando, talvez por precaução excessiva (talvez não tão excessiva...), a cadeira da mesa... — Onde você acha que eu estou nesse exato momento?? Almoçando! Claro! Com o Gerard! — disse ele, temeroso de dar... o próximo passo... — No Ananga!

— Manda um beijo pra Lara, Cris! — interrompeu Nereida, que tudo ouvia... — Diz que eu preciso falar com ela ainda hoje, diz...

— É!... No Ananga!! E também com a Nereida, claro!... é, ela mesma!!... — completou Cris, afastando a cadeira da mesa... um pouco mais... — Ela tá falando que precisa falar com você hoje ainda, ouviu? É... ela está com a gente sim, Lara... — disse Cris, abaixando o tom da voz... um pouquinho mais... virando o corpo de lado... um pouco mais... — O quê, Lara?... hã?... Lara?... — disse Cris, num volume cada vez mais... baixo — ... como assim, eu nunca vim aqui com você no almoço, Lara?? — disse Cris... num volume mais e mais... baixo... — Claro que nós já almoçamos no Ananga juntos, Lara! Viemos logo que abriu, na primeira semana... lembra?... Eu, você e... hã?... Lara?!...

— A Larinha é muuuuito ciumenta, sabia, Gerard? — disse Nereida, tentando quebrar o gelo da mesa provocado pela delicada... situação de Cris... — Eu mesma digo para ela: Lara, você é muuuito ciumen...

— Porra, Lara!!! Pára com isso, caralho!!! — explodiu Cris no telefone. — Porra, já te disse mil vezes — gritava ele, já perto do descontrole. — Pára com esse ciúme de louca, porra! Vim almoçar aqui com o Gerard porque eu quis, ok? Eu almoço onde e com quem eu bem entender, entendeu? E foda-se! Ouviu bem? Fo-da-se!!! E me deixa almoçar em paz, ok? Não me enche o saco, ok? Eu não tô legal, ok? Vê se não me amola, escrota!

Cris bateu o telefone. Desligou totalmente o aparelho, impedindo novas chamadas... é assim que Cris fazia, sempre que Lara ficava louca. O que acontecia, de uns tempos para cá, com cada vez maior... freqüência.

— Caralho, que mulher louca! — disse Cris para Gerard e Nereida, que o aguardavam para brindar com saquê e cointreau, melaço de amora e gengibre o novo momento pelo qual Nereida passava. — Deixa ela pra lá... É assim mesmo... Depois a gente se acerta...

— Então, saúde! — disse Gerard... no exato momento em que...

Liririririri... lorórórό (tocou o celular de Nereida, Pour Elise...). Liririri... lorórórό... (Nereida olha no visor...)

— Iiiiiiiiiiiiii... é a Lara, Cris! — disse Nereida, espantada ao reconhecer o número... — Ela devia estar tentando ligar pra você... Você desligou o celular, Cris?? Isso não se faz, Cris!! Cris, o que eu faço?

— Faz o que você quiser... — disse Cris, virando o copo de saquê pela goela antes mesmo do brinde. — Manda ela cagar... Manda ela tomar no cu... Tô de saco cheio dessa escrota...

— Cris, não fala assim! — disse Nereida, levantando-se da cadeira e atendendo o telefone. — Oi, Lara, tudo bem? —

disse ela, como se não estivesse acontecendo... rigorosamente nada! — É, Lara, tô na mesa com o Cris sim... Com o Cris e com o... aiaii, como ele chama? O quê? Como assim? O Cris desligou o celular? Por que ele não quer falar com você??

— Manda ela cagar, Nereida, já falei — disse Cris, em alto e bom som. — E diz pra ela que eu *não tentei te comer, ok??* — prosseguiu ele, a essa altura... um tanto... pirado de saquê e gengibre e uma porra qualquer de amora. — Que eu *não dei em cima de você porque você está separada, ok??* Que não *chegou a nossa vez finalmente, ok?* Fala pra ela que ela *só sabe encher o meu saco, ok??...*

Nereida achou por bem se afastar da mesa. Correu pras profundezas do Ananga, abrindo mão do brinde para consolar a amiga. Na mesa, Cris e Gerard provaram de um minuto de silêncio... e gengibre e molho agridoce e...

— Cris, me desculpa, mas preciso te dizer... — disse Gerard, olhando firme nos olhos no amigo. — Isso que você fez com a Lara... Eu mal a conheço mas, porra! Coitada da garota!

— Você não conhece mesmo a Lara... — disse Cris. — Eu também não conheço... Depois de um ano de relacionamento... E eu mal...

Tlin tlón tlin tlón (Cris é interrompido pelo toque do celular de Gerard)... tlón tlin tlin tlón... (Gerard, mais uma vez, não reconhece o número... se é ou não Ruthinha... ou imaginando que sim!, pode ser que seja... vai saber, ligando do telefone de uma amiga... ela, Luciana!)

— Alô, *Gerald?* — disse uma voz feminina do outro lado da linha... — Oi, *Gerald,* é a Nina.

— Nina! — disse Gerard, indefinido entre o Profundo Desapontamento ou a alegria da Inesperada e Sempre Bem-Vinda Chamada Feminina...

— Tudo bem, querido? Tô te atrapalhando? — perguntou Nina.

— Nada... quer dizer... tô num almoço — respondeu Gerard.

— Tá almoçando... onde?

— Num restaurante indiano afrodisíaco! — disse ele, tentando imprimir um certo... charme à sua vidinha...

— Boa, Gerard... — disse Cris, que ouvia tudo... — ... quem é essa, agora?...

— Geraldinho, safadinho! — exclamou Nina. — Você tem tudo a ver com comida afrodisíaca, sabia, lindo? Você é como eu, fofo!! Olha, vou ser rápida... longe de mim atrapalhar esse almoço!!... Topa ir a um lugar novo hoje à noite?

— Lugar novo? Hoje?... pode ser... — disse Gerard. — Não tô com nada marcado... Onde? Que lugar novo??

— É o Loft's, um lugar que abriu e é o máximo... fica ali na 2 de Junho, na esquina com a 3 de Março... quer que eu te mande um torpedo com o endereço?

— Manda, Nina, pode mandar...

— Então tô mandando... Então tá mandado!! Te vejo lá, tipo às dez, combinado?

— Fechado... Um beijo — despediu-se Gerard.

— Beijo, querido!... *Aiiiiiiii*, que ótimo! Olha, e se alimenta bastante aí no indiano, viu? Come tudo, hein!? Não vai deixar nada no prato! — disse Nina, e desligou o telefone.

Gerard olhou para Cris... que permanecia pálido, desgastado com a briga com Lara e com o Mundo...

— Olha, amigo... Ninguém conhece realmente uma garota... — continuou Gerard, o Sábio...

— Até ela pirar com você por causa de um filho! — completou Cris.

— Filho? — espantou-se Gerard. — Filho de quem? A Lara tá grávida? Vocês vão... ter um filho?

— Não, Gerard, esse é o problema: eu *não vou ter* um filho com a Lara! Ela que tire o timinho dela de campo... Vou cair fora agora mesmo dessa mulher roubada... Tô no auge da minha vida... Tô cheio de grana no bolso... Tá cheio de mulher em volta e...

Tlin tlón tlin tlón (Cris é interrompido novamente pelo celular de Gerard)... *tlón tlin tlin tlón*... (Gerard ignora mais uma vez o número... imaginando, agora sim, certeza... dessa vez não tem como não ser... ligando do celular... vai saber?, da empregada... ela, Luciana!!)

— Gerard! É você, Gerard? — perguntou uma voz feminina...

— Falando!!... — respondeu Gerard... que por um segundo imaginou sim, ser...

— É a Tati! De ontem à noite! Da festinha da Marília! Tudo bem com você? Estou interrompendo algo?

— Mais ou menos, Tati — disse Gerard, cuidadoso. — Estou aqui num almoço com...

— *Aiiiiiiiiiiiiii*... me desculpe... — disse Tati, a fina. — Vou falar rápido: quer ir numa festa hoje? Achei que seria uma boa te convidar para a gente continuar o nosso papo maravilhoso que começamos ontem e...

— Uma festa? Pode ser... onde? — perguntou Gerard... que, por via das dúvidas, resolveu apostar dobrado pra garantir a janta... daquela noite...

— Num lugar novo que abriu... o Loft's!! *Aiiiiiiiiii*... um lugar que é tudo!! Vou te mandar um torpedo com o endereço... é às dez, tá, querido? Não falta, que não é sempre que a Tatizinha tá com o maridinho viajando, viu, lindo?...

— *Ahhhhh*... Viajando? — disse Gerard, espantado com a agenda sempre aberta de Tati. — Mas pra onde ele foi? — perguntou ele, sem saber por que fazia essa pergunta.

— Desculpa, querido, preciso desligar... desculpa falar rápido... Te mando um torpedo! Beijo!! — apressou-se Tati, desligando em seguida.

Gerard olhou para Cris... que viu se confirmar nos telefonemas para Gerard sua Grande e Definitiva Teoria Sobre as Maravilhas da Solteirice... e da Não-Paternidade...

— Mas que loucura é essa de filho? — perguntou Gerard, continuando a Terapia. — De onde veio essa paranóia? Você sempre me disse que para a Lara essa era uma coisa complicada... mas não que ela estava pirada...

— Era uma coisa subterrânea, Gerard... — disse Cris, num suspiro. — ... mas que foi aflorando, vindo à tona... Começou com um papinho aqui, uma conversinha ali... Mas eu já sabia, de cara eu intuía... que a coisa ia brotando... ia vindo... O primeiro papinho estranho sobre a festa de uma sobrinha, por exemplo... de como ela, Lara, adorava festinhas infantis!... e de como ela amava essa sobrinha mais que tudo e essa festinha era imperdível!... que eu tinha que ir com ela na festa, às cinco da tarde... num bufê infantil e... que eu tinha de tirar uma foto no túnel do tempo do bufê com ela e a sobrinha... de apenas 5 anos!... e foi o começo do inferno!!

— O começo do inferno? — quis saber Gerard. — Numa festa de 5 anos?

— Meu, a Lara pirou na festinha... fez eu beijar criança... dançar de rodinha... levar brigadeiro pra casa!!... E depois da festinha começaram as coisas mais estranhas!! Tipo pregar a foto do túnel do tempo na geladeira da casa dela... Eu, ela e a sobrinha dentro de uma nave espacial voando no espaço!!... em algum lugar do futuro!! Meeeeeeeeeeeeeu, ela pregou a foto com ímã na geladeira!!... e mostrava pra todo mundo!!... Eu, ela e a débil mental da sobrinha dando tchauzinho!... indo pro espaço!... Cara, isso não é uma coisa anormal? Você não acha isso uma coisa ridícula?... e estranha?!

— É bem ridículo... — concordou Gerard. — É de fato bem ridículo...

— Depois disso, eu sabia... que essa porra iria estourar no meu colo mais dia menos dia... Sabia que eu ia me foder com essa história... Sabia que esse papo de festinha e coisa e tal acabaria... onde acabou: a certa altura, ela mesma queria produzir sua própria festinha infantil!... Ela ficava deitada, depois de foder comigo, estirada na cama... olhando pra cima... sonhando com uma festinha de criança... imaginando o bufê!... os brinquedos!... o pula-pula!... a piscina de bolinha!!... e, para isso... para o seu sonho virar realidade... ela precisava apenas... de um filho!!

— Nooossa!! Que piração!! — exclamou Gerard.

— Entendeu? Não é uma piração total essa história? E recusando... como eu recusei... ter um filho com ela... às vezes até com certa violência, eu admito... no final, eu só poderia ser acusado de ter gasto o tempo precioso dela!... O tempo precioso e implacável de fertilidade do útero dela! Ela me ameaçava o tempo todo com isso... uma chantagem absurda!... de no final ter deixado micar a vida útil do útero dela!... que é afinal uma mulher madura de 38 anos... um tempo que não volta e coisa e tal... essa merda toda...

— Se você sabia disso tudo desde o começo, por que continuou com ela? — perguntou Gerard.

— Por que eu continuei com ela? — disse Cris, procurando uma resposta.

— É, cara!! Por que você não pulou fora??

— Você larga alguém que chupa o seu pau por 40 minutos? — perguntou Cris, para espanto total do amigo.

— Quarenta minutos? Você tá brincando, Cris... Ninguém chupa um pau por 40 minutos... Nem um viado chupa um pau por 40 minutos... eu acho...

— Olha, a Lara chupa... ela é capaz de chupar meu pau uma noite inteira, se eu pedir!... Ouviu bem? Essa mina é capaz de chupar meu pau 12 *horas seguidas*... E continuar no dia seguinte, se for preciso... Pode apostar... Quer bater uma aposta?

— Que aposta, o caralho! Você tá louco?

— Tô... tô ficando loucaço... tô enlouquecendo... Gerard, a Lara me vê e começa a ronronar, entende?... e a se esfregar... a se enconchar... ela começa a pirar, entende? ... a dizer coisas... que é minha gata e isso e aquilo... que quer ficar no meu colo e isso e aquilo... que gata gosta de leitinho e isso e aquilo... aí pula no meu pau e começa a coisa toda... e aí eu piro! é assim sempre... é insano... se eu falar uma coisa, você não acredita...

— Fala, Cris, eu já não tenho forças para duvidar de nada... — diz Gerard... que ouve um *pim*...! e percebe que acabou de receber, pelo celular... *o primeiro torpedo*...

— Trepei mais em seis meses saindo com a Lara do que em seis anos de casamento com a Gabi... — disse Cris, referindo-se ao seu Lindo e Promissor Casamento no Campo com Gabriela... todo mundo lindo e bem-vestido num dia ensolarado... um casamento que começou da melhor forma possível, mas que, a certa altura... logo depois do segundo ano, pra ser mais preciso, fracassou de Cama, Mesa & Banho...

— Mas isso não é tão difícil... a gente sabe... — disse Gerard ao seu grande amigo e confidente Cris... — ... que com Gabriela a coisa terminou... você sabe... pra baixo!

— Você tá falando do quê?!? — irritou-se o intempestivo Cris. — Das brochadas com Gabriela, é isso? É a isso que você está se referindo?!?

— Calma, Cris, eu sei lá do que eu tô falando...

— É disso que você tá falando?! Da droga que eu tive de tomar para foder aquela frígida? É disso!?

— Eu não tô falando nada, Cris, é você que dizia que...

— Dizia e repito: a mina era uma frígida, entendeu? Ela me afastava da cama, entendeu? Você sabe o que é isso? Sabe o que é ser afastado da cama... pela sua própria mulher? E não só da cama... da mesa também...

— Da mesa? — perguntou Gerard, com espanto. — Ela também te afastava da mesa? Mas por que da mesa?!...

— Meeeeeu, eu era louco pra trepar em cima da mesa, depois da janta... — confidenciou Cris. — ... no meio das travessas de salada... de suflê... e tudo... Não é o máximo isso? Você não acha isso o máximo?

— Sei lá, Cris — disse Gerard. — Nunca pensei exatamente... com as travessas e tudo?

— E me afastava também do banho! Meeeeeu, eu nunca consegui comer a minha própria mulher no chuveiro!... Você acredita nisso? Dá pra imaginar seis anos de casamento e nem uma trepada no chuveiro? Nem uminha?? Nem uma chupadinha embaixo do chuveiro... com água caindo e aquela babação toda?

— Cris, calma... — disse Gerard, tentando acalmar a fúria do amigo.

— É claro que eu comecei a brochar! É evidente que eu comecei a brochar! — disse Cris, aumentando perigosamente o volume da voz. — É claro, a partir daí que eu comecei a tomar a Pílula... E sabe pra quê? Pra nada!!

— Nada? — perguntou Gerard, intrigado. — Você tomava e não adiantava nada??

— Nããão... quer dizer... o pau subia — explicou Cris. — Mas eu tomava aquela porra pra não trepar, entende??

— Como assim, pra não trepar? — perguntou Gerard, confuso.

— Porque a Gabriela não dava, entende?? Minha própria mulher se recusava a dar pra mim... você imagina isso??

Tlin tlón tlin tlón (é o celular... novamente... de Gerard)... *tlón tlin tlin tlón*... (que mais uma vez não reconhece o número etc. etc... imaginando que sim, pode ser que seja etc. etc...).

— *Gerald*... — disse uma voz tímida do outro lado da linha. — ... é a Joana... você pode falar?

— Joana... — disse Gerard, já completamente zonzo. — ... Joana...

— Da festa da Marília, ontem, *Gerald*... você não se lembra?

— Joana... Marília!... claro!... lembro...

— Peguei seu telefone com a Marília, tudo bem? — disse Joana, cuidadosa.

— Tudo bem o quê? — disse Gerard, desatento, observando Cris envolvido numa discussão não muito agradável com Nereida, que estava de volta após falar com Lara.

— Tudo bem eu ter pego o seu celular com a Marília? — disse Joana, insegura.

— Tudo bem... tudo ótimo... Fala!

— Então... — disse Joana, tímida.

— Então o quê? — perguntou Gerard... a um passo de... soltar um foda-se e fuzilar a garota...

— Então, vamos no Loft's hoje? — perguntou ela... tensa... arriscando um convite... tomando a sempre arriscada iniciativa... *de convidar o macho.*

— No Loft's? — perguntou Gerard. — O que é o Loft's?

— É aquele lugar novo que abriu que eu te falei ontem...

— Falou?

— Falei, falei sim!... Não falei??... Claro que falei... Você não se lembra? — perguntou Joana... apelando para uma ligeira chantagem emocional...

— Lembro... claro... — disse ele, para alívio imenso de Joana.

— Então anota o endereço... — disse Joana. — Você tem papel e caneta?

— Tenho, fala... — disse Gerard, brusco.

— Tem mesmo? Tem certeza?

— Tenho, fala! — disse Gerard, começando a ficar *realmente puto com aquela mina.*

— É na 3 de Março com a... — disse Joana.

— 2 de Junho! — completou Gerard, pra adiantar o assunto.

— Como você sabe o endereço? — estranhou Joana.

— Sei lá, chutei! — explicou Gerard.

— Como assim, chutou... do nada? Eu não me lembro de ter te dado o endereço... Eu mesma só fiquei sabendo o endereço hoje à tarde... — disse Joana, uma garota carente que exigia sempre explicação... para tudo!

— Sei lá, foi só um chute, *foda-se!* — disse Gerard, utilizando com Joana toda sua cota de perda de paciência do almoço.

— Dez da noite então, tá? — recuou Joana, fingindo não ter ouvido o *foda-se!* — Tudo certo então, né? Nos vemos lá hoje à noite, então, tá? Você vai, né, *Gerald?*

Gerard disse que iria sim, que ela podia ficar sossegada etc., um beijo etc... e desligou o telefone. Puxou então sua cadeira novamente para perto da mesa, inventou uma desculpa para Cris e Nereida por ter de sair tão cedo, antes do sorvete flambado com amoras e farofa picante de gergelim torrado, e pediu a conta para o garçom de túnica ocre e dourada... o Marquinhos. Em segundos, calculou sua comida e sua bebida, fez um cheque e colocou em cima da mesa. Enquanto pagava, ouvia Cris e Nereida discutirem acaloradamente a difícil situação de Lara... a Mulher Contagem Regressiva... a Fêmea Bomba-Relógio Prestes a Explodir a Qualquer Minuto... como é difícil para uma mulher atravessar a Grande Barreira dos 35 sem a perspectiva de um filho... o que é a Plenitude Reluzente da Maternidade... e como Cris, infelizmente, pouco podia — ou estava disposto a — conceder... fazer a respeito... amar verdadeiramente... constituir uma família... ser sério e respeitável... crescer finalmente!... e como Nereida tinha superado, aos 36 anos de idade, essa questão avassaladora... mesmo após dois abortos!... e que para Nereida, no seu novo momento, a adoção fazia, *de repente*, mais sentido... *diante de tanta coisa ruim acontecendo no mundo... e crianças no semáforo e isso tudo...*

Gerard se levantou, caminhou em direção à porta e consultou, mais uma vez, o celular... pra conferir... entre os torpedos de Tati e Nina — *entre 3 de Março e a 2 de Junho, viu, fofo?* — se Luciana havia, quem sabe?, ligado... e ele não tivesse, por um descuido, ouvido... mas como ela *não havia ligado*... Gerard saiu desapontado... sem raciocinar nem um minuto no porquê de esperar Luciana ligar para ele... e não ele para ela!!... no porquê disso...

Mal Gerald atravessou a porta do Ananga, Nereida disse a Cris:

— Mas que simpático esse seu amigo... Como é mesmo o nome dele? Gê-rar-d, é isso? Adorei o Gê-rar-d... Discreto, alto, educado... e culto! *Noooossa*, como ele se interessa por tudo! Eu gosto de homem assim: com assunto! Me dá o número do celular dele, Cris?... Ele não pode faltar... ele *tem de vir*... no meu festão de aniversário!

Eram quase oito horas da noite quando Gerard chegou ao seu apartamento; cansado, como sempre, ao chegar em casa após um dia de trabalho... e de algumas emoções... como as do almoço!... Subiu os dez andares pelo elevador e, ao sair dele, no hall de entrada do apartamento, buscou o molho de chaves no fundo do bolso, para abrir a porta. Ali, se atrapalhou: ao puxar o molho de chaves, sem muito jeito, caiu no chão do hall o maço de cigarros aberto e vários cigarros que escaparam do maço... além de um isqueiro, dois recibos de cartão de crédito e uma camisinha, que jazia intacta há mais de uma semana naquele buraco sem fundo que era o seu bolso. Estava escuro. Gerard apertou então o interruptor de luz, no canto direito do hall de entrada, ao lado da porta do apartamento... e foi surpreendido por um clarão súbito de luz e por um... *spúnk!*... estouro!

— Queimou a porra da lâmpada! — praguejou Gerard, assustado com o estampido e o raio instantâneo e aparentemente fatal que saiu da lâmpada. — Merda! Tudo queima nessa porra dessa casa!! — disse para si mesmo, desconsolado, sem opção, a não ser tentar achar o buraco da fechadura da porta de entrada no escuro. E durou uma eternidade isso... Gerard tentou com a chave do portão lá de fora, o que dá pra calçada... com a chave da porta dos fundos, que dá pro elevador de serviço... com a da grade que separa o pátio dos fundos do jardim de entrada... com a da sua antiga casa (o que ela está fazendo ainda aí, ô Gerard... a chave da sua ex-casa?)... até começar a suar frio e derrubar... o molho de chaves no chão! Mesmo na escuridão total, Gerard olhou para cima, para o Nada. Tentou falar com alguém, com um Ser Superior, aparentemente... pedindo severas explicações por ser assim... por ter nascido Gerard... por não ter marcado de alguma forma cada uma das chaves do chaveiro, por não ter aprendido braile, por não ter eliminado do molho a chave da sua vida de casado, a sua ex-vida... por não ter comprado um celular com lanterna... por morar numa Fortaleza Gradeada... pela violência urbana!... que exige chaves e portões pra todos os lados!... por ter de carregar uma porra cheia de chaves de tamanhos e feições parecidas... não identificáveis no escuro... nem no claro!!... e terminou agachado no chão do hall ruminando contra si e contra o Ser Superior e contra todos... até levantar-se molhado de suor e tentar enfiar tudo novamente naquela porra daquele buraco, uma após a outra... e, a certa altura, porque a certa altura... até mesmo uma chave entre mil tende a encontrar o seu buraco... Gerard acertou a chave e entrou no seu apartamento. Mal entrou, no entanto, encharcado pelo esforço e pela irritação, imaginando uma dor terrível nas costas depois do exercício forçado praticado no hall, Gerard reparou que havia deixado o dia todo abertas as janelas e as persianas... de todos os cômodos!!... incluindo as da cozinha, que eram perpendiculares e abriam para dentro... deixando entrar um oceano quando chovia, o que era um sério defeito entre vários nessa bosta de apartamento alugado... mais sério ainda porque havia caído uma chuva torrencial e ácida a tarde toda... que Gerard nem percebera, por ser um rato de escritório extremamente dedicado ao trabalho! Ou seja: a cozinha estava alagada. Um gavião, uma águia, um condor... o caralho!... poderia tranqüilamente sobrevoar aquela imensidão de água que se estendia pelo chão da cozinha... em busca de comida fresca na geladeira... pairando sobre a escuridão daquele Mar... sem necessidade de pouso!... Já um pato como Gerard tentava atravessar a inundação, batendo e movimentando as patinhas... um patinho bem idiota, na verdade... que era como ele se sentia diante daquele dilúvio que, ao menor movimento dos pés, ameaçava provocar ondas gigantescas capazes de atingir o sinteco da sala... que já tinha sido severamente atingido por conta da janela que também lá havia ficado aberta!... e Gerard não teve outra saída a não ser abandonar a cozinha faminto e responsabilizar a quem de direito por aquela cena toda... por aquela Inundação Bíblica!... aquela... Tragédia Grega!... que deveria terminar com o sofrimento e a dor de alguém oferecido em sacrifício a seres superiores desumanos!!... que deveria terminar na Morte e Danação Eterna de ninguém menos que...

— Carolinaaaaaa!! Sua filha-da-puuta!! — gemeu Gerard, num grito interno que se iniciou nos intestinos, contorcidos de dor e aflição, contaminando o estômago, subindo pela garganta até inundar de sangue a cabeça de Gerard, que ardia de raiva e indignação por aquela situação toda... de descalabro e solidão extremados... e de impotência diante dos desastres naturais que se abatiam sobre seu repouso após um dia de trabalho. Indeciso sobre se procurava uma vassoura... um rodo... — que jamais havia sido visto naquele apartamento até então — ... ou se se aventurava novamente pela cozinha até a área de serviço, para juntar trapos e tentar secar a inundação — o que lhe exigiria pelo menos uma hora de extremo esforço —, Gerard adiou a tarefa até a manhã seguinte... ou seja, até a chegada da diarista... que vem terças e quintas... ou segundas e quartas?... ou terças e sextas???... e caminhou para o quarto. Lá, mais Devastação e Ruínas... mais Inundações e Descalabros... uma mistura de cuecas podres e meias sujas jogadas pelos cantos... e travesseiros encharcados sobre a cama... e tocos de cigarro murchos e úmidos caídos no criado-mudo... e restos molhados de biscoito sobre o lençol... As águas atingiram todo o Sagrado Abatedouro... e a dor profunda nascida dos intestinos, imensa, devastadora, ia se avolumando... Gerard pensou em telefonar para Carolina. Culpá-la pelo dilúvio, pelas sete pragas do Egito, pela merda entre judeus... e palestinos!... pela fome e miséria planetárias... por todo o sangue derramado até hoje no mundo!... Chegou a pegar o celular no bolso, digitou o número e... lembrou-se do que havia prometido... com as Lágrimas Amargas de um Macho Ferido escorrendo pelo rosto... para si próprio:

— Eu jamais vou ligar pra Carolina... eu jamais vou falar com aquela vaca novamente... ela jamais vai ver a cor da minha pessoa... e da minha pica... ela jamais vai sentir as estocadas do meu gavião naquela sua boceta... o gostinho azedo da minha porra!... os movimentos da minha língua ela nunca mais vai ver, nem que eu tenha que morrer sozinho... afogado num tanque de óleo quente e escuro... afogado... como um *pato*!

Tlin tlón tlin tlón (tocou então o celular de Gerard)... tlón tlin tlin tlón... (Gerard atendeu apressado, sem conferir o número).

— Gerard? — disse uma suave voz feminina do outro lado da linha.

— Sandrinha? — reconheceu Gerard, surpreso.

— Oi, Gerard... tudo bem com você?

— Tudo... Tudo indo...

— Não tá tudo bem, Gerard? Pela sua voz não tá tudo bem... Aconteceu alguma coisa, Gerard?

— Mais ou menos, Sandrinha... a lâmpada do hall de entrada explodiu, meu apartamento inundou, as roupas e a cama estão totalmente encharcadas e não tem como chegar perto da geladeira da cozinha, que tá um lago... fora que não tem uma porra pra comer nessa casa... Tirando isso, tá tudo ótimo!!

— *Aaaai*, gatinho... Como sofre esse meu gatinho sozinho nesse apartamento enooorme... — disse Sandrinha, sempre prestativa diante do seu Macho. — Tô indo aí te ajudar, meu lindo...

— Peraí, Sandrinha, calma!... — disse o gatinho, pondo pra fora as unhinhas... afiadas. — Tô de saída... Tava entrando no banho...

— Ahh... de saída... entendi... — disse Sandrinha, sentindo-se ligeiramente... escanteada.

— Vai ter um jantar na casa de um tio meu — disse Gerard, com uma desculpa pré-fabricada. — Não tem como eu deixar de ir... é coisa de família... amanhã a gente se vê... sem falta...

— Jantar na casa do tio... que loucura! — disse Sandrinha, aparentemente aceitando a desculpa do gato... pela absoluta falta de força e de alternativa... de quem é a última bola na mesa de bilhar. — Então tá, a gente se fala... — disse ela, desligando o telefone sem se despedir do Taco.

Gerard ficou aborrecido por magoar Sandrinha... que, afinal, era uma boa moça... e uma trepada certa!... mas foi apenas por um segundo... apenas pela duração de um raio de carência que atravessou sua espinha diante da ausência de Carolina na sua vida e no apartamento devastados!... Porque imediatamente Gerard se lembrou de Luciana... da sua Existência... das novas e descontroladas emoções que ela lhe reservava... das pernas longas de Luciana e da maneira elegante como ela as cruzava, segurando um cigarro com uma das mãos, com os braços apoiados sobre os joelhos... dos ângulos fortes do rosto de Luciana... que eram atingidos pelos cabelos discretamente loiros e lisos, quando ela virava a cabeça... pros lados... e havia também o bocão de Luciana no Novo Horizonte de Gerard... e as delícias que ele prometia a todo o seu corpo de macho! Gerard se animou, jogou a roupa para apodrecer também no canto do quarto e correu peladão pro banheiro... entrando embaixo do chuveiro com renovado entusiasmo... lavando o saco e o rabo com sofreguidão... se esforçando para estar... *inteiramente perfumado*... emitindo todos os ruídos sonoros... praticamente uma orquestra inteira embaixo do chuveiro... cantando como um pintassilgo roxo... sendo que ele nem mesmo tinha a *ilusão* de encontrar Luciana na festa!... nessa porra de lugar chamado Loft's... visto que ela mesma, Luciana... não havia telefonado... mas, no mínimo... na pior das hipóteses imagináveis... na situação mais extremada e difícil para ele... Gerard tinha a esperança de ouvir pelo menos uma vez — e isso para ele seria mais que o bastante... — a palavra... *Luciana*... ser dita a qualquer momento... provavelmente quando menos esperasse... escapando para fora da boca de uma das amigas dela na festa...

5

A ARMADILHA DA COBRA

Gerard não se lembrava mais com quem havia marcado o quê durante o dia mas, por via das dúvidas, chegou ao Loft's às nove e meia da noite, em ponto... conforme achava que havia combinado com Tatiana... ou Antonina... ou Joana... ou... foda-se! Com mulher, Gerard faz o tipo britânico, sempre... não na foda, claro, mas no timing da coisa: se uma gata marca algo com ele às oito e 18... ele fica mal se chegar no encontro às oito e 22... e 28 segundos!! É algo dele, sabe, velho? Uma coisa dentro de Gerard diz ser importante com mulher chegar sempre no horário... de preferência marcar de encontrar cedo, nunca tarde da noite... um respeito pela gata, saca?... uma educação, uma consideração ou... talvez... quem sabe?... algo mais... profundo.... algo íntimo!... como a vontade de comer ela o mais rápido possível!!... descarregar o óleo que entope o encanamento no menor lapso de tempo imaginável!! Aêêêê... Gerard! O cara tá sempre pensando na melhor forma de comer uma gata, velho: "*Se você convida pra comer às dez, não vai comer antes das duas! Isso você pode ter certeza!!*" Aêêêêêêêêêêê... Comer cedo pra comer cedo!!! É nisso que Gerard acredita! Essa é a sua Bíblia, Novo Homem, ex-Homem Primitivo! Mesmo com esse jeito meio idiota, meio tímido... carregando talvez resquícios do passado... como o Sorriso Amarelo... e o passo miúdo, hesitante, às vezes... como agora chegando ao Loft's, por exemplo... às nove e meia em ponto!... nem mais nem menos do que isso... chegando e adentrando o Loft's... com a mão no bolso!! Ôôô, Gerard... peraí, ô Gerard! Assim não, colega! Que porra a sua mão tá fazendo enfiada no bolso?! Tira a mão do bolso, cara! Você não é palhaço!! Só se mete a mão no bolso pra esconder o caralho, amigo!!... e isso quando ele tá ali... em lugar público... arrebentando!... como se fosse um 38 escondido... cano largo!!... Fora isso... tira essa mão do bolso, tá maluco?! Mas Gerard não tira a mão do bolso, velho... longe disso! Deve ser porque chegou ao Loft's sozinho, sem ninguém pra lhe dar apoio... sem ninguém sentadinha numa mesa louca para vê-lo! Por algum motivo insondável, andar com a mão no bolso entre as mesas vazias do lugar deve dar segurança a Gerard... sendo que já são nove e 35... e nenhuma das garotas ainda chegou à porra do lugar!... isso depois de insistirem tanto... encherem tanto o saco ligando o dia todo... e nenhuma se dignou a comparecer no horário! Tudo bem, tudo certo... assim Gerard tem mais tempo pra conhecer melhor o Loft's... e também a si mesmo!... Um lugar bastante acanhado esse Loft's, pra dizer o mínimo... Mulher tem cada uma, velho! Tem cada história! Basta você armar uma tenda e colocar ali duas, três mesinhas... e colocar um lustre meio fresco pendurado no teto... e umas velas pelos cantos... e pronto!... o lugar é tudo!... o lugar é o máximo!... o lugar é imperdível!... Sabe o que é isso, cara?... Você sabe que nome tem isso?... É a Busca Frenética de Frescura na Boceta, meu amigo!... é uma vontade louca de arrumar uma desculpa qualquer para... Sair Por Aí Em Busca de um Ventinho... algo fresquinho que suba pelo vestidinho... ou que desça pela blusinha... entrando pela barriguinha... pelo reguinho... e refresque aquela coisa apertadinha que elas têm no meio das pernas... que ao menor sinal de mudança de humor... de temperatura... de sabe Deus o quê!... começa a esquentar... esquentar... esquentar!!... e aí vai dando aquela impaciência... aquela vontade insana... aquela necessidade incontornável... de se movimentar... de sair por aí mexendo as perninhas... batendo as asinhas... dando pulinhos... E para isso basta uma desculpa... uma novidade qualquer!!... pode ser qualquer coisa... qualquer programa... um filminho idiota no cinema... um passeiozinho pra ver uma exposição de um pintorzinho de merda... uma baladinha numa espelunca qualquer como esse Loft's!

Ô lugarzinho escroto! Não passa de um corredor metido a besta esse Loft's... nada além disso!... uma fileira de mesinhas à direita, outra à esquerda, um balcão no fundo... uma luz de canto... uma vela pobrinha em cada mesa... tudo preto-e-branco... e pronto!... é isso o Loft's! Fora esse nome ridículo!... O contrário de um loft, na verdade... Aliás... quem teve a brilhante idéia de colocar esse nome nessa merda? Por acaso, talvez?, estamos falando daquele cara com nariz de fuinha sentado na mesinha do fundo? Que está aparentemente muito sério rabiscando qualquer coisa num bloquinho de papel em cima da mesinha apertada? Será ele o dono dessa bosta? Tá fazendo o quê, ali, as contas? Calculando o prejuízo? Foi ele quem teve essa sacada genial?... de chamar uma porra apertada dessas... sem graça dessas... abafada e mal iluminada como essa... de Loft's? Gerard caminha até bem perto do cara... — tira a mão do bolso, ô Gerard otário!

— que continua olhando para o pedaço de papel, sem dirigir o olhar para ele... e vai até o fundo, dar uma espiada no balcão vazio... Depois volta... passando no meio do caminho por duas garçonetes com cara e postura de estátua... estátuas bem vagabundas, na verdade... que ele nem havia reparado quando chegou... estacionadas bem ali, à esquerda de quem entra nessa porra, encostadas numa saliência da parede... duras e caladas... duas gordas de calças jeans estropiadas, ambas de camiseta tingida, formando uma merda de desenho qualquer, e de cabelos curtos e manchados de gel fluorescente... uma gosma cor-de-rosa brilhosa e grudenta... empastelando aqueles cabelinhos naturalmente sem graça... e agora mais sem graça ainda!... tipo espetadinhos para cima! Gerard cumprimenta uma delas... e não é correspondido — o que o deixa ainda mais puto! Já são nove e quarenta!... acabou o horário da novela... quem tem criança ou já matou ou enfiou elas na cama... e nada daquelas escavadeiras aparecerem para desatolar Gerard desse barranco!... salvarem Gerard do único destino que lhe resta diante dessa *roubada*... que é sentar numa dessas cadeiras desconfortáveis nas mesinhas apertadas, cruzar as pernas com muito esforço, ajeitar o saco diante do aperto inevitável, solicitar o cardápio para uma dessas duas barangas... torcer para não levar uma porrada de uma delas... e pedir... uma cerveja redentora... e acender um cigarro... e conferir o celular... e assumir a Atitude Clássica do Enjeitado, ele que está ficando craque nisso, tipo: *sim, estou esperando alguém, disso vocês barangas podem ter certeza... alguém que eu seguramente irei foder bastante essa noite... quando for embora dessa merda... na verdade, estou aqui apenas me preparando para foder a madrugada inteira!!... isso aqui é apenas... um pitstop!... e isso será muito divertido para mim... e também para a garota!!... disso vocês podem estar seguras, barangas!... apesar de já passar das dez horas da noite!... e eu ainda estar sozinho nesse raio de lugar, sendo observado por duas gordas como vocês!* Entregue aos seus pensamentos... navegando pelos mares escuros da Solidão, da Carência... e do Ódio... virando sua terceira ou quarta cerveja... já ligeiramente embriagado em plenas dez e meia da noite... Gerard observou uma figura miúda atravessando a rua do lado de fora da porta... vinda pela calçada... chegando mais perto da porta... entrando no lugar... em sua direção... a figura ficando mais e mais nítida...

— Ruthinha! — disse Gerard, surpreso com a aparição súbita daquela garota estranha, como se tivesse visto um fantasma.

— Oi, Gerard — disse ela, calmamente, tranqüilamente, como se não estivesse nem um pouco surpresa por encontrá-lo ali. — Que horas são? Faz tempo que você chegou?

Por que ela fez essa pergunta?, pensou Gerard. *Quem é essa garota? Ela sabe... por acaso... que estou há uma hora atolado nessa lama?*

— Eu... quer dizer... meia hora, mais ou menos — mentiu Gerard, confuso em se expor diante da estranha figura.

— As meninas já estão chegando, Gerard — disse Ruthinha, mantendo o tom calmo, olhando para o fundo do Loft's e se encaminhando calmamente para lá. — Calma... elas já estão vindo...

Como assim "as meninas já estão chegando?", pensou Gerard. *Chegando de onde? Que meninas? e... calma por quê?? Como você sabe que estou aqui nessa porra esperando... as "meninas que já estão vindo"?*

Ruthinha caminhou lentamente até o fundo do lugar e se sentou na mesa junto com o cara com nariz de fuinha... que assim que a viu deixou o papel e o lápis de lado... para começar um bate-papo aparentemente incrível, com direito a risadas altas e mãozinhas nos ombros e intimidades.

Ruthinha se voltava, de tanto em tanto, para a porta do Loft's, para observar Gerard que, cada vez mais solitário, cada vez mais incomodado... deu uma Senhora Pirada!... Puto Como Poucas Vezes na Vida... louco de vontade de se levantar e atravessar o corredor escuro daquele lugar escroto... e dar uma muca no estômago daquela figura estranha de lábio rachado... e dizer: *Olha, escuta aqui, louca: que tanto você me ligou o dia todo??... encheu o meu saco na reunião do escritório e depois no almoço... e disse que ligaria novamente... me deixando assustado!... praticamente me ameaçando... como se quisesse dizer Algo!... uma coisa importante, eu não duvido... porque só uma coisa importante justificaria aqueles telefonemas todos, entende?... e aquele tom, aquele suspense... mas...* — peraí, estou confuso! — *... mas...* — peraí, não tô entendendo! — *... mas... por que caralho você praticamente passou reto por mim agora??... sem trocar direito uma palavra comigo??... me largando aqui, no escuro... navegando perdido num mar de Solidão e Carência... e Ódio... peraí! Você não tem mais nada pra falar comigo??... quem afinal é você, garota?... e por que não trata esse lábio rachado?... isso é nojento, sabia??... não brinca comigo, filha-da-puta!... eu sou um cara feroz e assassino... que fica ainda mais feroz e assassino... ao ser humilhado pelo atraso inconseqüente e suspeito... das meninas... e como você sabe que eu espero umas meninas? Quem te contou isso??...*

— Gerald! — disse Joana, que entrou no bar naquele momento... a tempo de impedir uma noite sangrenta... chegando não exatamente sozinha, mas acompanhada... de Luciana!!

— Joana! — disse Gerard, saindo do torpor assassino... — Luciana!! — ... exclamou, mal acreditando... nas surpresas do Destino...

— Desculpa, Gerald, pelo atraso — disse Joana, que se aproximou para o beijo. — Mas é que eu fiquei sem água quente em casa... uma loucura!... e fui tomar banho na casa da Lu...

— Oi, gatão! — disse Luciana, que escolheu a outra bochecha de Gerard para dar o *seu* beijo... Maravilhoso e Molhado... — Tava com saudade de você, sabia?

— Saudade de mim? — disse Gerard, revelando resquícios de dúvidas e inseguranças típicos... *de homens primitivos!* — Não acredito! Você podia ter me ligado...

— Mas eu tentei te ligar! — disse Luciana, já sentada à mesa... ao lado de Gerard. — Juro que eu tentei!! Mas seu número não completava... Não é verdade, Jô?

— É, é verdade... — disse Joana. — Ela mostrou o celular pra mim... Tentamos juntas... Que coisa estranha, né, *Gerald*?

— Tá duvidando, gato? Veja você mesmo — disse Luciana, tirando o celular da bolsa e apertando o número de Gerard que, sim, de fato, estava na memória do celular dela. — Tô ligando... espera... Tá vendo? A ligação não completa.... não é estranho?? Ai, meu Deus!! Meu celular tá maluco!

Estranho, sim, de fato... o celular de Gerard estava mudo e calado... Luciana parecia... falar a verdade! O que significava que, sim, havia uma Esperança Renovadora para um Novo Homem como Gerard... mesmo depois de intermináveis minutos de estranhamento e pobreza de espírito protagonizados por Ruthinha... mesmo depois de mais de uma hora de...

Tlin tlón tlin tlón... (tocou o celular de Gerard... criou vida subitamente, ali, na frente das meninas) *tlón tlin tlin tlón...* (Gerard conferiu o número no visor... era Carolina!) *Tlin tlón tlin tlón...*

— Você não vai atender, *Gerald*? — disse Joana, a ingênua.

Tlin tlón tlin tlón... (Gerard ficou imóvel por um segundo... seu coração diminuiu o passo... inundado por Sensações Ancestrais e Lembranças Destrutivas...). Tlin tlón tlin tlón...

— Deixa o cara! Ele atende se quiser, Joana — disse Luciana, sempre mais segura de si e da vida do que a amiga. — Olha lá a Ruthinha... já volto, um segundo — disse Luciana, que deixou Gerard naquele impasse e levantou-se para encontrar a amiga no fundo da Pocilga...

Tlin tlón tlin... — e Gerard cortou a ligação, desligando o aparelho em seguida. Ficou atormentado por um segundo. Um pouco pela ligação de Carolina, com quem não falava havia mais de um mês... sob orientação inclusive do seu psicanalista — que era também psiquiatra... por via das dúvidas... tratamento em dose dupla, portanto... necessário, pelo tamanho... da cratera! Mas seu tormento era outro, era um só, único: o afastamento de Luciana, ainda que por alguns minutos, do seu lado. Mas que porra Carolina ligar justamente agora, depois de semanas sem se dignar a um telefonema! Por que seria? Pra saber como ele... estava passando?... se precisava de... alguma coisa?... se ele estava bem... obrigado!? Ligar naquele exato minuto... em que o mundo parecia voltar a girar e fazer sentido para Gerard?!

— Mas quem era que estava ligando? — disse Joana, uma sem-assunto. — Por que você não quis atender?

— Sei lá, Joana... era um amigo — disse Gerard, sem ouvir direito a garota... olhando pro fundo do corredor... vidrado no papo divertido e aparentemente incrível de Luciana e Ruthinha e o sujeito com cara de fuinha.

— Como assim? Você não sabe quem ligou ou era um amigo? — disse Joana, procurando inutilmente coerência num espírito que claramente estava... em Outra. — Olha, adorei conhecer você, mas acho você um pouco estranho...

— Ah é, você me acha estranho? — disse Gerard, voltando-se para ela. — Você marca aqui comigo às nove e meia, aparece às 15 para as 11 de cabelo molhado com a Luciana e eu é que sou estranho? — perguntou ele, lançando a pergunta com a deliberada segunda intenção de saber... mais sobre Luciana do que sobre Joana!

— Mas meu chuveiro pifou, já falei pra você! — disse Joana, animada com o interesse de Gerard sobre a Sua Pessoa. — E a gente marcou às dez!! E eu fui tomar banho na casa da Luciana... e aí a gente se atrasou, foi isso!

— Mas você não podia ter ido mais cedo pra casa da Luciana? — insistiu Gerard. — Ela não estava mais cedo na casa dela? — disse ele, levando o questionamento... para onde *realmente importava...*

— Aiiiiiiiii, *Gerard...* — suspirou Joana, que fez sinal para ser atendida por uma das estátuas gordas de cabelo rosa empastelado. — Tá tudo muito louco na minha vida, sabia? Tudo muito estranho... nesse momento que eu tô passando!

— Tudo muito estranho? — estranhou Gerard, ele próprio... — O que tá estranho??

— Aiiiiiiii, não sei... — disse Joana. — É melhor eu tomar uma coisa bem forte... Por favor, uma vodca dupla... sem gelo! — pediu ela.

— Joana, me diz uma coisa... está tudo bem com você... e com a Luciana? — arriscou Gerard... tentando a todo custo... incluir Luciana na conversa...

— Como assim, *tudo bem entre mim e a Luciana?* — perguntou Joana, a ressabiada... que estranhou a insistência de Gerard em incluir Luciana no assunto... a todo custo. —

O que você quer dizer com *tudo bem entre mim e a Luciana*? O que você tá imaginando? — disse ela, ligeiramente... agressiva.

— Imaginando? Eu? Nada! — respondeu Gerard, estranhando definitivamente o tom de Joana. — Eu não falei "entre você e a Luciana"...

— Falou sim!... eu ouvi!!... foi exatamente isso que você falou!!... Não se pode mais tomar um banho na casa de uma amiga? — disse ela... destemperada. — Não se pode mais ter um chuveiro quebrado em casa? Não?? Você nunca ficou sem água quente em casa? Me diga... Vai, responde...

— Eu não digo nada! — defendeu-se Gerard, estranhando a reação de Joana... temendo que essa discussão continuasse até Luciana voltar para a mesa... o que, aliás, já acontecia... visto que Luciana se levantou e caminhava com Ruthinha a tiracolo...

— Você diz que não disse, mas você disse sim! — continuou Joana, a trapalhona! — Foi isso que você disse: se estava tudo bem *entre mim e a Luciana*... Eu ouvi!! Você tá imaginando que porque eu cheguei de cabelo molhado junto com a Luciana... nós podemos estar tendo um caso! Fala! Não é isso que você tá pensando?

— Eeeuu?? — disse Gerard, atônito. — Pára com isso! Tá louca?

— A-háááá... Quem está tendo um caso? — perguntou Luciana, de súbito, ao chegar à mesa... pegando... como temia Gerard... uma ponta daquela Conversa Maluca...

— Nós estamos tendo um caso, sabia, Luciana? — disse Joana. — É o que tá sugerindo aqui o nosso amigo *Gerald*...

— Seu nome afinal é *Gerald* ou Gerard? — perguntou Ruthinha, ignorando, aparentemente, a questão colocada.

— Como você descobriu que nós estamos tendo um caso, Gerard? — disse Luciana, num tom entre o sério... e o irônico... — Falei pra você secar esse cabelo antes de vir, não falei, Joana?

— Garotas, calma! — disse Gerard, tentando inutilmente assumir o controle... do incontrolável... — Vamos tentar colocar um...

— Eu odeio você, Luciana! — gritou Joana, indignada com a reação de Luciana. — Você tá me jogando na lama!

— *Gerald*! — disse Ruthinha, abaixando o tom de voz e segurando Gerard pelo braço. — Me fala seu nome certo, que até agora eu não entendi direito...

— Eu não suporto isso!! — gritou Joana que, para espanto total de Gerard... começou a... chorar ali na mesa! — Eu não tô suportando mais isso! Vocês não estão vendo o que estão fazendo comigo? Estão??... Hein!!??

— Joana, deixa de ser ridícula — disse Luciana, tentando interromper o choro da outra. — Deixa de ser criança!

— Gerard... — disse Ruthinha, puxando Gerard pelos ombros para um canto da mesa... tentando engatar... uma conversinha paralela a qualquer custo... — Quando eu te conheci, achei que era Gerard... Mas agora estou na dúvida!...

— Ridícula nada! — continuou Joana... aos trancos... aos soluços. — Eu tô sendo usada! Pensa que eu não sei que eu tô sendo usada?? Pensa que eu não percebi isso desde o começo?? Desde o primeiro minuto??

— Fica quieta, Joana! — gritou Luciana, sacudindo Joana pelos ombros. — Cala essa boca!

— *Gerald*... — disse Ruthinha no ouvido de Gerard —, me fala uma coisa... *é Gerald*??

— Meninaaaaaas! — ouviu-se então uma voz nova e poderosa que vinha da porta do Loft's. — Geraldinhooooooo! — era Nina que chegava... plena e arrebatada de alegria.

— Uiiiiiiiii... Gerardêêêêêê!... Meninaaaaas! — era Tati que também chegava... a toda! E, junto com elas, chegava também... uma Turma... cinco ou seis pessoas... a maioria mulheres que Gerard não conhecia... e também dois caras em nada semelhantes aos ogros de camisa listrada que Gerard vira na véspera... Uma turminha animada! Que chegou pra valer... disposta a mudar completamente o astral da noite... até então impregnado pela Neurose Explícita de Joana que, sufocada pela alegria da turma, parou o choro e ficou murcha... calada... amuada ao lado de Gerard... enrolando o cabelo com os dedos com cara de doida... Juntaram-se mesas, o barulho aumentou... somado aos ruídos de outros freqüentadores que chegavam ao Loft's... às pencas... e, na grande, imensa maioria... freqüentadoras!... mulheres e mais mulheres de todos os formatos e idades... que, aos poucos, lotavam as mesas... para, aos poucos, fazer pedidos... e beber e comer... e enlouquecer as garçonetes gordas... e falar e falar e falar... e falar!... e transformar o Loft's num Vasto Galinheiro... ainda maior que o galinheiro da véspera... o do aniversário de Marília... tudo indicando que Gerard... o Eterno Macho Disposto... faria grandes estragos aquela noite... sem dúvida... certeza!... apesar do embaço momentâneo... de ter sobrado no canto da mesa com Ruthinha na frente e Joana de cara amarrada do lado... uma Grande e Problemática Barreira colocada entre Gerard e Luciana... e Luciana e Gerard... apesar de que Luciana, infelizmente, não demonstrava estar tão incomodada com isso... porque conversava e ria às pampas com todos do outro lado da mesa...

Nina e Tati e as outras mulheres e aqueles dois carinhas que Gerard não conhecia... estranhos rapazes, por sinal, como notou Gerard de imediato... magrinhos de cabelinhos compridinhos e... ousados!... tudo neles era um pouco... ajeitadinho demais, pra ser bem sincero... pra usar um eufemismo!... pra evitar de falar... o que todos sabemos!... tudo muito... demais, pra ser exato... como esse conjuntinho safári bege e bermuda que um deles está usando... um conjuntinho esquisito, pra falar bem a verdade... cheio de bolsinhos... e um lenço enrolado no pescocinho fino...

— Gerard!... Gerard! — disse Luciana a certa altura, voltando-se para Gerard com Aquele Seu Sorriso. — Deixa eu te apresentar o Tico e o Leco, meus cabeleireiros... Eles são o máximo! Eles são tudo!!

— Prazer! — disse Gerard, em voz alta e sorrindo... feliz por ser lembrado por Luciana... por ser finalmente Incluído... estendendo a mão para o rapaz da bermudinha... já sinceramente arrependido pelos negros pensamentos em relação ao conjuntinho safári bege...

— Prazerrrrrrr! — disse o rapaz, o da bermudinha e conjuntinho safári, com pouco entusiasmo, demonstrando um quase enfado, com os olhinhos virados pra cima como se fosse um peixinho entediado... deixando Gerard por um segundo com a mão estendida no meio da mesa... o cumprimento pairando no ar à vista de todos... para apertá-la frouxamente em seguida e virar os olhinhos de peixe de volta para Luciana, sem nem mesmo olhar para o rosto de Gerard... sem nem mesmo se dignar... a apertar a mão de Gerard como um Homem... continuando alegremente o papinho com ela: — Aiiiiiii, Lu..., você é uma louca... pensando bem... faz muuuuito sentido toda essa história...

Muuuito o quê? Que porra de história? No que Luciana está interessada que não em Gerard... a ponto de sequer continuar a olhar para ele?? E continuar a conversinha com a... quer dizer, com o... caçadorzinho de conjuntinho safári bege? E por que então fazer questão de apresentá-lo às... quer dizer, aos... cabeleireiros? Sendo que a... quer dizer, o outro ali do lado nem mesmo se virou para demonstrar seu *prazerrrrrr* de conhecer Gerard! Cara!!... qualquer que fosse a *história que fazia muuuuuito sentido*... uma coisa é certa: Gerard estava fora dela!... ele e seu Sorriso Amarelo!... que ficou ali, congelado no rosto... travado ao ver Luciana se divertindo de novo com o caçadorzinho de safári bege... caçador de quê? Vamos lá... Quem adivinha? Caçador de quê??... E Gerard ali... sentindo, como na noite passada... um frio na espinha... como se tivesse percorrido novamente a longa subida da montanha-russa... chegando novamente no topo... vislumbrando a descida infernal... o carrinho que começava lentamente a curva para baixo... e que iria despencar em questão de minutos... e já começava a fazer a curvinha... apontando para o abismo... o buraco negro... em questão de segundos... E por tão pouco! Cada vez por menos! Por nada, por uma indiferençazinha à toa... por *uma*... quer dizer, por *um*... caçadorzinho de safári bege... e Gerard já estava zonzo... atordoado... quase sem forças... para se levantar e ir embora pra casa... que é o que ele deveria ter feito!... e se afundar nos travesseiros e bater uma punheta e pronto!... resolvido!... papel passado!... é o que ele deveria ter feito... ele sabia bem disso, no seu íntimo... ou não? É o que ele deveria ter feito... ou não?... como ficamos?... esperar o quê, a essa altura?... Gerard já fez muito, velho. Já pagou o maior pau do mundo ao esperar mais de uma hora pra encontrar A Boceta (fosse ela Joana,

Nina ou Tati); depois, o mico todo com a chegada da Ruthinha; em seguida... a estranhíssima, a essa altura e por tudo o que veio depois, entrada conjunta de Joana e Luciana — tudo bem, aqui teve um refresco: Luciana, a Inesperada, Enorme e Agradável Surpresa... algo que realmente superou as maiores expectativas... mas que descambou naquela loucura da Joana... aquela piração com o cabelo molhado e as insinuações e acusações... que Gerard nem mesmo fez, tá sabendo?... e depois a choradeira... e agora a humilhação diante de um cabeleireiro de conjuntinho safári bege e bermudinha... É brincadeira?!... exigir de Gerard o quê?... que depois de tudo isso ele ainda tenha espírito e imaginação para levar um papo divertido!... quer dizer... divertidíssimo e espirituoso!... após ser humilhado por uma duplinha de cabeleireiros?... esses dois tipinhos de merda que ainda sorriem para ele... como dois macaquinhos?!... eles são loucos?... eles que olham para Gerard e depois sorriem... entre si?!... e com Luciana!... e entre si!?... e olham mais um pouquinho para Gerard... eles são loucos, é isso?... o caçadorzinho não sabe que é ele quem vai levar um tiro?... um dry-martíni na fuça, ou algo do gênero? Ainda mais levando em conta que Luciana... epa!... que Luciana... oooopa!... que Luciana... cara!!... Luciana *acabou de se levantar da cadeira pra dar um beijo na boca do Tico!!? Ou será do Leco??! Meeeeeeeeeeeeeeeeeeeeeeeuuuuu!*... a mina deu um beijo na boca do seu próprio cabeleireiro!! E continua beijando! É um beijo longo! É inacreditável! Ela se levantou da cadeira, se debruçou na mesa... e na frente de todo mundo... na frente de Gerard!... tascou um beijaço no Lico!? Ou no Teco?! Foda-se o nome da bicha! Fodam-se as baleias! Isso não pode estar acontecendo!... e ela continuou beijando esse viado!... durou mais de dez segundos!!... o caçadorzinho de safári bege e lenço no pescoço! Como pode isso? Está além do razoável! Isso vai além de tudo! Meu caralho! Nosso caralho! Alguém detenha essa Luciana! Essa porra-louca! Essa maníaca! Que, depois de beijar na boca o próprio cabeleireiro, se levantou em direção a Gerard, passando pela cadeira de Tati e Joana — afagando ternamente os cabelos desta última —, e disse bem perto do seu ouvido, esse ouvido pasmo:

— Você tem 50 reais trocados?

O quê? Gerard ouviu bem? Foi isso mesmo? Luciana beijou na boca o seu próprio cabeleireiro, em seguida veio até Gerard e perguntou no seu ouvido, como se fosse um segredo... se ele tinha... 50 reais trocados?

— Cinqüenta reais? — perguntou Gerard, tonto. — Pra que você quer 50 reais?

— Depois eu te conto... você tem? Vê aí... Mas discreto...

Encurralado pelo desejo... Entorpecido pelos acontecimentos... Entrincheirado por Luciana... Gerard virou a bunda de lado, meio sem jeito... colocou a mão no bolso... tirou discretamente a carteira — e jogou 50 paus na mão de Luciana. Ela se inclinou e estalou um beijo no seu rosto.

— Obrigada, gato... Já volto... — e saiu do Loft's, deixando Gerard completamente perturbado.

Gerard olhou em volta, em busca de apoio. Ninguém parecia ter visto o que tinha acontecido... com exceção de Ruthinha, que parecia não ver nada, mas acompanhar tudo. Mas Gerard não quis se abrir para ela... dizer que se encontrava num Poço Sem Fundo... resolveu então ficar quieto no seu canto... pagando pra ver... literalmente... o que acontecia... tentando entender melhor... aquela situação e aquelas pessoas... e também a si próprio!!... *principalmente a si pró-*

prio!!... testando suas reações diante do inesperado... contrastando aquilo tudo... os cabeleireiros... Luciana... o conjuntinho safári bege... o beijo inexplicável... com sua própria história de vida!... os 50 mangos... com sua cama sem Carolina ao lado!... aquela vaca raladeira!... que há pouco tinha telefonado para ele... depois de semanas desaparecida... o que ela queria... o Ser Adorado?... Gerard pensou também... ali, por um segundo... na sua reunião de negócios daquela tarde... e suas conquistas... seus projetos ousados... naquele cargo que ele havia pretendido... e que estava a caminho... você ouviu isso, cabeleireiro??... ouviram isso, meninas??... que o cargo pretendido estava a caminho??... é inútil pensar nisso, mas é uma forma de apoio!!... pensou também em Cris... por que não teve a idéia de trazer Cris para esse purgatório?... Gerard pensou em convidá-lo... mas teve receio... Cris andava muito violento ultimamente... foi agressivo com ele no almoço... o que ele faria com o caçadorzinho??... Lara estava deixando o cara louco com aquela história do filho... mas será que é só isso?... a agressividade não teria a ver com... o que ele estava tomando?... porque Gerard sabia dos problemas de Cris... mesmo sem ele assumir... Gerard sabia que o amigo enlouquecera de verdade em relação ao seu *desempenho*... sabia que ele continuava tomando o Remédio... e que aquilo, pra levantar o cano, fazia o sangue subir também para a cabeça!... esquentando as orelhas!... avermelhando a íris!... fervendo as idéias!... *meeeeeu*, que mundo maluco!... tá tudo girando... Ruthinha e Nina discutindo quem vai pra onde no feriado... que coisa!, elas têm um monte de amigos fantásticos!... elas citam nomes e nomes... de um monte de gente... e um monte de situações e lugares novos!... e Tati concordando com a cabeça... fazendo planos também... é só planos essa garota!... para uma quantidade interminável de festas e passeios... e sempre sem o marido!... ela mesma admite isso... acaba de admitir para todos que o marido pensa que nessa mesma noite... ela foi na vernissage de uma amiga pintora... pela quinta vez!!... e o marido acha isso natural e aceitável... e todos riem do marido... o rinoceronte... o septuagenário... o Coitado!!... riem pra caralho... riem disso e daquilo... porque, afinal, não deixa de ser engraçado!... Gerard também começou a achar graça... aos poucos... vai se encontrando... achando seu lugar no Mundo... a ponto de olhar pro lado e não entender por que Joana ainda continua mexendo os cabelos com os dedos... com cara de louca... de menina estuprada pelas circunstâncias... sendo que está tudo tão divertido!... de verdade! está mesmo!... esta é, na verdade, uma noite Louca e Agradável... como foi a noite de ontem... e será a de amanhã... como serão todas as noites dali em diante!... cheias de tipos interessantes e variados... como aquelas duas mulheres que se amassam na mesa ao lado... e se lambem e se apertam... tudo tão... surpreendente e interessante!... como acabou de notar esse sujeito que chegou há pouco na mesa... o Elemento Novo na Turma... que chegou vestindo, vejam só, uma bermuda com camisa larga... ele também está de bermuda!... como o caçadorzinho de caralhos!!... e de camisa larga... deve ser o calor... e que sujeito!... que tipo!... careca e ligeiramente gordo... mas quem se importa?... Nina e Tati se amarraram nele... e em dez minutos ali na mesa já sabemos que ele é um sujeito muito simpático... muito agradável... e muito rico!... já que ganhou a maior grana no mercado financeiro... essa importante informação... de interesse de todos!!... por isso, todos são imediatamente informados!... e agora ele promove festas e festas e mais festas na sua casa de 15 cômodos... com terraço!!... que tem também um jardim enorme e um quintal com piscina e vários cachorros... porque ele ama bichos!!... e ele informa ainda que todos estão convidados para uma festa no sábado... todos... inclusive Gerard!... obrigado!!... uma festa sem um motivo específico... a não ser... celebrar a Vida e a Alegria... não é fantástico?... não é um grande motivo?... e ele sabe que o segredo de uma festa é música e bebida... e algumas bichas, claro!... e todos concordam, claro!... principalmente os macaquinhos, claro!!... como não concordar com ele, um sujeito tão interessante e tão simpático... e desprendido também, sabe?... porque ele, apesar de ter ficado rico no mercado financeiro... sim, isso já sabemos... já nos foi informado... mas ele reforça: apesar disso... ele sonha mesmo é um dia... no futuro... cursar jardinagem... e levar uma vida simples, sabe?... uma vida entre flores e paisagens... e mulheres também, é claro!... sim, porque apesar disso tudo... das flores e das paisagens e o caralho!... ele é um sujeito macho, claro!... um separado com dois filhos... um ser masculino que adora a Vida, bem entendido... e a Alegria!, é claro... com as festas e as bichas e isso tudo... e que é capaz, em seu feliz desprendimento, de levantar um brinde... como ele faz agora... à quantidade excepcional de pessoas interessantes reunidas em volta dessa mesa, como ele observou na frente de todos... vocês sabem o valor que tem isso?, ele pergunta... sabem que a qualidade das pessoas nessa mesa é algo excepcional e raro... e merece ser brindado?... todos sabem, é claro!... até Gerard ficou sabendo disso, no final das contas... mesmo Gerard caiu na Real... percebendo o valor de uma noite verdadeiramente divertida... e arriscada e maluca como toda noite verdadeiramente divertida... com as festas e as bichas e... porra!... só Joana não percebe isso?... só Joana não levantou seu copo de vodca já quase vazio para brindar àquele momento excepcional junto a tantas pessoas excepcionais e raras?... esse momento de pessoas tão especiais em volta de uma mesa num lugar verdadeiramente excepcional como o Loft's?

— Você não vai brindar, Joana? — perguntou Gerard, sinceramente desejoso de vê-la Feliz e Especial como todos...

— Escuta, você pode me levar pra casa? — disse ela, cortando a alegria repentina e verdadeira de Gerard. — Eu não estou nada bem... Você pode...?

— Mas, Joana, o que você tem, me fala? — disse Gerard, tentando escapar do pedido da garota... e de ter de se afastar dos Especiais e Raros...

— Você pode ou não pode me levar? — insistiu ela, de cabeça baixa, sem olhar nos olhos de Gerard.

Antes que Gerard respondesse algo, antes que ele tentasse demovê-la dessa idéia totalmente inoportuna, tão alheia à energia que brotava daquela mesa excepcional e o caralho... Luciana reapareceu na porta. Seus olhos brilhavam, bem abertos. Ela parecia renovada, se é que isso é possível, no seu caso... Abraçou os cabeleireiros por trás, dirigiu sorrisos a todos e guardou um olhar especial para Gerard... um cara especial como Gerard... no meio de tantas pessoas especiais... Luciana disse qualquer coisa para Tati, esfregou as mãos nas bochechas do sensível e milionário futuro jardineiro e veio para o Lado Correto da mesa... o lado das pessoas Especiais entre as Especiais... como Gerard... sentando-se ao lado de Ruthinha... abraçando Ruthinha como se ela fosse um ursinho de pelúcia e dizendo algo em seu ouvido... algo que Gerard não conseguiu ouvir... mas que fez Ruthinha levantar-se em seguida.

Luciana então se dirigiu a Gerard:

— Gerard... sabia que você é um cara especial?

Gerard sentiu-se mais do que especial entre os especiais...

— Especial, eu? — foi o que saiu dele.

— Superespecial... Será... será que a gente vai namorar? — prosseguiu ela, com um jeito meigo... quase ingênuo.

— Namorar, a gente? — disse Gerard, estupefato... imaginando com essa frase centenas de milhares de léguas economizadas de sofrimento no deserto implacável... — Olha, duvido disso! — disse ele, especial entre os especiais... Novo Homem... Ex-Homem Primitivo...

— Duvida por quê, gato? — disse ela, sorrindo, virando de uma vez o copo de vodca de Ruthinha, como se bebesse o mundo... — Você não quer namorar comigo?

— Eu acho que não daria certo — disse Gerard, adotando o tom surpreendentemente tranqüilo antes de desferir... o Golpe Certeiro. — A gente iria se acabar juntos, gata...

— *Aiiiiiiiiiiiiiii*... eu me acabar... com você? — disse Luciana, como se estivesse diante de um Fato Totalmente Novo. — Como assim, se acabar? Me explica isso direito... Já tô adorando esse namoro!

Nem bem Gerard sorveu a alegria desse diálogo, Ruthinha chegou de volta à mesa. Sentou-se ao lado de Luciana e disse qualquer coisa no seu ouvido. Foi a vez de Luciana se levantar e dizer a Gerard:

— Vem aqui comigo, gato... Vamos começar já a se acabar juntos...

Luciana levou Gerard para o fundo do lugar, puxando-o pelo braço. Percorreram o corredorzinho do Loft's em direção a duas portinhas escondidas no canto... passaram pelas gordas ataratantadas, pelo rapaz com cara de fuinha... e entraram num dos banheiros. Luciana trancou a porta, sorriu para Gerard, abaixou o tampo da privada... e tirou um saquinho de plástico do bolso da frente da calça branca larga... Gerard logo percebeu... iria começar tudo de novo... o Clarão na Idéia... as emoções desencontradas... o calor subindo pelo rabo... a falta de parâmetros... a loucura toda...

— Luciana... o que você tá querendo... com isso? — perguntou Gerard, tentando... inutilmente... Algo Mais Sóbrio.

— Vai você primeiro, gato... depois a gente conversa... a gente tem toooodo o tempo do mundo... — disse ela, levantando-se e encarando Gerard de olhos bem abertos.

Gerard se abaixou... pela força do olhar e do sorriso da gata... e mandou o teco pra dentro da narina... incendiando os neurônios... recebendo o Clarão... como na noite passada. Depois, foi a vez dela... rápida, agachou-se e aspirou a coisa num segundo... e se levantou e olhou novamente para Gerard... com o corpo a poucos milímetros do corpo de Gerard...

— Eu acho que estou te conhecendo, gata — disse ele, entusiasmado pelo teco que aquecia os lóbulos. — Eu acho que finalmente estou tendo uma pequena idéia de quem é voc...

— Tá me conhecendo, é? — interrompeu Luciana, chegando com o rosto pertinho do rosto de Gerard... — E o que é que eu sou, que eu mesma não tô sabendo...

— Eu acho que eu já sei quem é você... Eu estive pensando muito nisso desde ontem, sabe? — disse Gerard, com o suor escorrendo pelo rosto... as gotas caindo na blusa... molhando os pêlos do peito suado. — Acho que eu estou começando a...

— Diz!! Diz!! Como eu sou... deixa eu saber... — disse ela, respirando mais intensamente, suspirando e esfregando... as narinazinhas lindas e poderosas...

— Você é... uma pessoa horizontal!! — exclamou Gerard, como quem teve uma Brilhante Sacada. — É isso que você é!!!

— Horizontal?! *Geeeeente*... que louco esse Gerard... Nunca pensei nisso antes! — disse Luciana, afastando Gerard da sua frente, passando por ele no espaço apertado do banheiro para esticar mais uma... carreirazinha na tampa da privada. — Vem, vamos dar mais um tequinho aqui...

— É! Horizontal! Você é uma pessoa totalmente horizontal! — animou-se Gerard, grande teórico dos Fundamentos e Perspectivas Humanas. — Que é o contrário de vertical! Percebe?!

— Jura?! É o contrário, né? — disse Luciana, com o rosto enfiado na porra da tampa suja da privada daquela porra de lugar. — Horizontal... Vertical... Mas o que isso tem a ver comigo?

— Uma pessoa horizontal é uma pessoa que... — Gerard começou a explicar...

— Vem, é sua vez... — interrompeu ela. — Deixa eu esticar uma coisinha aqui... Iiiiihhh!! Olha! É totalmente horizontal essa coisinha aqui! É isso, não é? — disse ela, olhando fixamente nos Grandes Olhos Esbugalhados de Gerard.

— Calma! Não é bem isso... Deixa eu explicar! — disse Gerard, enquanto se abaixava, agachando-se ao lado de Luciana, para meter a horizontalidade da carreira pela fuça abaixo.

— Fala... fala, gato... me diga o que é uma pessoa... horizontal como eu!

— Uma pessoa horizontal é alguém que .... *snnnnnnniiiif... snnnnnnniiiif... aahhh!* — exclamou Gerard, abrindo bem os grandes olhos ainda mais esbugalhados... iluminado pelo grande clarão que se ampliava...

— Levanta, levanta... — disse Luciana. — Fica vertical, fica... A gente tem de sair, senão...

— Peraí! Calma! Deixa eu te falar que...

— Me fala... me fala do que você sabe... que conclusões você tirou... diz... — disse ela, que se levantou e começou a ajeitar a calça larga de algodão... a alargar a cintura da calça... a perigosamente alargar a cintura da calça de algodão já bastante larga e folgada... — ... a meu respeito... — continuou ela... alargando descuidadamente a cintura da calça branca já larga de algodão... — que conclusões mágicas você tirou... — alargando, alargando... a ponto de mostrar... a calcinha de onça!!... a calcinha de estampa de oncinha!!... — sobre a horizontalidade da minha pessoa... — ... a estampa que cegou e enlouqueceu Gerard a ponto dele... se atirar sobre ela... se jogar sobre a Onça que era Luciana naquele banheiro apertado... Gerard, o Grande Caçador das Estepes da África... que saltou sobre a presa, desfechando sua boca grande e molhada... atingindo com a língua de forma certeira a boca também grande e larga e molhada... da presa... Luciana!!... que abriu a boca para receber a língua quente e ferina de Gerard... por apenas um segundo... ao mesmo tempo em que a mão direita de Gerard abocanhava a calcinha de onça... e seus dedos rasteiros perfuravam a estampa de onça para sentir... por um segundo... pelo tempo de um tiro de espingarda espocando no deserto... a maciez interna e o Líquido perfumado que Luciana guardava entre as pernas... como um prêmio!!

Em um segundo, Luciana afastou Gerard com os braços, empurrando-o em direção à privada... abriu a porta do banheiro rapidamente e voltou lépida para a mesa onde estavam todos. Gerard saiu do banheiro em seguida. Caminhou devagar, sem pressa... em contraste com o coração aos pulos dentro dele... atravessou o corredor da espelunca a passos lentos... ignorando o entorno... as gordas... o rapaz com cara de fuinha... o congestionamento de mulheres nas mesas no corredor... o barulho distante. Seus ouvidos estavam surdos, como após um estampido... seu olhar focava em um único ponto... que ficava cada vez mais nítido à sua frente... Gerard queria mais e mais de Luciana... não importava quando... se em meia hora ou em trinta anos... mesmo porque ela já se enredara no outro canto da mesa, já se envolvera na teia de conversas e risos e extravagâncias... Gerard então ocupou o mesmo lugar, do lado da mesma Joana... que permanecia muda, enrolando os cabelos com os dedos... apenas um pouco mais deprimida... talvez um pouco mais louca!... e na frente de Ruthinha, que permanecia conversando sobre fatos e pessoas com Nina e Tati... que já não davam a mínima atenção para ele... o que não importava... porque nada mais importava para Gerard!... Gerard não conseguia sequer abrir a boca... sua gengiva estava amortecida... sua língua se contorcia... ele mastigava a boca vazia... batendo os dentes... suas orelhas ardiam... sentado resignado na mesma cadeira... diante da mesma Ruthinha... do lado da mesma Joana... com a Presa de calcinha de onça duas cadeiras à esquerda... ela, que já tinha recebido a língua certeira... e o dedo certeiro... já tinha provado a sua saliva... e a sua *presença*... e iria, fatalmente, provar o Jato... dali a pouco... em minutos... no máximo, umas duas horas!... Gerard apenas esticou as pernas... retesou os músculos... enfiou uma mão no bolso... agora sim!... pra disfarçar o cano longo!... e levou a outra mão às narinas... a do tiro certeiro... pra sentir o Aroma... que ele absorvia calmamente... tranqüilamente... apenas esperando o momento certo para....

— Geeeeeente!! Vou nessa, amanhã tenho um casamento cedo! — disparou Luciana duas cadeiras adiante... levantando-se e pegando a bolsa e, já na porta: — Beijos! — disse ela, lançando um olhar panorâmico que, por um átimo, encontrou o olhar de Gerard surpreendido e atônito.

— Peraí, Lu, peraí... vou junto!! — gritou Ruthinha, levantando-se num pulo da frente de Gerard. — Vou dormir na sua casa, hoje... me espera... Tchau, *Gerald*, tchau pra todos!

E antes que Gerard se desse conta do que havia ocorrido... com os neurônios transidos e comprimidos pela Substância e pelo aroma da fresta perfumada... antes mesmo que ele se desse conta do golpe... elas se foram... Luciana e Ruthinha... Ruthinha e Luciana!!... saltaram fora... se mandaram... sumiram pela porta daquela espelunca daquela porra daquele Loft's!!

Joana morava com os pais aos 34 anos de idade, mas eles estavam fora naquela noite, passavam uma semana na fazenda da família... uma senhora fazenda!... sei lá, uns 2 mil alqueires de gado e plantações... e o caralho!... a quilômetros e quilômetros de distância!... distante a ponto de eles estarem fisicamente incapacitados de voltar... nas próximas horas!... mesmo que alguém telefonasse para eles no meio da madrugada e dissesse, aflito: voltem rápido para seu senhor apartamento, senhores!... para bem perto de sua... filhinha querida!... isso mesmo: a caçula!... mesmo que eles se assustassem com o sinistro telefonema a ponto de tentar arrumar... um avião ou um helicóptero!... isso tudo levaria pelo menos umas duas horas... talvez três horas!... incluindo o trajeto!... e se voltassem de carro, isso levaria umas sete, oito horas... enfim... não haveria como eles voltarem a tempo!... esse casal tão cioso de suas posses e responsabilidades... e afetos!... e estamos falando de cinco lindas filhas!... não daria tempo, entende, velho??... seria praticamente impossível o retorno deles a ponto de evitar...

— Gerard, eu só te peço uma coisa... posso te pedir uma coisa? — disse Joana a Gerard, ajoelhada ao lado da grande cama de casal do quarto de seus pais, com os braços estendidos sobre a cama... a ponto de tocar... com a ponta fina dos dedos... como se fosse uma pequena aranha... a Tenda Armada Soberana de Gerard que se erguia no meio do quarto dos velhos!

— Pede, linda... o que você pedir eu faço... se estiver ao meu alcance... claro... — sussurrou Gerard, com um sorriso terno... realizado, de certa forma... apesar de tudo... esparramado apenas de cuecão no meio da cama dos pais da garota... feliz por ter a noite enfim bem encaminhada depois do desastre naquela porra... daquele Loft's...

— Não me coma!! Por favor, eu te peço! — disse Joana, surpreendendo Gerard com aquele pedido insólito... naquela altura dos acontecimentos!... depois de ela própria ter tirado a calça dele, apressada... e passado a acariciar a Tenda Armada... que ela pressionava com as mãos com tanto carinho e desejo... fazendo uma pressão cada vez maior... no entanto...

— Como assim... não me coma?! — estranhou Gerard.

— Não me coma!... só não me coma!... é só isso o que eu te peço!

— Como... não me coma?? — disse Gerard, lânguido. — Isso é coisa que se peça, Joana?

— Eu te peço... é só o que eu te peço...

— Caaalma... filha... — disse Gerard... ainda lânguido.

— Eu te peço... eu te imploro... não faz isso comigo! Não me coma!! Não faz isso! — disse Joana, aumentando o tom de voz e pressionando a Tenda com mais força. — Você tem que respeitar esse meu momento... Mesmo porque eu sei que você não tira os olhos da Luciana...

— Luciana? Que Luciana? — disse Gerard... acordando do torpor e tentando desviar o assunto... antes que ele tomasse conta... de tudo!

— Eu vi que você não tirava os olhos dela no Loft's... eu vi vocês dois irem juntos pro banheiro... — disse Joana, aumentando o tom de voz... e a pressão da pequena aranha... — Eu sei o que vocês fizeram lá juntos...

— Do que você tá falando, Joana? — indignou-se Gerard. — Eu mal conheço essa Luciana... Eu não tenho nada a ver com ela... E você pode imaginar o que nós fizemos naquele banheiro... fizemos o que todo mundo fez naquela merda daquele banheiro...

— Eu conheço a Luciana... — disse Joana, avançando com o corpão, tipo fortinho, em direção a Gerard. — Não adianta você mentir pra mim... Eu conheço ela...

— Que é isso, Joana?... — disse Gerard. — Pára com isso... esquece essa Luciana... se você tem problemas com ela, eu não tenho... E vê se muda de assunto... A gente aqui curtindo numa boa... e você vem com isso... Eu vi ela uma vez na vida... Vem aqui, vem... sobe aqui direito na cama comigo...

— Não! — disse Joana, a contraditória... negando, negando... e ao mesmo tempo subindo na cama ao lado de

Gerard... apertando mais e mais a Tenda Armada Soberana de Gerard... — Você tá brincando comigo, né, Gerard?... Isso é covardia, né, *Geraldinho*... eu tô te pedindo... eu tô avisando... não transa comigo, *Gerald*... não me coma... — disse ela... apertando mais e mais... a Tenda...

— Joana, calma... não aperta! — disse Gerard, começando a se assustar com o tom de voz e a pressão das mãos da garota. — Joana! Devagar! Pega leve! Pára!!

— Não transa comigo!... — disse Joana, exagerada... — Não me coma!! Eu tô num momento estranho, Gerard... eu me conheço... se você me comer... se a gente transar de verdade... Eu não posso ficar apaixonada por você, Gerard!!... Eu não posso ficar louca por você, Gerard... Eu tô te pedindo, não faz isso!!

— Joana, meu Deus... o que é isso? — disse Gerard... já arrependido de ter trazido Joana pro apartamento dos pais depois daquela cena toda no Loft's... e de ter subido pra conhecer o senhor apartamento... por insistência dela!... uma mansão suspensa de cinco quartos... sendo que ela nem mesmo disse que morava com os pais... e ter levado aquele papo inútil na sala... sobre a carreira dela e o futuro etc... por mais de meia hora... enchendo a cara de vodca... e de ter pulado em cima dela e lascado um beijo nela... essa garota oxigenada meio grandona... na verdade, uma gordinha!... uma gata pela qual ele não se sentia sequer atraído à primeira vista... a terceira ou quarta opção da noite, na verdade... e de se permitir ser levado por ela pelo corredor escuro... pro quarto dos pais dela... com direito a foto do feliz casal na penteadeira do lado da cama e tudo isso... e o caralho!... com o pai ao lado da mãe, na foto... sorrindo o sorriso bonachão e feliz de um pai de família realizado e completo... com cinco filhas sadias, fruto de um casamento sadio, pelo visto... como mostra o segundo retrato, ao lado do primeiro... a família toda sorrindo em direção à cama... em direção, portanto, a Gerard e sua Grande Tenda Armada Soberana bem no centro da cama do velho... muito perto de papar... a caçula da família!... a queridinha de todos!!... uma menina feliz, em certos aspectos!... e em outros nem tanto!... que mal viu a Grande Tenda se armar soberana sob a calça de Gerard... arregalou os olhos como uma menina gulosa... diante de um pirulito gigante, redondo e colorido... pulando em cima dele como uma criança carente... de afeto e de pirulitos!... praticamente forçando-o a tirar as calças e ficar ali estendido na cama... com a Tenda se impondo soberana perante todos na foto... por todo o Ambiente Sagrado... do quarto do casal que estava a quilômetros de distância da filha... impossibilitados de voltar da senhora fazenda e deter... Joana!... que apertava de maneira doentia a Tenda... e começava a se agitar de maneira insana...

— Gerard! Não faz isso comigo! Você é do tipo topo da lista, não percebe? — disse ela... contorcendo-se sobre Gerard em cima da cama... apertando mais e mais a Tenda...

— Pára com isso, Joana... Que lista?... Você está me machucando!... — disse Gerard, nervoso com a pressão da garota.

— Aaaiiiii... eu tô loca! — gemeu Joana, montando o corpanzil sobre Gerard como se ele fosse um cavalo. — Eu tô saindo de mim mesma... Gerard... me diz... Gerard... Você... tem tesão por mim??

— Tenho, Joana... claro! — disse Gerard, tentando acalmar a menina. — Mas... larga... o meu... cace...

— Fala que tem, fala mais alto!! — insistiu ela... aumentando o tom de voz e apertando mais e mais a Tenda Soberana e... — Você tem tesão por mim, Gerard?? Eu sou especial pra você, Gerard?

— Joana, caralho!!!... — explodiu Gerard. — Pára de apertar meu pau que tá doendo! — disse ele, tentando afastar as mãos perigosas da garota.

— Então fala pra mim!... — gritou Joana, sem parar de apertar a Tenda. — Fala que você tem tesão por mim! Fala que você me acha... especial! Fala que eu sou especial pra você, Gerard!!

— Joana, o que é isso? — disse ele, empurrando Joana pro canto da cama. — Que negócio é esse? Você quer me machucar? Você quer arrancar o meu pau, caralho?!

— Gerard... Geeeeeerard... — gemeu ela, saltando novamente para cima de Gerard e sufocando-o com um beijo na boca... como se desentupisse a pia do lavabo... lambendo o rosto inteiro de Gerard como uma desesperada... ao mesmo tempo que abaixava a cobertura com uma das mãos... e gemia ao ver o sustentáculo no meio da cama... soberano e empinado como se estivesse ali só para ela... só para ela descer a língua pela barriga de Gerard... e fazer... o Serviço!

Isso acalmou Joana... e tranqüilizou Gerard... que suspirou aliviado!... as coisas pareciam encontrar sua ordem natural... por um momento... Gerard estatelado na cama dos pais da menina, observando o sustentáculo da Tenda ser chupado e lambido com sofreguidão por Joana... enquanto ele calmamente alisava com a mão... as dobrinhas úmidas internas de Joana... mas já sem riscos agora!... apenas a pressão da língua macia e a temperatura interna da garota... ou seja, o ritmo natural das coisas!... tudo se encaixando como deve ser... o sustentáculo na boca da gata... a boca da gata no sustentáculo... os grossos dedos de Gerard lá no fundo uma calma profunda... tomando conta de Gerard, de Joana e de todos!... que sorriem para ele na foto... Que alívio, após o susto!... e a iminência de um descontrole insano!... uma sensação de bem-estar tomou conta dele... e a ordem natural foi se impondo... ele foi tirando aos poucos a roupa da garota... e se desvencilhando da própria camisa... que já se encontrava aberta... sendo jogada junto com a cueca por Joana, caindo sobre a cômoda... atingindo o porta-retrato com a fotografia dos pais!... encobrindo parcialmente o sorriso da mãe feliz e realizada!... mas deixando livre a visão para o pai bonachão e orgulhoso... das conquistas e da dignidade de uma vida!!... observando imóvel do seu ângulo de visão privilegiado... a sofreguidão da filha... e os movimentos dos dedos grossos de Gerard!... que iniciava... também ele feliz e realizado... os Movimentos Finais Dessa Longa Madrugada... começando por entrar e sair... entrar e sair... da boca molhada de Joana... — *Você não vai me comer, né, Gerard?* — ... apertando a nuca da menina com uma das mãos... para intensificar a força dos movimentos... — *Lembra que você... prometeu... né, Gerard?* — ... e intensificando o movimento de ir e vir com os dedos, que já são três agora... sem dizer uma palavra... ignorando totalmente os apelos da menina... mantendo a boca dela... tremendamente ocupada!... apelos que não mais eram ouvidos pelo Cruel Gerard!... apelos que sequer foram considerados!... mesmo sabendo que sua primeira opção era Outra... mesmo sem deixar se iludir por um segundo... — *Gerard, você não vai me commmm...* — ... que no seu íntimo... um Leão ruge por Luciana... um Leão não domesticado que arranhava seus órgãos internos por Luciana... e isso, meu velho... isso apenas... aumentava o seu tesão por Joana!... e acelerava os movimentos dos dedos... isso apenas... intumescia ainda mais o sustentáculo!... isso fazia ele se sentir um esguicho!... em que um líquido percorria suas voltas internas numa velocidade cada vez maior... em direção à ponta... em direção àquela boca!... Gerard podia sentir o líquido correndo por uma mangueira de 30 metros... talvez até maior!... e quanto mais ele pensava em Luciana... mais o Leão interno rugia... e mais o sustentáculo crescia soberano na boca de Joana!... e mais o líquido percorria a mangueira!... e mais Joana sentia a força do esguicho a caminho!... e o movimento dos dedos, que já eram quatro! e mais louca ela ficava ali no meio da cama!... mais exacerbada!... e quando Gerard olhava pro lado... e via o pai realizado e bonachão sorrindo para a Vida... observando imóvel aquela cena... de pessoas especiais e aquela coisa toda... mais o sustentáculo inchava!... e mais o Leão interno rugia!... e mais Gerard pedia dentro de si... Luciana!... e mais o líquido percorria... os *mais de* 30 *metros* do esguicho!... a ponto de antes que o líquido percorresse 25 metros... sob o olhar complacente daquele pai emoldurado... Joana entortava a mangueira lá na ponta!... a ponto de Gerard... calma!... Joana, calma!... o papai tá ali olhando, viu Joana?... e o Gerard... não vai fazer nenhum mal pra você não, viu?... não vai enfiar nenhum pé de cadeira nesse orificiozinho aqui em cima, viu?... só esse dedinho que sobrou, viu Joana?... viu, linda?... hã?... o quê?? Joana!?... *você quer um pé de cadeira??*... Gerard?!... o que é isso, Gerard!?... o que tá se passan... Gerard pulou sobre Joana, velho!!... deitando a garota de surpresa... num golpe inusitado e perfeito!... — *Gerard, você não vai me commmm...* — ... enterrando o sustentáculo soberano no meio das pernas grossas dela... naquele espaço já totalmente amaciado pelos dedos... para total espanto de Joana!... que caiu para trás sem oferecer resistência... E quanto mais fundo ele enterrava o sustentáculo... mais próxima da

Pequena Morte Joana ficava... e mais próximo de Luciana Gerard se sentia... Meeeuuuuuuuuuuuuuuuuu!!.... quanto mais fodia Joana, mais perto de Luciana Gerard se sentia!!... Gerard ali na cama com uma!... podia sentir o cheiro da outra!... beijando loucamente uma... conseguia prolongar de alguma forma o beijo rápido dado no banheiro com a outra!... e assim por diante... a cada movimento... uma... e outra... uma... e... quem imagina uma coisa dessas?... uma coisa assombrosa... Joana ali inanimada... praticamente desfalecida... e Gerard... e Gerard... ôôô, Gerard... ôôôôôô, Gerard... sem medir um minuto as conseqüên... Gerard!... cara!... Gerard!... Gerard começou a mudar de posição a cada três estocadas, cara... virando Joana de um lado... e de outro... e de mais outro... jogando-a pro alto... colocando-a de bruços... levantando seu tórax para mordê-la no pescoço... como um halterofilista!... falando barbaridades no ouvido dela... pulando sobre a bunda dela como um orangotango... metendo fundo o sustentáculo... como se quisesse parti-la ao meio... como se quisesse matá-la a pauladas!... ali, bem na frente... do pai bonachão... que sorri... imóvel na fotografia... e isso pirando ainda mais Gerard, o Louco... o Aloprado... que encharcou a cama de casal dos velhos... de suor e pêlos... e de... Gerard ficou de pé e segurou Joana de quatro à sua frente na cama... pra encharcar a sua boca!... e também o lençol... porra!... e o caralho!!

Às cinco da manhã, Joana estava praticamente sem vida na cama dos pais... inanimada, largada como uma lagarta loira... com um meio sorriso nos lábios... De vez em quando, seu corpo era percorrido por um calafrio... e ela tremia... suavemente... como uma epiléptica zonza... sorrindo como uma sonâmbula... enquanto Gerard, peladão no canto do velho da cama... apenas olhava pro teto, onde um ventilador girava em velocidade mínima... esfriando lentamente aqueles dois corpos melados... e quentes, como se estivessem sobre uma chapa. Gerard acompanhou o ventilador... que girava num movimento hipnótico... acendeu um cigarro... e brincou de ver a fumaça ser levada pelo vento... Ali, do lado de Joana... sentindo-se mais próximo de Luciana do que nunca na vida... numa intensidade de pensamento quase mística... fazendo força para transportar sua alma bem dentro do ouvido da outra... independentemente de ela ter praticamente fugido daquele bar escroto com a escrota da Ruthinha... independentemente das loucuras todas... Gerard teve a estranha sensação de se fazer presente ao lado dela... e sentiu que ela sentia também a sua presença... onde quer que ela estivesse!

Gerard decidiu então esticar o corpo... retesar os músculos... sentir a abertura dos ombros... alongar depois do Exercício!... Levantou-se, esticou-se e saiu do quarto dos pais de Joana, percorrendo o corredor escuro do senhor apartamento... passou na frente do quarto de Joana... olhou pra dentro, sentiu o cheiro dela no escuro. Decidiu dar uma espiada... penetrar naquele universo íntimo... o pouco dela que faltava ser penetrado!!... Observou a cama arrumada, as estantes cheias de livros, lotadas de volumes... volumes grossos, inclusive... em outras línguas, inclusive... uma menina danada essa Joana, o orgulho do pai, certamente!... basta chegar perto dos volumes e observar: manuais de administração e de finanças, livros de referência de comércio, tratados de diplomacia... em várias línguas, em várias modalidades... dicionários de inglês, francês, alemão, chinês e árabe... uma pendência, para... *línguas*, cara!... Não!, não seja escroto, Gerard!... respeita o quarto da menina, ô, cara!... respeita quem passou os últimos quatro, cinco anos trancada num apartamentinho nos Estados

Unidos... que caberia inteiro nesse quarto!... estudando com afinco... importação, exportação, importação, exportação... em várias línguas!... e que depois abandonou tudo, inclusive o emprego certo e garantido em, sei lá, empresas multinacionais?, organismos internacionais?, câmaras de comércio multilaterais?, e o caralho... pra enfrentar esse mergulho insano dentro de si própria e descobrir... ao contrário de tudo o que ela fez na vida nos últimos 15 anos... na verdade, a vida toda!... e descobrir... dentro de si... um genuíno e verdadeiro talento para... a Arte, bicho!... e decidir mergulhar dentro de si própria!... uma maneira destemida — e, eventualmente, bastante dolorosa — de encarar a vida!... Respeita, cara, coisa que nem o pai dela conseguiu fazer até o momento... nem a mãe dela conseguiu, pra ser sincero... ambos de olho nos futuros salários em dólares de cinco dígitos da garota... que sumiram subitamente pelo ralo!... e isso em nome... da verdadeira vocação de Joana! Gerard observou as centenas de lápis de cor, giz de cera e pincéis do outro lado do quarto, sobre uma grande escrivaninha... e os rabiscos em papéis em cima do tampo grande de madeira... e também colados na parede do quarto... as anotações, as estruturas... de instalações? estátuas? objetos tridimensionais?... que talento, de qualquer forma, devia ter essa garota... que mão!!... que língua!! e que coragem para esse mergulho insano dentro de si!... e para outros mergulhos!... um universo tão amplo e singelo... e ao mesmo tempo tão conflituoso! Gerard sentiu ternura por Joana... entrou no banheiro dela... viu as centenas de frascos de lavandas, sabonetes e perfumes sobre a pia... sentiu o cheiro das toalhas... estendeu a mão para dentro do boxe... e ligou o chuveiro. Decidiu dar um mijão e tomar um banhão ali, no banheiro de Joana... antes de se mandar pra sua própria casa...

para aquela bagunça daquela casa-sem-Carolina... em nada parecida com essa... senhora casa!, com esse quarto, esse banheiro... esse chuveiro... que despeja água... quente!... fervendo!... espessa!... poderosa!... enfumaçando o boxe e o espelho do banheiro!... deixando a atmosfera densa e úmida... como uma sauna! Gerard respirou fundo o ar quente que saía do boxe... e entrou embaixo do chuveiro, recebendo o calor macio da água sobre o seu corpo de macho... um jato de água denso... forte... e quente!... mais do que quente!... fervendo... pelando...

Na saída do elevador do prédio, Gerard ligou o celular que trazia no bolso. Quis ver as horas — teve a leve impressão de ouvir um galo cantando... que engraçado!, pensou... um galo cantando no meio dessa selva de apartamentos!... Gerard pensou estar louco, mas uma loucura feliz... e ainda mais feliz... após notar que havia no celular... sim! uma mensagem recebida de Luciana! Suas mãos tremeram... uma excitação sem fim se apoderou de Gerard: ele sabia... ele tinha certeza... de que seu pensamento estava conectado com o de Luciana... enquanto transava com Joana!... aquele momento mágico!... sabia que a intensidade do seu desejo era transportada pela atmosfera daquela noite... encontrando a Outra... onde quer que ela estivesse... *"Me procura, gato"*, dizia a mensagem... enviada às quatro e 48... no exato momento... é isso?... das estocadas mais loucas de Gerard! Foi só quando deixou o portão do edifício de Joana e saiu na madrugada fria... sofrendo uma inversão térmica causada pelo vento gelado e hostil... que se encontrou com o calor do seu corpo recém-saído do banho quente, pelando... foi só aí que Gerard levou... o choque múltiplo!!... uma câimbra no pescoço, na idéia e nos valores!... um verdadeiro... Estalo!!

6
GATO E RATO COMPARTILHANDO UM BURACO

— Gê...rard? — balbuciou Cris no telefone, que tocava na cabeceira da cama havia pelo menos... 15 minutos?!

— Cris... caralho!... tô chamando há mais de meia hora, porra!!.. Por que você não atendia essa merda? — reclamou Gerard, do outro lado da linha.

— Unhn... que... horas... são, caralho!?

— Como, que horas são, cara?!... acorda, cara!

— Por que você tá me ligando a essa hor...

— Cris! Fica quieto! Me escuta!

— Você tá me... *roooooncmn*... enchendo o saco!!... e pede pra *eu*... ficar quieto!? — reclamou Cris. — Porra! Gerard, caralho!! Não dormi a noite toda...

— Também não dormi, cara!... Passei a noite em claro... Tô pirado... Me escuta!!

— Onde você tá? Em casa? — perguntou Cris, acordando aos poucos.

— Tô na rua... Não sei onde eu tô... tô por aí... perambulando... tô mal... com uma câimbra escrota no pescoço... *aiiiiiiii*... acho que vou alucinar, Cris...

— Alucina, alucina!... O mundo é alucinógeno!! — disse Cris, com seu habitual humor apocalíptico às seis da manhã! — ... tá tudo indo pro bu...

— Cris, me escuta! Você não imagina o buraco em que eu me encontro... Você não faz uma idéia...

— Não é mais fundo do que o meu, cara... isso eu te garanto! — disse Cris, sentando na cama e acendendo um cigarro.

— É maior sim, cara... Não há buraco maior do que o meu... é o maior buraco do mundo... do universo... — expandia-se Gerard, abrindo os braços no meio da calçada, como pra dimensionar o buraco... ao mesmo tempo que levantava a cabeça para esticar o músculo dolorido do pescoço... fechando os olhos de dor... para estranhamento dos passantes... seres normais carregando saquinhos de pão e leite...

— Você acha que seu buraco é o maior, que o seu cu é maior... — disse Cris. — Tudo seu é maior... Esse é o seu problema, cara...

— Não me enche o saco, cara... não foi por isso que eu te liguei... Não vem você também me encher o saco...

— ... o maior problema do mundo... — continuou Cris. — ... a gata mais gostosa da Terra... ou o maior par de peitos... você só pode se foder, cara...

— Fica quieto, cacete! — disse Gerard, irritado. — Me ouve, cara...

— Me ouve... me ouve!... Você... não percebe que você simplesmente... não enxerga nada à sua volta, cara?

Gerard fez uma pausa... abaixou os braços... momentaneamente vencido... interrompendo a expansão dramática e... algo ridícula... da dor de pescoço em praça pública... um repuxado na altura do ombro... que o fazia virar os olhos e torcer os membros...

— Você tem razão — disse Gerard, abaixando os braços e o tom de voz. — Toda a razão... Quem sou eu pra discutir com você, a essa altura? Mas dessa vez eu enxerguei!... Eu vi tudo, cara! Eu percebi... *aaaaaiiiiiii*... essa porra tá puxando... tá doendo... aquela filha-da-puta... aquele banho quente... *aaaaaiiiiiii*...

— O que tá doendo? Qual filha-da-puta? — perguntou Cris, confuso. — Você encontrou a Carolina?

— Nãããoo... me ouve, Cris!!... *É você* que não ouve, cara! Tá vendo?!... é outra a filha-da-puta!! — disse Gerard. — *Aiiiiiiiiiiiiii*... tá puxando!!...

— Porra, Gerard! Quem tá te puxando? Tem alguém te puxando, cara?!

— A Luciana!... com a Joana!!... — disse Gerard, tentando reordenar os pensamentos. — Eu descobri!... descobri tudo!... Cris!! Elas estão tendo um caso!!

Cris suspirou do outro lado da linha... mal antevendo...

— Cara!! E depois foi uma pancadaria, cara... — continuou Gerard, se embaralhando nas palavras. — ... na cama dos pais dela!... *Meeeeeeeeeeeu*, que trepada!!

— Quem você comeu?... onde? — perguntou Cris, aflito. — Você comeu as duas?!... Seu filho-da-puta!... e me liga só agora!!

— Não, quem dera que fossem as duas!... só comi a Joana... por enquanto! — disse Gerard, desapontado com o teor de sua resposta. — Mas na saída eu descobri tudo, cara!... *Meuuuu*, como eu estava sendo idiota... é claro que elas estavam tendo um caso... *aaaaaaaiiiiiii*...

— Que foi, Gerard?... Alô? Gerard?

— Meu pescoço!!... — disse Gerard. — Tá dando um nó!!... Acho que vou num pronto-socorro! Você tem um número de pronto... *aiiiiiiii*... socorro?

— Gerard, porra! — disse Cris. — O que aconteceu com o seu pescoço? O que aconteceu na saída? Teve pancadaria?? Você levou porrada? Conta, cara!!

— Levei, Cris! Levei uma puta porrada!

— Eu também, bicho! — berrou Cris no telefone... próximo do... destempero! — Eu também, cara! Igualzinho, bicho... uma puta porrada!!

— Cris... Cris...

— ... puta porrada no saco, cara!

— Cris... você tá... chorando? — perguntou Gerard, preocupado com o tom do amigo. — Cris? Fala comigo...

— Chorando o caralho!! Gerard... — disse Cris, na beira do transtorno. — Gerard!!... eu e a Lara chegamos ao fundo do poço essa noite, cara!!... bem lá no fundo, bicho!

— Cris, pára de chorar, cara!! — disse Gerard, imaginando o amigo aos soluços do outro lado. — Eu não sei se você tá chorando... ou se você tá louco!!...

— A Lara é louca... ela é completamente louca... — disse Cris, num rompante de ira matinal. — Eu disse que não ia sair com ela ontem... Eu disse, eu avisei de cara... Hoje eu não vou sair com você, mina... se foda! Por que caralho a gente tem de se ver toda noite? Vamos, me diga?! Por que motivo? E aí, cara... ela ficou louca, bicho... ela ficou bebendo sozinha em casa... ou na puta que o pariu!... uma garrafa de conhaque, cara!... e depois veio fazer plantão na porta da minha casa!... e eu não sabia que ela estava lá... de tocaia!!... E quando eu saí, cara... porque eu saio à hora que eu quero, com quem eu quero e foda-se, cara!!... quando eu saí de carro pela garagem... ela apareceu do nada!... e jogou um líquido estranho em mim pela janela do carro!!... molhando o estofamento, caralho!!... e começou a gargalhar e a dizer umas coisas estranhas, sem sentido...

Gerard fechou os olhos... e esticou o braço esquerdo, como se evitasse... um pressentimento... negativo!

— Aí eu saí do carro e pulei em cima dela, cara... — continuou Cris, afoito — ... tentando pegar aquela porra de vidro que ela tinha na mão... e ver que líquido era aquele que ela tinha jogado... que bruxaria ela tinha armado sobre a minha pessoa!... e ela não largava o vidro!... tipo de remédio!!... se recusando!... e eu tentei tirar o vidro dela à força e ela... jogou a porra do vidro no meio da rua!!... e me deu... cara!!... um tapa na orelha!... e saiu correndo... rindo e chorando ao mesmo tempo!!... a Lara, cara!... uma coisa de louco...

Gerard enfiou a cabeça no meio dos ombros... respirando fundo extenuado.

— Aí eu voltei pra casa... era, sei lá, meia-noite... — prosseguiu Cris, impávido — ... e caí na cama... e não consegui dormir... e quando eu consegui pegar no sono, você me ligou... Gerard!... eu vou te confessar... eu tô com medo, cara... eu tô vendo um abismo... isso é terrorismo, cara!

— Cris, pára de chorar, bicho!... — interrompeu Gerard, se recuperando — ... que abismo o caralho!... me ouça... não se sinta culpado... Eu te digo só uma coisa: tira essa culpa de dentro de você, meu amigo... é isso o que ela quer, tá me entendendo? A Lara quer que você se sinta culpado...

— *Mas o que foi que essa terrorista jogou em mim?* — disse Cris, berrando novamente no telefone. — Que porra é essa que ela atirou em mim, essa *criminosa!?*

— Cris, me ouve... Isso não é nada... provavelmente... se você for ver, deve ser... sei lá... água benta... o caralho!

— Água benta?? Onde essa mina ia arrumar água benta? E por que água benta? Ela é espírita... evangélica... o diabo!!

Água benta não é uma coisa de igreja? Meeeeeeeeeeuuu... a Larinha é o demônio, cara!

— Sei lá se é água benta! — disse Gerard, arrependido da hipótese levantada. — Porra, Cris! Não pira!! Foi só uma idéia... O que eu quero dizer é que isso provavelmente não é nada...

— Como assim, *provavelmente?... é ou não é* nada? — perguntou Cris, confuso. — A mina usa água benta para o mal e você diz que não é nada? Você não acha isso diabólico? Você não acha isso... perigoso?

— *Aiiiiiiiiiiii*... Cris...

— Que foi, cara!!

— Meu pescoço, bicho... Não vou agüentar muito tempo sem fazer nada! E não sabemos se é água benta, porra! Porra, Cris!! Pára de ser maluco, cara! Não desvia do verdadeiro problema... água benta ou ácido sulfúrico... isso não faz a menor diferença! Você devia estar preocupado com outra coisa...

— Que outra coisa ela poderia ter feito? Você acha que essa louca aprontou alguma outra coisa ainda mais... insana?... tipo... macumba?

— O problema é que você levou essa história longe demais... Você abusou da sorte com a Lara... Todo mundo viu isso... Só você não viu... ou não quis ver... e preferiu continuar comendo a menina...

— Já te falei dos métodos dela — disse Cris. — Já te falei do que ela faz comigo... daquela língua...

— Cris! — interrompeu Gerard. — Espera um minuto!

— Gerard? — disse Cris, ouvindo um sinal estranho no telefone.

— Cris, é a Joana ligando. O que eu faço?

— Joana? — disse Cris.

— É, caralho, é a Joana... — disse Gerard. — A mina que eu comi essa noite... O que eu faço?

— Sei lá o que você faz... — disse Cris. — Não foi boa a trepada? Atende!

— Cris, não são nem sete da manhã... — disse Gerard. — ... e eu deixei ela às cinco!... e ela já está me ligando!!... O que eu faço?

— Comeu, segura a barra! Fodeu, agüenta!! — disse Cris. — Atende, dá bom-dia e pronto!

— Mas não é simples assim... — disse Gerard. — Você não está entendendo o ponto... Pronto! Parou! Ufa!!

— Parou? Então... como eu ia falando... nunca é tão simples, cara... — continuou Cris. — Você sabe... comer e sumir nunca é tão simples... como a gente gostaria!!

— Mas não é só isso... não é um simples caso de comer e sumir... — disse Gerard. — *Meeeeeu*!! Ela tá ligando de novo!! Tá ouvindo??

— Atende de uma vez, Gerard!! — gritou Cris. — Dá bom-dia, fala que o dia tá lindo, que tem passarinho cantando, agradece a noite e manda tomar no cu, cara!

— Cris... eu... eu não posso fazer isso!...

— Pode! A gente sempre pode mandar tomar no cu... e nunca pode se esquecer disso!!

— Cris, tá tocando... Não vai parar nunca de tocar... tô tendo um pressentimento... negativo...

— Então atende — disse Cris. — Vai, atende. Fala qualquer coisa. E depois me liga.

— Peraí. Pronto. Parou. — disse Gerard, aliviado. — Ufa! Desistiu... acho... aiiiiiii... meu pescoço... tá puxando de novo... cara, onde tem um pronto-socorro?

— Mas o que te fizeram?? Foi um golpe tão violento assim? Entortaram teu pescoço, cara?

— Foi... um golpe de vento... — explicou Gerard. — Eu saí do apartamento dos pais dela de madrugada, depois de um puta banho quente... e bateu um vento e eu levei um choque térmico... quer dizer... levei dois choques... simultâneos...

— Dois choques térmicos? Simultâneos? Como??

— Não, porra! Um choque térmico... — disse Gerard. — O outro foi conseqüência desse, tá entendendo?

— Não, não entendi o segundo choque...

— O outro choque foi que eu descobri que... *elas estão tendo um caso*, tá entendendo?

— Elas...?

— Luciana e Joana, porra!!... A prova é o chuveiro!!... o chuveiro que não estava quebrado porra nenhuma, entende? Eu fui tomar um banho no chuveiro dela depois da trepada e o chuveiro tinha água quente pra cacete... eu liguei a porra e o banheiro virou uma sauna... sauna molhada, cara!!... E isso foi o contrário do que elas tinham dito no Loft's... tá entendendo agora?

— O que é... o Loft's? — perguntou Cris... tentando entender a História.

— Apesar de que lá elas já tinham — continuou Gerard — sugerido o jogo... entende?... mais do que sugerido... já tinham aberto o jogo claramente... tá percebendo?... Me fizeram de palhaço... me trataram como se eu fosse um imbecil otário...

— Gerard, resume — disse Cris. — Deixa eu entender isso do começo...

— Cris! — disse Gerard... após um novo... ruído telefônico.

— Gerard! — disse Cris... pressentindo...

— É ela de novo — disse Gerard, assustado.

— Xiiiiiiiiiiiii... — disse Cris. — Tá ficando feio esse negócio...

— Não fala assim, Cris... — assustou-se Gerard. — Eu não devia ter comido essa menina... Ela bem que me avisou pra eu não comer ela...

— Ela avisou o quê? — perguntou Cris. — Ela avisou pra você não... *comer ela*!? Cara, você tá chapado! Você cheirou... foi isso?

— Mais do que isso... ela se jogou do lado da cama... e implorou de joelhos... olhou para o céu e tudo... tipo implorando a Deus, saca?...

— E mesmo assim... o Grande Cuzão Gerard...

— Comi... comi... comi!!... que nem um filho-da-puta!!... comi e gozei na boca dela que nem um bicho!!... — disse Gerard. — *Meeeeeeeeuuuuu*... ela continua chamando... Cris!... ela não vai parar nunca!...

— Gerard, desliga esse telefone — ordenou Cris. — Desliga o aparelho, agora... Já! Depois a gente se fala... me liga de um fixo...

— Mas ela vai perceber se eu desligar o aparelho... Ela vai sacar que eu tô... fugindo...

— Foda-se. Ela sabia que você ia fugir assim que comesse ela. Isso é instintivo nelas, faz parte do jogo... apesar delas fingirem o contrário! Você já tá encrencado de qualquer jeito.

— Desligo? Certeza?

— Certeza, desliga — disse Cris.

— Ok... prometo...

— Tá entendido? — perguntou Cris.

— Entendido — disse Gerard. — Mas, depois de desligar, o que eu faço?

— Caralho!! Vai, Gerard, deixa essa merda tocar e me conta essa história direito...

Velho... eram quase oito horas da manhã... e Gerard falava sem parar no celular, sentado no meio-fio, sob o olhar curioso e clemente dos homens e mulheres de bem que transitavam naquela rua normal... embora movimentada... e esburacada!... sob o buzinar incipiente dos carros... que se iniciava... iluminado pelos raios ultravioleta tão bem-vindos do sol, que atravessavam os edifícios... ofuscando seus olhos sonados! Gerard desfilou ali para Cris seu Longo Rosário de Pedras e... Carreiras... relembrando a entrada triunfal de Luciana em sua vida... já tão movimentada!... o atraso suspeito no Loft's... o próprio Loft's, que não passava de um corredor... o caralho!... a aparição da sinistra Ruthinha!... a dos lábios rachados!!... a chegada mais que suspeita de Luciana e Joana!... o cabelo molhado!... o choro... a gritaria!!... a Substância no banheiro... com Luciana!... o cheiro do Líquido dela no dedo... que não ia embora!!... o apartamento dos pais de Joana... a fotografia... a cena... a trepada!!... o chuveiro funcionando perfeitamente... quente... pelando!... o choque térmico!... o segundo Estalo!... o caralho!

— Mas então, depois de tudo isso, a Luciana te mandou uma mensagem? — checou Cris, antes de proclamar O Veredicto.

— É: "Me procura"... foi o que ela escreveu... tá aqui no meu celular... foi às quatro da manhã... quatro e 48! — disse Gerard. — Eu sabia... eu tinha certeza...

— Certeza do quê? Que elas estavam tendo um caso? Mas isso é óbvio, elas mesmas te contaram!

— Não, isso eu só descobri depois... lá fora, quando entortou o meu pescoço... aiiiiiiiiii... que ainda tá doendo...

eu sabia que, apesar de tudo... você vai me achar um idiota... que apesar da sacanagem toda... enquanto eu transava com a Joana... eu e a Luciana... a gente... estava se comunicando!

— Claro!!... — disse Cris — ... senão não seria você, Gerard!!... você acha que você... tem poderes!... você acha que você é, no fundo, muito importante, né, cara!?... Meu caro: qualquer um que tem pinto e tá louco por uma mulher pode achar o que você tá achando... É perfeitamente normal ser transportado... é um fenômeno conhecido... embora pouco estudado...

— Pára, Cris... pára de moral... — disse Gerard. — Tem coisas nessa vida que a gente não explica... eu juro pra você que naquele momento eu estava ligado com a Luciana... e ela comigo!... a gente estava sendo... transportado!... *Aiiiiiiiiiiii*...

— Gerard...

— ... meu pescoço... *aiiii*... tá puxando... não encana...

— Gerard... — insistiu Cris.

— O que foi? Peraí... deixa eu esticar o ombro...

— Gerard... vou te dizer uma coisa...

— ... diz... *aiiiiiiiiiiiiiii*.... o que é isso? Por que aconteceu isso? Qual o significado disso?...

— Gerard, pára de gemer que nem um viado e me ouve...

— Ouço... *ai*!... fala...

— Vai e come essa garota — disse Cris.

— Que... *aiii*... garota?

— A Luciana, porra! — berrou Cris. — Você não tá me ouvindo?

— A Luciana? Depois disso tudo? Dessa treta maluca com a Joana... e com as outras?

— Ela não pediu pra você procurar ela? — perguntou Cris.

— Pediu, mas...

— Ela não te deu um beijo no banheiro daquele lugar... como é o nome?

— Loft's... que merda de nome, né?... prum corredor... beijei... mas foi tudo muito rápido...

— Foda-se. Beijou, comeu. É a lei da vida. E você ainda não tirou a febre da mina??

— Febre? Que febre??

— Você não tirou a temperatura dela, porra! Lá dentro dela?!

— Tirei, tirei!!... e o cheiro ainda tá comigo... — disse Gerard... trocando o celular de mão pra sentir o cheiro impregnado... na outra mão! — Ainda tô sentindo...

— Tá vendo!! Até eu tô doido pra comer essa mina...

— Peraí... *ahhhh*... tô puxando o ombro aqui...

— Vai e come logo essa Luciana! Pára com essa frescura do pescoço e vai hoje mesmo comer essa gata... Foda-se se ela também curte mulher...

— ... eu sei... *aiiiiiii*... foda-se... será?

— ... isso é uma coisa que nem eu nem você vamos conseguir entender... ninguém vai conseguir entender... nem ela vai conseguir entender!... não tem quem entenda!!... aliás, ninguém hoje entende mais nada, cara!!... só não deixa passar de hoje pra comer!... mete bronca na mina hoje, sem falta!... é a melhor coisa... quer dizer... é a única coisa que você pode fazer!

— Você acha mesmo? — perguntou Gerard... levantando-se do meio-fio e esticando o ombro repuxado. — Você acha que eu como essa mina hoje se eu quiser?

— Mas essa é a única certeza dessa história... — disse Cris. — Se você não comer essa gata hoje, a coisa vai complicar pro seu lado...

— Complicar? O que mais pode complicar?

— Vai e come. Eu sei o que tô te falando... e depois de comer, você me liga... e me conta. Combinado?

— E o meu... *aiiii*... pescoço? O que eu faço?

— Dá o cu ou vai no médico... tanto faz... isso passa...

— Tá certo — disse Gerard.

— Mais uma coisa... — disse Cris.

— Fala, cara! — disse Gerard.

— Deixa o celular desligado... Tá me ouvindo? Desliga agora e não liga essa merda... por nada, entendeu?

— Ok — disse Gerard. — Entendi, vou desligar... Combinado.

O restaurante japonês lota a partir das nove da noite, por isso Gerard combinou de apanhar Luciana às oito e meia... cedo demais, mesmo para os frugais hábitos de Gerard... *comer cedo... pra comer cedo!!* Mas, nessa noite... bem, nessa noite Gerard estava especialmente com fome... com o estômago, por assim dizer, *trançado de fome!*... As sábias palavras de Cristiano ecoaram nos seus ouvidos o dia todo... *come rápido!... come hoje!!*... alimentando o animal faminto que ele carregava dentro de si e que tomou conta dele completamente no escritório... roncando de fome o dia todo! Com o celular desligado, Gerard chamava a cada cinco minutos de um aparelho fixo para o seu próprio número, para conferir, na caixa-postal-eletrônica-a-distância, se Alguém havia telefonado... e deixado recado!... a cada cinco minutos!... digitando o código de acesso umas cinqüenta vezes... do telefone de sua mesa e de outros... uma coisa de louco!... completamente sonado, pálido, arrasado pelas conseqüências neurológicas do teco no banheiro... vivendo seu dia de vampiro!!... E a dor no pescoço só piorava!... repuxando os músculos do corpo todo e fazendo Gerard andar torto... se arrastando!... pra lá... pra cá... inclinado pelos corredores frios de ar-condicionado... como um paraplégico!! Todos no escritório notaram, e a quem perguntasse ele dizia que havia dormido mal... e levado um tombo!... Isso ou aquilo? Dormiu mal ou levou um tombo? Fodam-se os colegas, claro... Gerard não havia sequer dormido!!... passou em casa rápido pela manhã apenas para trocar de roupa e depois foi direto pro trabalho... para viver o seu Dia de Zumbi Apalermado... sem ouvir direito nada do que lhe diziam... movido apenas... pela Fome de Leão que havia dentro dele!... pelo fogo interno!... um Leão que arranhava o seu estômago... e também, claro, o intestino!... e o esôfago!.. e os rins, tudo!... um Leão rugindo por Luciana!... que recebeu a chamada do Leão Faminto e Desesperado no início da noite... porque ele precisou de horas pra tomar coragem!... e ele mesmo telefonar antes de ser telefonado e Luciana atendeu o telefone sem reconhecer o número... sem saber quem estava chamando... sem ouvir os rugidos!... ela, que tinha acabado de chegar em casa e ligado o celular, que passou o dia todo sem bateria... ora!!... e se manifestou muito surpresa, claro!, ao descobrir que era Gerard quem fazia a primeira chamada da noite para ela... e de um telefone fixo!... e que, claro!!, sim, como não!?, ela queria muito, muuuuuito vê-lo!... e claro, podia ser naquela noite, sim... melhor ainda!... mas tipo cedo, tá, Gerard, pode ser cedo?!... tipo *daqui a pouco??... comer logo... comer rápido...* claro!, disse Gerard... afinal... isso ia totalmente ao encontro dos seus princípios!... e dos seus planos!... num restaurante japonês, ótimo!... que ela a-do-ra restaurante japonês e coisa e tal... e... que louca era essa vida e coisa e tal!, e... que loucura!!... quantas coisas eles tinham pra conversar um com o outro, já que se conheciam o suficiente!!... desde anteontem, pra ser exato!... sendo, nossa!!, que eles pareciam já se conhecer o suficiente!... como pode ser isso?!... sem se conhecerem realmente!... não é in-crí-vel isso, *Gerald*!?

O sushiman atrás do balcão reconheceu Gerard de imediato, mal ele colocou o pernão comprido para dentro das tiras de pano do biombo decorado da entrada... pelo menos isso é o que Gerard achou, ao entrar com Luciana no restaurante: o sushiman deu um leve sorriso para o ajudante!... um mau presságio para Gerard!... assim como os cabelos úmidos de Luciana... que entrou no carro praticamente molhada, recém-saída do banho!... um somatório de maus presságios, portanto!... Mas por que caralho Gerard foi escolher justo *esse* japonês?? Há dezenas, centenas, milhares... talvez centenas de dezenas de milhares de restaurantes japoneses na cidade!... nem no Japão deve ter tanto restaurante japonês, velho!!... todo mundo hoje em dia só quer saber de comer... peixe cru!!... mesmo em churrascarias se come peixe cru atualmente, irmão!... e Gerard foi escolher *justo aquele japonês* onde esteve com Sandrinha?... o palco daquele triste... *espetáculo*?! ... O que seria isso, velho?... seria um tipo de atração... pelo abismo?... tem outro nome pra isso?... um Encanadão como Gerard, cara... que já teve encanações suficientes nos últimos dias... nas últimas horas... nos últimos... minutos! Por que correr o risco de encanar agora... sem a menor necessidade... encanar... com o sushiman e o ajudante e os garçons e toda a equipe desse *restaurante japonês específico*? Por que, Gerard, não escolher uma churrascaria, cara!? Lá também tem sushi, caralho! E garfo e faca... se for o caso!

— Háá! — exclamou o sushiman atrás do balcão, cumprimentando Gerard e Luciana.

— Haiôo! — disse Gerard, tentando simular... de maneira bastante idiota... uma língua completamente estranha para ele!

— Você fala japonês? — perguntou Luciana, entusiasmada com aquela intimidade entre Gerard e a... *cultura do local*... — Você tem cara de quem fala japonês!

— Não é que eu fale propriamente japonês... — respondeu Gerard, sem entender a ironia da gata, sentando-se numa das confortáveis poltronas do balcão ao lado dela e de outros dez casais que apinhavam o local. — Mas é que eu venho sempre aqui e...

— Você vem sempre aqui? Você é descolado, né, Gerard! Achei esse lugar o máximo... Achei esse lugar tudo! — disse Luciana, apontando para um aquário gigante e iluminado lotado de peixes coloridos atrás do balcão. — Olha! Olha aquilo! Ameeeeiii esse aquário!! Com peixinhos e tudo! Tão lindos e...

— Mas eles não são para comer, hein!! — observou Gerard com um sorriso, crente que tinha sido... sim!... engraçado.

— Ahhhh... Jura?? — desdenhou Luciana. — Não dá pra comer os peixinhos? Ahhhhh... que pena... eu ia adorar aquele ali...

— Aquele ali? Qual? — disse Gerard, entusiasmado.

— Aquele, atrás da pedra... tá vendo ali? O rosadinho e dourado?

— Não... que pedra??

— Aquele, cara!... atrás do japonês que tá segurando a faca! — impacientou-se Luciana, esticando o braço bem na frente do rosto de Gerard... roçando levemente seus longos braços... no narigão empinado de Gerard. — Tá vendo, o rosadinho douradinho? Ele se enfiou atrás da pedra!

— Não sei, não tô vendo! É esse que você quer? — disse Gerard, confuso entre Luciana, os peixinhos e o garçom que anotava o pedido de dois saquês e uma entrada... pra começar!

— É! É esse... pode ser... foda-se! — disse Luciana, olhando pros lados do balcão, sem paciência para piadas de mais de trinta segundos.

— Tá bom, vou pedir pra você — insistiu Gerard... fingindo não ter ouvido o foda-se e sem perceber... *que a piada já durava uns dois minutos!* — Como você gosta?

— Cru... sei lá!... bem fatiadinho!

— Luciana, gata — disse Gerard, sorrindo ternamente para ela. — Fatiadinho... tem certeza? Tadinho do peixinho...

— Tadinho uma ova!! — exclamou Luciana, nervosa e enfadada com o Espirituoso Gerard. — E quer saber? Ele vai adorar!

— Adorar...?

— Ser comido, cara!... ser fatiado!!

— Nossa, gata!... que louco isso! — espantou-se Gerard. — Você é sempre assim? Sai de casa doida pra... fatiar os peixinhos?

— Só os rosadinhos... — respondeu Luciana, concedendo um ligeiro sorriso. — E depois de fatiar bem fininho... eu como... tudo! Tudinho!!

— E quem você fatiou nos últimos tempos? — perguntou Gerard, num descuido... sem saber como levar adiante uma piada tão extensa... e sem se dar conta exatamente se ser fatiado ia ao encontro... dos seus planos...

— Ahhhh, vários peixinhos!... um aquário inteiro!... Teve o Fábio, recentemente... você não ficou sabendo?

— O Fábio?... — espantou-se Gerard. — Fábio... não me informaram... ou não estou ligando o nome à pessoa...

— O Fábio Grillo, aquele ator, você não conhece? Não acredito que você não ficou sabendo da gente... Aquele, daquele filme... que tem um ônibus que vai pro Nordeste... que o cara some... como chama mesmo o filme?... Eu não sou boa pra nomes!... não me recordo agora do nome do filme...

— Fábio Grillo... filme... também não me recordo de nenhum filme com nenhum Grillo... e com um ônibus... como assim, pro Nordeste? É tanto filme com ônibus pro Nordeste!...

— Aiiiiii, esquece, esquece... porque foi um lixo!

— O filme? — arriscou o Cinéfilo Iminente Gerard.

— Nãããо... o Fábio! O cara é um lixo... um lixo!! O cara pode ser lindo... pode ser ator... pode ser famoso... pode ser tudo!... mas ali, na cama... é um lixo!

— O Fábio Grillo... um lixo? — disse Gerard, num desejo mórbido... pelos fatos! — Você tá falando sério?

— Supersério — disse Luciana. — O cara é um umbigo! Você não imagina o tamanho do umbigo do Fábio! Ninguém imagina... ir pra cama com *aquilo*! E olha que ele me tirou de uma puuuuta festa... pra me fazer transar com... um umbigo!

— *Huuuuuum*... — balbuciou Gerard, disposto a ser tudo naquela noite... menos um umbigo! — E o que faz um umbigo na cama pra coisa ser um lixo?

— Um umbigo? — disse ela, virando entusiasmada o seu saquê. — Você não sabe o que faz um umbigo? *Transa sozinho, cara!* Trepa consigo mesmo! Fode com um espelho!!

O cara só se olhava no espelho... Acho que ele achou que tava sendo filmado comigo na cama... Que tinha uma câmera atrás do espelho... Um lixo!... Se bem que, pra mim, foi bom assim mesmo... Quer saber? Foi ótimo!

— Não tô entendendo, Luciana... — disse Gerard, confuso, terminando sua primeira dose de saquê. — ... foi bom, foi ótimo ou foi um lixo esse Fábio Grillo?

— Foi ótimo... pra fazer currículo! — disse ela, para espanto de Gerard.

— Currículo? — perguntou Gerard, incrédulo, olhando em volta para conferir... *se alguém havia ouvido isso!!* — Luciana... eu nem sei o que te dizer... juro.... Eeeeei, olha aqui... eu não tinha visto... no seu ombro... — disse Gerard, mudando repentina e apropriadamente... de assunto!

— Ahhh... viu? Gostou? — disse Luciana, afastando a alça da blusinha branca e voltando seu ombro para... o rosto de Gerard. — São flores chinesas que eu tatuei aqui... não são lindas?

— São... o máximo!... — disse Gerard... surpreso com a cascata de pequenas... orquídeas?... cor-de-rosa que despencavam por trás do ombro de Luciana, indo até o meio da cintura fina e marcada dela... flores de uma cor tão viva que é como se estivessem... realmente vivas!... como se estivessem exalando... um perfume!... que se confundia com o perfume... colhido por Gerard no jardim perfumado interno de Luciana na noite anterior... que ainda impregnava os dedos da mão, que Gerard não lavou durante todo o dia... para manter indefinidamente... para sempre, se possível... o doce aroma ao alcance do seu narigão empinado.

— São peônias... não são lindas? — explicou Luciana, encostando os ombros... no narigão de Gerard... — É uma das flores mais lindas e perfumadas da China... ela é considerada a rainha das flores pelos chineses...

— Entendi!... Que interessante!!... — disse o Botânico Iniciante Gerard... tentando conter o ímpeto... do Ataque às Peônias Perfumadas e Enlouquecedoras da China...

— Escuta, vamos fazer o pedido? — disse Luciana, interrompendo momentaneamente a exibição das peônias.

— O pedido? — disse ele, recompondo-se do transe hipnótico.

— É, o pedido! Hellôô-ou! — disse Luciana. — Você não me convidou para um jantar, moço?

— Entre outras coisas — disse Gerard... avançando o sinal... já sob efeito do saquê... sendo que ela mal embarcara na segunda dose... antes, portanto... do *sinal verde*...

— Êêêêêê! — disse Luciana, incomodada pela atravessada de Gerard no sinal amarelo... — Então pede a comida logo, vai... pede logo, porque eu ainda tenho uma festa e...

Uma bomba atômica caiu no colo de Gerard! Mil bombas atômicas caíram no colo de Gerard!... Festa?? Que porra de... festa?... da qual ele não foi avisado e para a qual... até o momento... muito menos.... convidado!

— Festa? Hoje?? — perguntou Gerard, indignado... sentindo-se... um peixinho... prestes a ser fatiado.

— É, cara!... uma festa!... uma festa de uns amigos do Fábio!... Mas é mais tarde... tipo meia-noite... a gente fica junto até as 11 e meia, ok?

Gerard calculou rápido, na medida do possível: quer dizer então que a Gata Sensacional e Maravilhosa e Louca... se dignava a dedicar a ele... algo como... 140, 150 minutos... se tanto!... e nada mais?... é isso??... e já se passou quanto tempo?... e sobram quantos minutos?... e quer dizer então que ele, Gerard, havia... *caído como um peixe dentro do aquário??*

— Escuta!... — tentou reagir Gerard.

— Vamos pedir a comida, pede, cara!! — disse Luciana, impaciente. — Eu gosto de tudo... já te disse! — disse ela, ligando o celular... para ver as horas?!... tipo... contando os minutos?!

— Escuta, gata, olha... — insistiu Gerard... pronto a... abrir o jogo!... que ele provavelmente já tinha perdido.

— *Noooosssa!!* — espantou-se Luciana, olhando o visor do celular. — Olha o torpedo que eu recebi! Olha quantas ligações tem aqui!!... *Nooossa!!* Que horror... esse celular liga quando ele quer! Faz o que quer! E eu não funciono se ele não funciona! Olha! Tem... 32 chamadas da Joana!! E mais 25 da Ruthinha!!...

Gerard mal podia acreditar no que ouvia... um calafrio percorreu sua alquebrada espinha... um repuxo jogou seu pescoço para o ombro direito... *aiiiiiiiiiiiii*... provocando um gemido interno!... talvez pressentindo... tipo somatizando!... o carrinho subir em alta velocidade para o topo da montanha-russa... chegando bem no alto, no topo, na voltinha... na curva empinada que tem lá em cima!... no ponto exato pra embicar rapidamente... e despencar no abismo!!

— Luciana, olha... prova isso!!... — interrompeu Gerard, tentando ganhar tempo... tentando encontrar... um caminho!... apanhando um bolinho de arroz com peixe de entrada e levando diretamente na boca da gata... tentando reordenar a tática de um jogo... praticamente perdido!

— Ihhhhhhhhhhhhh!! — exclamou Luciana, fazendo uma careta medonha depois de colocar o bolinho na boca. — Tem pimenta, cara!! Por que você não me avisou que tem pimenta? — disse ela, tomando o saquê da caixinha numa só virada...

— Como assim, Luciana? Você disse que gostava de tudo!?...

— Tudo, menos pimenta! Eu odeio pimenta! — disse ela, transtornada... falando alto, atraindo a atenção de todos no Balcão Maldito!

— Essa lingüinha tá pegando fogo?... tá pegando fogo, é?! — brincou Gerard... no seu inútil esforço... de ganhar tempo... levantando o pequeno bule de shoyu e levando, como um bombeirinho idiota, o bule em direção à boca de Luciana. — Deixa eu apagar esse foguinho...

— Eiiii, pára com isso! — disse Luciana, empurrando de volta a mão besta de Gerard... que oscilou e derrubou... shoyu na calça da gata!... *shoyu gosmento na calça jeans clara da gata!!*

— Aiiiiiii... você me sujou toda! Seu maluco!! — gritou Luciana, levantando-se da cadeira... na frente do sushiman... do ajudante... de todos!

— Calma, senta! — disse Gerard. — Foi só uma gota! Garçom... moça! — chamou ele. — Traz um pano quente... e um pedaço de nabo!

— Nabo? — perguntou Luciana, cada vez mais surpresa... e indignada...

— Nabo tira mancha de shoyu!... você não sabia?... acredita!... senta!... fica calma!... — disse Gerard... tentando controlar... o incontrolável...

— Nabo!!... Era o que me faltava!... Como é que eu vou na festa do Fábio com essa calça... manchada? — disse ela, enquanto uma funcionária prestativa chegava com um talo de nabo e água quente... esfregando a calça jeans de Luciana...

para desespero de Gerard... que sentia o carrinho completar a voltinha no topo da curva mais alta da montanha-russa... embicando de uma vez... sem a menor possibilidade de volta... o narigão pra baixo!!

Pim pim pim pon... (tocou o celular de Luciana)... *pim pim pó pim*... (um furacão gelado sacudiu a espinha tortuosa de Gerard)...

— Ruthinha!! — exclamou Luciana, olhando pra Gerard ao mesmo tempo que atendia a amiga. — Você me ligou o dia todo!!... Desculpa, meu celular estava sem bateria!... funciona quando quer essa bosta!!... fiquei o dia todo fora de casa... desculpa, desculpa... fala!!...

Gerard sentiu a espinha se contorcer... e o pescoço tremer... o frio glacial imobilizou os músculos... do corpo todo...

— Hummm... sei, sei... — murmurava Luciana no telefone, olhando diretamente para Gerard... um olhar seco... sem... cumplicidade alguma... muito pelo contrário!! — ... sim, eu tô entendendo... tô superentendendo... mas eu tô num japonês... com o... huuuuum... ãh?... ããhh?... hummmm... — disse Luciana, desviando subitamente o olhar... dele, Gerard!...
— E ela... aonde? O quê!? Peraí!... — disse Luciana... e, voltando-se para Gerard. — Fica aqui um pouco, cara... eu já volto! — exclamou ela... num tom de voz completamente novo... e bastante áspero!... levantando-se da poltrona e subindo a escada no canto do salão, em direção a algum cômodo lá de cima... provavelmente o banheiro.

Gerard olhou para o sushiman e o ajudante, e teve a nítida impressão... de que eles acabavam de desviar o olhar dele!... olhou em volta, em seguida, para o balcão cheio de casais comendo e bebendo alegremente... imaginando que, sim, isso era eventualmente possível... comer e beber alegremente!... e depois dali continuar comendo alegremente!!... observando os peixinhos nadarem sãos e salvos no aquário atrás do balcão!... sim, porque, na verdade... ele também deveria estar são e salvo!... afinal, nada estava acontecendo de errado!... nada errado estava realmente acontecendo!... o que poderia estar errado?... numa noite especial como aquela... com uma gata especial como aquela... louca, é verdade... pirada, é verdade... escrota também, é verdade... uma Gata do Pior Tipo... talvez... uma Gata Emboscada... isso com certeza... dessas que saem com você e só depois que entram no seu carro se lembram... que coisa!... que elas têm uma festa!!... pra qual você não é e provavelmente não será... convidado!!... mas isso são os ossos do ofício, certo?... não chega a estar *errado*... são os ovos da omelete, correto?... tem que quebrar ovos pra fazer uma omelete, correto?... e principalmente pra... *comer uma omelete*, ok??... não é assim a vida aqui fora do aquário?... são inclusive... peraí... que horas são mesmo?... quantos minutos Gerard ainda tem do digníssimo e preciosíssimo tempo da Gata Emboscada?... pra tentar algo que esteja minimamente relacionado... à sua fome?... Gerard ligou o celular pra ver as horas... só pra calcular melhor... o *timing* da noite, certo?... de uma noite em que tudo está, no fundo, correto... correto?... só pra checar que são apenas... dez e meia da noite... e que há... 32 *chamadas não atendidas de Joana também no seu aparelho!!*... uma chamada a cada... o quê!? 15 minutos!!... duas a cada meia hora?... quatro chamadas por hora?... é isso?... tá certa essa conta?... essa maluca ligou para Gerard 32 vezes desde que ele falou com Cristiano de manhã... é isso?... Uma onda de calor se abateu pela espinha torta e gelada de Gerard... um ventão morno batendo de frente no carrinho, que a essa altura já despencava montanha-russa abaixo... em altíssima velocidade... atingindo também o pescoço repuxado... de mais um choque térmico!... tentando deter a queda inexorável!!... sendo que Cris previu o abismo... *Gerard, não liga essa porra!... Gerard, desliga essa merda!... Gerard, você tá na encrenca!...* 32 ligações em apenas oito horas!... e por que Luciana vem voltando com cara de possessa lá de cima?... o que ela encontrou no banheiro?... o que ela foi fazer lá?... por quem ela foi possuída?... é pela calça manchada?... o nabo não tirou a porra da mancha?... ou será... porque ele comeu a Joana??... o que ela tem na cabeça?... essa censora??... por que ela tá com o cabelo molhado, afinal de contas?... qual é a dessa escrota, caralho?... sendo que ela... no fundo... se ela resolver também encher o seu saco... sendo que ela não passa... no fundo... de uma... sapa maníaca!!... e sendo que ele, Gerard, não é nem vai ser... um peixinho rosado!... escondidinho atrás de uma pedra temendo ser escolhido e partido em fatias e, conseqüentemente, devorado... mas isso do pior jeito possível!!... ele não é nem será nada disso, e a vida está longe de ser... um aquário, velho!

— Gerard, levanta, pede a conta, me leva embora! — ordenou Luciana, na volta do banheiro, sem nem mesmo se sentar na poltrona.

— Você é que senta! — gritou Gerard, engrossando sua Linda Voz Tenebrosa de Macho. — Senta aí, caralho!!

— Que senta! Não fala assim comigo!! Que senta o quê, cara! — disse ela, surpresa com a agressividade de Gerard e perdendo ligeiramente... nervosamente... a compostura!

— Você senta nessa porra! — disse Gerard... para espanto de Luciana e do Entorno.

— Olha como você fala... — disse Luciana... louca, mas... sentando na poltrona...

— Olha como *você* fala! Que porra é essa? Você vai pro banheiro falar com essa escrota e pira? — disse Gerard... o bravo Gerard... bisneto de um bravo... bisavô alemão fugitivo!... é isso aí, Gerard... chega de ser otário!... Gerard!... Novo Homem!... Ex-Homem Primitivo que agüentava calado!

— Não fala assim da Ruthinha!!... da minha amiga!!... — disse Luciana, sem saber exatamente... se deveria permanecer sentada.

— Amiga que você comeu essa noite, né, Luciana? — disse Gerard... para espanto ainda maior... da garota... do sushiman... do ajudante... e do Entorno!!!

— O que é isso? — espantou-se ela. — O que você tá falando? Você não pode falar isso!!

— Fala aí, Luciana... — disse ele, animado pela terceira dose de saquê, e mais e mais... injuriado... — Vai... você não é muito louca? Sua vida não é uma loucura? Não é festa atrás de festa?? Assume... que caretice é essa? Quem você comeu essa noite enquanto dava uns tecos com a minha grana? Fala! Me diga! Olha, vira esse ombro pra cá... deixa eu ver uma coisa.

— O que é isso, cara?!... pede a conta!!... me leva embora!! — gritou Luciana, afastando as mãos violentas de Gerard no seu ombro.

— Vira aqui!... deixa eu ver uma coisa!... — esbravejou Gerard, empurrando o ombro da gata. — Deixa eu ver essa florzinha aqui, vem... essa, como chama? Begônia? Pamonha? Patagônia?... — disse ele, puxando com violência o ombro de Luciana... — Deixa eu dar uma lambidinha nessa florzinha cheirosinha...

— Páááára! — disse Luciana, empurrando a mão de Gerard. — Sai com esse braço!... Não são pra você essas flores, tá entendendo?

— Se não são pra mim, por que você mostra tanto? Por que esfrega essa merda na minha fuça, fala? Vai, me diz, se não são pra mim, são pra quem, caralho? Procura aí no seu currículo: são pra Joana? Pra Ruthinha? Praquele bosta do Lucciano? O Pró-fumo? Pro Fábio Umbigo? Que tá te esperando na festa!! — berrou Gerard... diante de um sushiman atordoado, que afiava lentamente... um longo facão pontiagudo.

— Louco!! Perigoso!! — gritou Luciana, pulando da poltrona. — Coitado de você... que fica me cantando... Pensa que eu não sei? Que eu não te conheço?! Esse papinho... como é que é? Como é que foi aquele papinho no banheiro? Garota transversal... como é que você me falou outro dia?...

— Cantando você? Você acha que eu ia perder meu temp...

— Papinho escroto! Garota transversal... garota universal! Fala de uma vez, fala que nem homem: *quero te levar pra cama*!! Horizontal... me lembrei, foi isso! Ridículo!

—Cantando? Assim??... *Luciana-conheço-todos-os-seus-poros*... (cantarola Gerard) Pra quem você tá guardando essas flores, fala?

— Não são pra você, entendeu!!? — gritou Luciana, transformando seus traços acentuados do rosto... numa face nova e desconhecida para Gerard... numa face... monstruosa e cadavérica!!... — Porque... eu não vou dar pra você, entendeu? Eu não ia e não vou dar pra você, sabe por quê? Sabe?... quer saber? Porque eu não estou *a fim de dar pra você*, entendeu? Não posso nem te imaginar... na vertical, seu babaca!

— Eu sei pra quem você vai dar, garota!!... — devolveu Gerard, no mesmo tom e intensidade. — Deixa eu discar uns números aqui pra avisar pra quem você vai dar essa noite... — continuou Gerard... pra Espanto Total e Definitivo... do sushiman... do ajudante... dos casais no balcão... da moça prestativa do nabo... dos peixinhos no aquário... do segurança na porta... de todos!!

— Pede essa conta e me leva pra casa! — gritou Luciana, saindo como um furacão pela porta.

Gerard seria incapaz de se lembrar como, com o que e para quem pagou a conta; nem como entrou no carro; nem o porquê de Luciana estar dentro dele. Não saberia também dizer que direção o carro tomou... que ruas percorreu... que destino levou quando saiu do restaurante... e não teria a menor idéia de quem ligou o som alto do carro... aumentando o volume do som daquele jeito... enlouquecido... e imprudente!!

— Abaixa esse som! — gritou Luciana, do seu lado no carro, logo no início do Longo Trajeto. — E diminui a velocidade dessa mer...

— Calma, gata!... tá assustada? Tá com medo? — disse Gerard... embriagado de saquê... e de um ímpeto maluco...

— Me leva pra festa... o Fábio tá me esperando... Onde você tá indo?

— É cedo pra ir pra festa, gata... — disse Gerard, cantarolando. — *Cedo... cedo... cedo...*

— Gerard, pára com isso... Quem é você, cara? Não me faça ter medo de você... Tô arrependida de ter subido nesse carro!

— Quem sou eu? Quem é... você?! Então por que você subiu... no meu... táxi? Agora não quer pagar a corrida? Vem cá, vem... Deixa eu ver essa florzinha no seu ombro...

— Pára, louco... — protestou Luciana, afastando o braço de Gerard. — Essa flor não é pra você, eu já te disse... Olha o que você fez com a Joana! Você tem noção do que você fez pra ela... pra uma garota como a Joana??

— Joana? — perguntou Gerard. — Que Joana?

— Seu cínico! — esbravejou Luciana. — Você não leva nada nem ninguém a sério!

— Tô falando... muuuuuito... séééééério... — disse Gerard, sorrindo como... um maluco. — Não conheço nenhuma... como é mesmo o nome dela?

— Cara!... Você é um mooooonstro... — disse Luciana. — A Joana tá em estado de choque, sabia?

— Em estado... de quê?

— De choque! — gritou Luciana, diante do som absurdo dentro do carro. — A Joana está em estado de choque!

— Quem levou um choque?

— A Joana!!... — gritou Luciana. — ... a minha amiga!... que você fodeu com a vida dela ontem!!

— Que Joana? Quem fodeu a Joana? ... De quem você... tá falando?

— Pára esse carro! — disse Luciana, ameaçando abrir a porta com o carro em movimento. — Não estou gostando...

— Mas você vai gostar, gata... vai gostar... tô te cantando, gata, tô te cantando...

— Você é horrível... Você sabe o que você fez? — gritou Luciana, desligando o som do carro. — Sabe a merda que você fez?

— *Eu sei o que eu vou fazeeeer... sei o que vou fazeeeer...* — cantarolou Gerard... como se fosse o refrão... de uma canção singela!

— Você transou com a Joana! E transou sem camisinha! — disse Luciana. — É isso o que você fez! Você é um estuprador!! Um aloprado! Você não conhece a Joana... Você não sabe o que você fez...

— ... *sei o que vou fazeeeer...* — cantarolava Gerard —, vou fazeeeer...

— Pára com essa música idiota! — disse Luciana. — Você não sabe o que você fez pra uma pessoa, seu idiota!

— ... *sei o que vou fazeeeer...*

— A Joana diz que você gozou dentro dela!!... Acha que você engravidou ela!!... Que você passou Aids pra ela!!... Que ela vai engravidar e ela e o nenê vão morrer por sua causa!!...

— Ela quem? — perguntou Gerard, interrompendo a singela canção. — Eu engravidei quem?

— Vai devagar, Gerard!! A Ruthinha tá lá na casa dela! Tá cuidando dela... O pai dela tá vindo da fazenda por sua causa, cara! Me ouve, cara! Vai devagar, porra!!! Você fodeu uma família inteira, cara!!

— Quem tá levando quem? — brincava Gerard... sorrindo e acelerando o carro como... um Débil... — Quem vem vindo de onde?... *vou fazeeeeeeeeeer...*

Pim pim pim pó. Pim pim pón pim... (tocou o celular de Luciana... no visor...)...

— A Ruthinha tá me ligando... pára esse carro!!

— Ruthinha?!... *seus lábios... como folhas secas... e espinhos...* — cantarolou Gerard, o Demônio... ligando novamente o som do carro... em volume alto!!

— Desliga essa porra!! Pára com essa música imbecil! — gritou Luciana. — Alô, Ruthinha?!

— ... *lábios... como folhas secas...* — cantarolava o Demo dentro de Gerard — ... *e espinhos...* Luciana... vem cá, florzinha...

— Ruthinha!! Alô?!! Não consigo te ouvir!! — gritou Luciana no celular... sem conseguir falar... nem ouvir! — Tira essa mão de mim, seu ridículo!!... Alô?!... Ruthinha?!... o cara tá louco!! Põe a mão no volante, Gerard!!!... deixa eu falar... Gerard!!... com a Ruthinha!!... Pára!!

— ... *lábios... como folhas secas... e espinhos...* —ignorava Gerard, acelerando mais e mais... a picape azul-marinho!! — ... aquiiiiiii, florzinha...

— ... tira a mão de mim!... põe a mão no volante, Gerard!... Ruthinha?! O quê? A Joana tá o quê?... Hã?!!... Gerard! Me leva pra casa da Joana agora!!

— ... *vou fazeeeeer... como folhas secas...* — cantarolava e acelerava Gerard... ou o Demo... dentro dele... — ... *e espinhos...*

— ... devagar, Gerard!!... olha pra frente!... me larga!... Gerard! Ruthinha!! Alô?! Você tá aí?!... Ruthinha! Chama alguém!! Socorro!!

— ... *um beijo... seus lábios...*

— ... põe essa porra dessa mão no volante!... O cara tá louco!... Ruthinha!!...

— ... *como folhas secas... e espinhos...*

— ... o sinal tá vermelho, cara... me larga... larga meu braço... Gerard!!...

— ... *vou fazeeeer...*

— ... olha pra frente!... Gerard!... Ruthinha!! Alô?!

— ... *vou fazzz...*

KDNCLACLACNAKJDSBNK... Plac!!...

7

SEGURAR-SE COM OS DEDOS DOS PÉS

Caaaaaaara... que reta! Olha a extensão monstruosa dela... 10 quilômetros?... 20 quilômetros?... que beleza, velho!, que reta monstro: quilômetros e quilômetros de asfalto cortando como uma régua a areia da praia... pra se acabar no pé da serra, quase entrando dentro dela! E a vista se perde se a gente mirar o olho direto na serra, percebe? Com o calor e a maresia... essa cortina de fumaça morna que espirra como mijo do mar quente... a linha da estrada parece se entortar lá na frente, tá vendo?... e tudo fica meio desfocado a partir de um certo ponto... o asfalto exalando aquela quentura... distorcendo as formas... e a gente não consegue definir nada do que vê lá na frente... é tudo um Puta de Um Embaço! E o mar, cara... esse mar que vem avançando de mansinho... sorrateiro... como um verdadeiro canalha!... avançando milímetros a cada dia... aumentando de volume e de temperatura e se inflando... como se fosse uma ameba gigante e escura pronta pra se aproximar cada vez mais da reta... e engolir tudo! E com o calor tudo fica também silencioso, velho... até a praia parece que fica muda, não se ouve direito nem o barulho das ondas... nem nada! Parece que o tempo pára, suspenso... à espera de um maremoto... uma enchente... um tsunami... o caralho!... É você e você — e aquele retão monstro diante do seu nariz comprido... de maneira que, se você está no início da reta, em direção à serra lá na frente, você tem a impressão de que se encontra na cabeça... de uma pista!... o que provoca uma sensação meio insana, velho!... uma certa... comichão no rabo, cara!... um aperto no cu!... uma vontade louca de enterrar o pé... entre outras coisas... porque a gente sempre quer *enterrar as outras coisas, cara*!!... enterrar fundo, irmão!... pisar no acelerador do carro... e se foder!! Uôôôôôôôôôôôôôôôôôôôôôôôôôôôôôô... se jogar com tudo no ventre da serra!... no útero dela!... como se o carro fosse levantar vôo!... como se você fosse... um espermatozóide motorizado voador e insano!!... mas na hora H, cara... na hora da porra do carro se levantar do chão e decolar de verdade... você se arrebenta lindo numa rocha! Não é bárbaro?! Não é do caralho!?

Gerard chegou na reta assim: no fim da tarde de um domingo, vindo de uma centena de curvas instaladas em uma dezena de pequenos morros que circundam a praia, a bordo de sua picape azul-marinho recém-saída do conserto. Foram dois meses pra consertar o bicho, cara!... dois Longos Meses de Solidão, Punheta e Ansiedade Profunda... além de gastar uma puta de uma grana filha-da-puta!... quase toda sua grana!... seus investimentos!... foi *tudo de Gerard* pro carro nos últimos dois meses, cara... toda a atenção... e o carinho de Gerard! Mas, agora... bem... Gerard ainda não tem tanta certeza de que tá tudo lindo... que tá tudo certo... se essa porra azul-marinho ainda é... o seu Segundo Melhor Amigo!... vamos ver, vejamos... se ele ainda dá conta... dessas curvas!... que são lindas, cara! e perigosas!!... Hiiiiiiiiiiiiiiiiiiiiiiiiiiiiiiiiiiiiii... o pneu canta de alegria quando entra nas curvas... como nessa aqui, bem... *fechada*... Hiiiiiiiiiiiiiiiiiiiiiiiiiiiiiiiiiiiii... e aquela outra mais... *aberta*... Hiiiiiiiiiiiiiiiiiiiiiiiiiiiiiiiiiiiii... e Gerard desliza pelas curvas... de olho na direção da picape, se ela não vai estourar numa manobra apertada, e ficar cega... e, sei lá!, jogar ele lá embaixo, nas pedras!... o que talvez não fosse assim uma idéia tão má, né, cara?... se foder completamente nas curvas da estrada!... assim como Gerard se fodeu... nas Curvas da Vida, velho!!... Hiiiiiiiiiiiiiiiiiiiiiiiiiiiiiiiiiiiii... e como são parecidas as curvas, cara!... que barato isso!!... Hiiiiiiiiiiiiiiiiiiiiiiiiiiiiiiii... o pneu do carro cantando, cantando... e Gerard resvalando nelas, sentindo na própria pele a sinuosidade delas... Hiiiiiiiiiiiiiiiiiiiiiiiiiiiiiiiiiiiii... deslizando nos ângulos mais malucos... como se o seu carro fosse uma língua que percorresse... *Ahhhhhhhhhhhhhhhhhh*... cada uma delas!... fazendo isso todo Santo Fim de Semana, ainda que... Hiiiiiiiiiiiiiiiiiiiiiiiiiiiiiiiiiii... no fim de semana passado... e no retrasado!... e no anterior ao retrasado!!... Gerard não tenha se jogado em praticamente *curva* nenhuma, caralho!... que o seu fim de semana tenha sido apenas... um acúmulo de *retas*, cara! E não reste a ele outra alternativa a não ser... se arrebentar na serra na volta!

Gerard subiu e desceu os morros feito um desmiolado... fez a última curva e deu de cara com o retão e, ali... ali ele pisaria fundo, sabe? Ele enterraria sem dó o pé no acelerador... como enterraria também outras coisas!... sem medo!... sem cagaço!... e se não tivessem ali umas vinte ou trinta lombadas... pra impedir os caras como Gerard de se jogar na reta... feito uns alucinados!... cara, se não existissem essas lombadas, se os caras não tivessem colocado elas ali empatando o caminho... cara!, já teria morrido muito maluco ali... se é que muitos já não se arrebentaram nas lombadas, tamanha a vontade que se tem de afundar o pé e outras coisas e pôr a mão pra fora da janela do carro e direcionar aquele ventão quente pra vir bater na sua orelha!!... Uôôôôôôôôôôôôôôôôôôôô... tesão!... Uôôôôôôôôôôôôôôôôôôôô... delícia!... o ventão entrando e... aí vêm os caras e põem essas merdas de lombadas!... nessa bosta dessa reta, nessa bosta dessa praia!... uma merda de uma praia de passagem, cara... sem nada de especial... uns turistinhas ali, umas barangas... um pescador empurrando seu barquinho... voltando da imensidão desse mar inflado... e Gerard!, dirigindo sua picape entregue a seus pensamentos, olhando pro lado e vendo, com seus olhos tristes e cansados... de desalento... de desencanto!... vendo um pescador empurrar seu barquinho pra dentro da areia... com muito esforço!... e quanta coisa passou pela cabeça de Gerard nessa hora, velho! Por um instante, num momento de suspensão enquanto o carro subia na lombada... Gerard chegou a pensar que aquele barquinho... empurrado de volta pra areia pelo bravo e heróico pescador... podia ser a própria vida, cara! Era isso a vida para Gerard *naquele momento*, velho!: um barquinho em mar aberto... que a gente, quando vê, quando dá por si... já tá lá dentro!... balançando! E é dura a vida dentro de um barquinho em mar aberto, sabia? É uma bosta! O sujeito sai de casa cedinho, em plena madrugada... pega o seu barquinho, empurra ele pra dentro do mar... com muito esforço!... e rema, rema, rema!... depois, já bem longe da praia, distante de todos, na solidão do oceano, o pescador joga sua rede na água azul e profunda, inflamada de calor e resíduos, com os raios ultravioleta do sol machucando a vista... e tenta, tenta, tenta!!... e depois, na volta... o sujeito rema, rema, rema!... e chega à praia com a rede cheia que é uma maravilha! Só dá peixe pulando na rede nesses dias! O sujeito pode escolher, entre aquelas centenas de corpinhos esguios se debatendo molhadinhos na rede, com o que vai matar... sua Fome de Pescador! Mas aí, ao Amanhecer de Mais Um Dia, o sujeito pega o seu barquinho... que é a própria vida para Gerard, não esquece, velho!... e rema, rema, rema!... e tenta, tenta, tenta!... e por mais que reme e por mais que tente... e por mais azul e profunda que seja a água do oceano imenso e que incha a cada dia!... a merda da rede pode muito bem voltar... vazia!... ou praticamente vazia!!... apenas com uns baiacuzinhos bestas sacudindo alegres o rabinho na rede e se aproveitando... da fome do sujeito, cara! Baiacus, ouviu? Aquele peixe que parece que... depois que sai da água, parece que... não há muitas certezas dentro de um barquinho, cara!... mas parece que esse peixe estufa a barriga quando sai da água... fica pulando ali na rede com a barriga cheia!... pulando e... *vem me jantar... vem me jantar... vem me jantar!!*... sendo que... cara!... o sujeito que sai de casa cedinho e... com muito esforço... rema, rema, rema... e tenta, tenta, tenta... com os raios ultravioleta emitidos pelo Deus Sol queimando muito o seu pescoço e torrando muito o seu saco... *simplesmente não quer jantar baiacus, porra!*... ele merece... Algo Melhor que Isso, caralho!!... e fazer o quê, velho!? Brigar com o Deus Sol!? Praguejar contra a Natureza Má que só te traz peixes de barriga estufada? Ficar aí... achando que um pescador que volta com a rede dois, três dias seguidos, praticamente vazia... ou uma semana inteira... ou até mais!... praticamente vazia... é um mau pescador?... ficar aí achando que é impossível pra um pescador minimamente decente voltar com seu barquinho um mês, dois meses pra casa com a rede... praticamente vazia?! Mas Gerard não é um pescador, caralho! Talvez não tenha sido um bom exemplo esse do barquinho, Gerard!... você nunca enfiou uma minhoca num anzol na vida, cara!... E não tem a mínima obrigação de remar, remar, remar... e tentar, tentar, tentar... e voltar pra casa com a rede cheia! A vida não é nada disso, caralho!... Gerard não vai morrer de fome por causa disso, cara! Ele não vai morrer se comer apenas baiacus estufados por um tempo... ou vai?

Gerard acha que vai, velho. Gerard tem achado coisas bastante estranhas nos últimos tempos, desde a Emboscada com Luciana e o Incidente Pós-Japonês. A visão do touro parado no fim do retão da praia, por exemplo... ela só veio completar... a Sucessão de Fenômenos Estranhos que se Torna a Vida Sem Uma Boceta Fixa!!... Um touro estacionado na areia... ali, solto, sem ninguém do lado, nem ninguém por perto... aparentemente sem dono e perdido no final do retão imenso... colocado ali como para... aporrinhar a já transtornada mente de Gerard! E olha que não foi nada assim de tão extraordinário, nada aconteceu: Gerard apenas dirigia nesse fim de tarde de domingo e pensava no seu próprio barquinho e, quando o carro subiu na última lombada da reta, olhou à esquerda, na direção do mar profundo... e lá estava ele: o misterioso touro cinza-claro!... como um fantasma surgido da maresia... com dois chifres longos e pontiagudos... olhando de volta para Gerard! Não apenas olhando: encarando Gerard, mirando fundo seus dois olhos grandes de touro... negros e ligeiramente baços... para dentro dos olhos tristes de Gerard!... como se quisesse penetrar... na Alma de Gerard!... e que touro altivo!... e sedutor! — que é o que se espera de um touro, né, velho?!... mas esse era especialmente sedutor porque refletia os derradeiros raios ultravioleta do Deus Sol, que despontavam atrás das nuvens negras e carregadas... vindos do fundo do horizonte azul e tenebroso daquela praia de merda... mas que incidiam com força sobre aquela carcaça cinza clara que se tornava ligeiramente... prateada!... e a imagem toda daquele bicho ficava ligeiramente... encantada e assustadora! O carro desceu a lombada lentamente, como se estivesse em câmera lenta... o calor saltava da pista em ondas de mormaço... e Gerard olhava fixo pro lado, em direção à praia, sem conseguir tirar o olho do bicho, hipnotizado por aquele animal misterioso que também não desgrudava os olhos úmidos dele!... e que acompanhou Gerard com o olhar conforme o carro descia a lombada em câmera lenta... e se afastava! É um enigma isso, a figura desse estranho animal olhando pra ele. Sendo que nada aconteceu, nenhum mugido, nenhum passo, o touro não abriu a boca, não balançou o rabo... não pastava, não cagava, não mugia... nem chegou a se aproximar com os chifres ameaçadores em direção a Gerard, não havia nenhum perigo palpável!... apenas a praia deserta, o horizonte infinito... o mar subindo... e o quadrúpede prateado! Foi apenas isso... quer dizer, seria apenas isso se isso não tivesse... pirado Gerard! Que subiu a serra como um louco, atravessando dezenas de pequenos vulcões que exalavam gases e partículas quentes pelo caminho... chegando de volta da praia e indo direto ao apartamento de Cristiano.

— Cris, fizeram alguma coisa comigo! — disse Gerard, entrando esbaforido. — Eu não sou assim! Eu não sou isso!! Não é possível... eu sinto que fizeram alguma coisa comigo...

— Calmaíííííí, cara! Do que você tá falando? — respondeu Cris, atropelado por Gerard na porta de entrada do seu apartamento antigo de uns 300 metros, com sacada, todo branco, quase derrubando a garrafa de vodca que ele trazia nas mãos. — Quem fez o quê com você, cara? O que aconteceu?! Calma!!

— Fizeram, fizeram... eu sei, eu sinto... — lamentou-se Gerard, afundando-se no sofá branco e aceitando a vodca que Cris rapidamente despejava no copo. — Não é possível acontecer o que está acontecendo... As coisas nunca foram assim comigo... eu nunca vivi isso...

— Mas o que tá acontecendo? Você não comeu ninguém na praia, é isso? Pára com isso, cara! Você tá ótimo! — disse Cris, sentando-se numa poltrona giratória à frente de Gerard, procurando tranqüilizá-lo.

— Foda-se a praia!! — disse Gerard, sorvendo o primeiro gole do líquido. — Foda-se tudo!!

— Meu, veja o outro lado... é só olhar pra você, Gerard: você tá mais calmo, parou com aquela cheiração escrota, tá levando uma vida mais saudável, tá dormindo mais cedo, tá fazendo exercício... — disse Cris, recostando-se na poltrona e girando à esquerda para receber no colo uma Linda Gatinha Manhosa que perambulava pela sala.

— *Exercício?* — perguntou Gerard, com sarcasmo. — Você só pode estar brincando. Olha o meu estado! Você acha que esse é o estado de quem está... *se exercitando?* Foda-se isso que você tá falando... foda-se... na minha situação não tem outro lado!

— Tem outro lado... deixa eu pensar num outro lado pra sua situação — disse Cris, irônico, alisando calmamente a gatinha manhosa de pelugem alta cinza-escuro e bochechas gordas que se esparramava no seu colo.

— Me escuta, Cris: essas mulheres são loucas. Eu vi isso bem quando eu me separei da Carolina. Elas fazem coisas! Elas freqüentam uns lugares com mulheres mais loucas ainda... tipo macumba, uns lances com energias, banho de sal, essa porra toda que você sabe muito bem como funciona! Eu tô pagando a minha língua com você, Cris! Elas são bruxas! Fizeram alguma merda em mim... me espetaram, Cris, eu tenho certeza! — lamentou-se Gerard, reparando finalmente na gatinha no colo de Cris. — Nooooooossa... que gata manhosa!... que peluda, que linda!... E olha como ela fica feliz de barriga pra cima...

— Não é uma coisa essa gata? Que bom que você reparou! É meio angorá, meio siamesa! Não é uma loucura? Ganhei faz um mês de uma prima, que mora sozinha com umas vinte gatas. Todas fêmeas! Não é linda? É a Sasha. Olha como ela gosta... — disse Cris, colocando a gatinha de bruços sobre as suas pernas, afastando a pelugem alta e alisando a barriguinha rosadinha e lisa da gatinha... e chegando bem perto... das dobrinhas das patinhas traseiras. — Olha como ela gosta quando eu escorrego o dedinho e...

— Cris, cacete!! Pára com isso — protestou Gerard, incomodado com a investida de Cris nas redondezas... da Sasha.

— Olha, eu e a minha gata estamos aqui pensando e chegamos à conclusão de que a solução para o seu problema é comer uma gata o mais rápido possível. Não é, gatinha? Não é isso que o nosso amigo Gerard tem que fazer? — brincou Cris, virando a gatinha de barriga pra baixo sobre as suas pernas... e olhando para Gerard. — É isso: come alguém e pronto. É o que tá te faltando. Você cismou de ficar sozinho, de dar um tempo depois de levar umas porradas, de procurar demais por um novo Ser Adorado... E isso está errado! Você tem que comer qualquer coisa, e rápido!

— Mas eu não como qualquer coisa... — replicou Gerard, olhando pro fundo do copo. — Não é de mim, entende? Eu nunca comi qualquer coisa... Eu simplesmente não consigo comer qualquer...

— Não consegue? — interrompeu Cris, colocando a gatinha novamente de barriga pra cima no seu colo. — O que você não consegue? Comer uma mulher? A primeira que aparecer? Consegue, ô se consegue! A gente sempre consegue! Mesmo porque você está mentindo. Você come qualquer coisa *sim*! Todos nós comemos qualquer coisa, se for preciso, *sim*! Desde que eu te conheço você sempre comeu e gostou de comer qualquer coisa! Você queria comer aquela Luciana... que é um ótimo exemplo... de *qualquer coisa*!!...

— A Luciana não é qualquer coisa! — esbravejou Gerard. — Ela é uma puta de uma gata manhosa que...

— Uma gata que é o quê??... Você quer dizer que ela é como essa aqui?... uma gatinha que...

Cris se atrevia novamente... com o dedo descendo bem perto... da *sashazinha*... da Sasha!

— Meu, Cris!! Pára com isso!!... — gritou Gerard. — Não se faz isso... Não se brinca com isso!!

— Calma, aquieta — disse Cris, sorrindo para Gerard e contentando-se apenas em alisar de leve as dobrinhas internas das perninhas traseiras da Sasha. — Ô, Gerard! É uma vagabunda essa Luciana... acorda!

— Acorda o quê? — disse Gerard, perturbado com o dedo do amigo, que permanecia perigosamente nas proximidades... da *sashazinha*... — Meu, você não tava lá naquela noite, você não viu nada!... Tudo o que você sabe sobre a

Luciana fui eu que te falei... a Luciana é uma linda, uma menina superforte, com uma energia bárbara, ela só é um pouco... maluca!

— *Pouco* maluca??

— Ela faz terapia quatro vezes por semana! A Joana me deu a ficha toda dela. Ela tem problemas, cara... morre de inveja da irmã, que é uma modelo e tem casa no Japão e sei lá o quê... e não se dá com o pai, que não se dá com a mãe... e sei lá o quê!... A gente tem de entender as gatas... *horizontais* como a Luciana, Cris!

— Gatas... *horizontais*? Eu e a Sasha ouvimos bem? Meeeeeeu... do que você tá falando? — disse Cris, esticando completamente os membros da Sasha no seu colo.

— É, Cris... a Luciana é uma gata... *horizontal*!...

— Mas disso eu não tinha a menor dúvida... ficar na horizontal... — disse Cris, retesando a gatinha. — Ficar na horizontal...

— Mas não nesse sentido, cara!... quer dizer, não *exatamente* nesse sentido...

— Só tem um sentido imaginável pra essa vagabunda dessa Luciana!... — disse Cris, o Macho com Gatinha no Colo...

— Pode ser, pode ser... — acatou Gerard. — Mas a coisa vai além disso... como eu posso te explicar?... uma gata horizontal... como a Luciana... é uma gata que... quer ver quanto ela consegue... com o pouco que ela tem!

Cris deteve-se por um segundo, como se estivesse sob forte impacto.

— A vida, pra ela, é uma coisa quantitativa, rasa... horizontal, saca?... — continuou Gerard, animado por Pensamentos Súbitos Brilhantes e Profundos... — É um lance de absorver tudo velozmente... tipo na superfície, entende? Sabe como é? Essa coisa de comer um, comer uma... de pular de pessoa em pessoa... de mesa em mesa... de festa em festa... de página de revista em página de revista... ter tudo, ver tudo... comer tudo... absorver tudo... até onde der!!... como... como um aspirador de pó, entende?

— Entendo perfeitamente — disse Cris, esticando novamente a Sasha, com um olhar maligno para Gerard. — Entendo total: aspirar pó é com ela mesma!!...

— Nãããããooo, cara!! Não leva pra esse lado! — protestou Gerard.

— Que outro lado tem essa história, cara? Só tem um lado essa merda...

— Talvez ela não estivesse preparada... para um cara *vertical* como eu!! — definiu Gerard, num embalo filosófico, entornando o copo de vodca.

— *Vertical*... como você?! Huá... huá... huá... — gargalhou Cris, esfregando os dedos com força no peito da gatinha, que contorcia as perninhas finas e esticava o pescoço, esparramada no colo.

— É sério! — continuou Gerard. — Uma pessoa que... como te explicar?... se *aprofunda* mais... nas coisas... nas pessoas... na vida!... tipo ir *mais fundo*... tá me entendendo?... é mais... *vertical*, sacou? Cris, caralho, pára de rir... você tem de entender as pessoas!

— Eu entendo que você se apaixonou por uma vagabunda, tomou no cu com ela e quer inventar uma teoria muito louca pra dizer o quê? Que ela não é uma vagabunda!

— Não sei!... — disse Gerard. — Não sei mesmo... se ela é apenas isso... Aquela noite em que eu e ela nos trancamos no banheiro daquele lugar, por exemplo...

— Aquela noite!... aquela noite!!... como você fala daquela porra daquela noite!! E aconteceu o que naquela noite? Hã?? — disse Cris, enervando-se com a insistência de Gerard e torcendo com mais força os membros da gatinha esparramada. — Ela te deu uma abertura, não foi isso? Mas aquilo não foi nem beijo, cara... foi só linguada! E depois ela foi cheirar e foder bastante *na horizontal* com a amiga dela, não foi isso? Aquela amiga de lábio rachado... a zagueira, não foi isso? Uma escrota que ficou o tempo todo na sua cola... tipo ali na Grande Área, só pra evitar de você comer as minas dela, não foi isso? A tal de lábio rachado? E a Luciana foi bater uma bola com a zagueira, e com a sua grana, não foi isso? Uma ladra e uma cadela! Uma safada! Meu, que sujeira! Ô, Gerard! Me diga uma coisa, só uma coisa tem importância nessa papagaiada toda: a Luciana deu pra você? Ela ficou *na horizontal* com você?

Gerard ficou em silêncio, com o olhar fixo nos bracinhos estirados da gatinha, que se contorcia lânguida e dengosa sobre... a região pubiana de Cris!

— Gerard, acorda! — continuou Cris, levantando a voz e fazendo *polichinelo na horizontal* com a Sasha. — A Luciana não apenas não deu pra você como berrou no restaurante japonês que não iria fazer isso nunca!!... Que nunca ia ficar *na horizontal* com você, cara!! E que você jamais estaria *no horizonte* dela, bicho! Não foi assim? Não foi isso que você me contou? E não foi o que aconteceu? Ela não gritou isso na frente do sushiman e de todo mundo... pra todo mundo ouvir? Não foi assim?

— Foi... — concordou Gerard, transtornado. — Foi... isso... Cris!! Porra!! — esbravejou Gerard, diante dos movimentos bruscos de Cris com a Sasha. — Você vai machucar a gata!!

— E você vem me dizer o quê? — perguntou Cris, ignorando os apelos de Gerard. — Uma mina que depois saiu falando pra todo mundo... meu, ela falou num jantar isso!... tinha umas 15 pessoas!... que você é um monstro que quis agarrar ela no carro e atravessou no farol e aquela cagada toda da porrada do carro, em que quase morre todo mundo!, aquela cagada toda!... que até eu fiquei sabendo porque vieram me contar... e que ela nunca nem pensou em dar pra você, que você era o último cara pra quem ela iria dar no mundo, que você, na verdade, era um idiota completo... foi o que ela falou... diante de umas 15 pessoas!! Ridicularizando você! Justamente um cara... *vertical* como você! Meeeeeeeeuuu, o que é essa garota, vai, me diz?

— Ela *é* uma vagabunda!... — reconheceu... a muito custo... Gerard. — Ok, Cris!... ela *só pode ser* uma vagabunda...

— E você vem me dizer que não come vagabunda? Que não consegue comer qualquer coisa? — disse Cris, esticando no ponto máximo os membros da gatinha. — Claro que come! Você comeu uma outra vagabunda daquela mesma turma!... Aquela louca daquela mina!... Aquela pirada que o pai teve de voltar na pressa da fazenda por conta da piração dela!... Como é o nome dela?

— A Joana... — respondeu Gerard, acendendo um cigarro de cabeça baixa, enterrado no sofá.

— Aquela que pirou, não foi?... — disse Cris, abrindo e fechando em movimentos bruscos as perninhas da Sasha... como se ela fosse... uma pequena sanfona!! — Meeeeeu, o que foi aquela cagada com aquela mina? Quer mais *comer qualquer coisa* do que comer aquela mina? Que depois enlouqueceu daquele jeito, botando a família na roda e tudo... Meeeeeeuu! O que foi aquilo? Aquele pai tentando te ligar... tentando te enquadrar com ameaças... fiscais da Receita...

o caralho!... e você fugindo de medo, de nervoso... se passando por um covardão cagão! E você vem me dizer que não come qualquer coisa?

— E também teve a Nereida... já que o papo é *comer vagabunda!*... — confessou Gerard, tomando gosto pela conversa, olhando fixo pra gatinha, que revirava os olhinhos... virada de barriga pra baixo... sendo alisada... no rabinho... pela mão direita de Cris!

— A Nereida? — surpreendeu-se Cris, fechando subitamente as pernas traseiras da Sasha. — Seu filho-da-puta, você comeu a Nereida!? Como? Quando? E não me fala nada!?

— Comi... comi outro dia... desculpa!... eu ia te falar!... — justificou-se Gerard, servindo-se de mais vodca gelada.

— Mas então que papo é esse de ficar louco trancado em casa... de ter porra entupindo os canos, subindo até as orelhas? Você tá reclamando do quê... se você comeu aquela gostosa da Nereida?

— Comi, mas foi uma bosta... Cris!!! — gritou Gerard. — Pára de enfiar o dedo na gata!!

— Não pode ser! — disse Cris, pego em flagrante com o mindinho... alisando por baixo do rabinho... a *sashazinha*... da Sasha! — A Nereida pode ser tudo, mas comer ela não pode ser uma bosta!

— Foi, acredita — disse Gerard, momentaneamente aliviado com a... retirada do mindinho. — A Nereida ficou me ligando um tempão depois daquele almoço no restaurante, me enchendo totalmente o saco... aí um dia ela me convidou pra voltar lá para um outro almoço e o caralho!... aí eu fui e a gente tomou uns líquidos estranhos com gengibre e o caralho!... e praticamente me carregou dali para conhecer o apartamento novo dela... e um sofá de seis metros... que foi criação dela... e o caralho! E aí não teve jeito!...

— Mas ela é uma gostosaça!!... — disse Cris, friccionando com as unhas o peito da gatinha, colocada de barriga pra cima novamente e totalmente aberta... escancarada! — Eu sempre quis comer ela quando namorava a Lara... A Lara queria morrer por causa da Nereida... E estava mais do que certa quanto a isso!! Não posso acreditar que comer a Nereida tenha sido uma bosta...

— Mas foi, Cris... foi... — disse Gerard, erguendo-se aos poucos das profundezas do sofá e se aproximando do joelho de Cris. — Porque ela é uma mina nada a ver, entende?

— Isso eu sempre soube. Mas isso não invalida... aqueles peitos... aquela...

— Invalida totalmente... totalmente... — disse Gerard, olhando fixamente para Sasha, que revirava os olhinhos e colocava as unhinhas pra fora das patas peludas... estatelada no colo de Cris — ... se a mina se jogar sobre você no sofá, tirar o seu pau pra fora da calça... e ficar chupando seu pau encarando você e...

— Delícia! — disse Cris, entusiasmado... descendo os dedos novamente... perigosamente... para as redondezas... da *sashazinha*. — ... e...

— ... e começar a... — continuou Gerard, embaraçado — ... começar a...

— Começar a... — impacientou-se Cris, introduzindo levemente o mindinho... nas preguinhas do courinho macio e quente do... da... — ... começar o quê?... me fala!

— A tirar sarro de mim, caralho!! — gritou Gerard, assustando a gatinha, que saltou do colo de Cris e desapareceu pelo apartamento. — Tirar sarro de mim por estar chupando o meu pau, caralho! Você imagina isso?

— O que você quer dizer com... — perguntou Cris, desconcertado com o pulo repentino da Sasha.

— Tirar sarro, cara, tirar sarro! — tentava explicar Gerard. — Chupar o seu pau encarando você e rindo ao mesmo tempo... e tirar o seu pau da boca e começar a tirar o maior sarro de você... tipo dizendo, meio cantando: *olha o pau do Gerard... tô chupando o pau do Gerard.. êiôu... êiôu... olha o pau do Gerard... que delícia o pau do Gerard... êiôu...*

— Não acredito! — espantou-se Cris, olhando fixamente para Gerard. — Isso é inacreditável!!

— Acredite. É a pura verdade. Eu me senti... um ridículo, cara, um otário! — disse Gerard, balançando a cabeça, transtornado. — E a filha-da-puta não parava, eu pedia para ela parar... tipo... *fica quieta, Nereida, chupa quieta, meu!... só chupa, Nereida!... pelo amor de Deus!...* mas ela não ouvia... não respeitava... chupava meu pau olhando para mim com cara de louca... rindo e chupando... ao mesmo tempo!... aí interrompia e dizia de boca cheia que ia contar pra todo mundo como meu pau era gostoso e que ela tinha chupado meu pau e o caralho!... e aí continuava e cantava: *olha o pau do Gerard... tô chupando o pau do Gerard... êiôu... êiôu...* Cara, imagina o que é isso?

— Não posso acreditar... nem posso imaginar — disse Cris, girando a poltrona em busca da gatinha. — Cadê a Sasha?... a sashazinha!!...

— Eu senti uma coisa totalmente estranha — continuou Gerard, indiferente à busca de Cris. — Uma coisa que eu nunca senti na vida... não sei nem se eu consigo te dizer o que eu senti... não tenho nem palavras...

— Diz!... Por favor, diz o que você sentiu... pode ser útil saber o que você sentiu! — disse Cris, desistindo de procurar a gata.

— Eu senti... vergonha de ter um pinto, cara! Tive vergonha de ter um pinto duro saltando pra fora da calça! — disse Gerard, envergonhado. — Um pau duro pra fora da calça nessas condições se torna uma coisa... totalmente ridícula, entende? Foi isso que ela me fez sentir... vergonha de ser homem, de ter um pau, de ter pêlos no saco, no corpo, no cu, essas coisas, entende?

— E o que você fez? Brochou? — perguntou Cris, bastante interessado nesse detalhe específico.

— Quase! Eu fiquei com muito ódio da Nereida... — disse Gerard, levantando-se do sofá. — Eu nunca imaginei que fosse capaz de sentir isso na vida! Ódio por uma gostosa!! Na hora eu queria acabar com ela, estourar a cabeça dela... eu nem sei explicar... ela ali chupando e cantando: *olha o pau do Gerard... tô chupando o pau do Gerard...*

— Meu, pára com essa música ridícula!

— ... êiôu... êiôu... — continuou Gerard, andando de um lado a outro da sala. — ... êiôu... êiôu... Tá vendo? Viu como isso enerva? Percebe como aquilo foi me enervando, enervando... até me deixar louco? Mas aí...

Cris deixou a procura da gata por um instante e fixou o olhar em Gerard.

— ... eu parei por um minuto, sabe? — disse Gerard, apoiando-se *verticalmente* na parede branca da sala. — Eu nem sei como eu consegui parar e raciocinar e continuar de pau duro dentro da boca dela... com ela insistindo no sarro!... entende? Mas eu consegui digerir racionalmente aquilo tudo... e pensei friamente... e perguntei pra mim mesmo, enquanto ela chupava meu pau e cantarolava e ia atirando a blusa e o sutiã no chão da sala: o que essa Nereida quer com isso? O que ela pretende? O que merece essa mulher que tá fazendo isso comigo? E pensei mais, chegando ao ponto exato da questão: o que é o melhor para mim nesse momento? Simplesmente guardar o cacete, me levantar e ir embora? Ou dar uma porrada nela e ir embora? Ou gozar no olho dela, cegando essa filha-da-puta? O que seria o melhor para mim, naquele momento, foi o que eu racionalmente coloquei pra mim mesmo...

— E... o que você concluiu? — perguntou Cris, ansioso pela resposta.

— Concluí que o melhor a fazer... depois de muito raciocinar... era virar ela no sofá, pular em cima, meter lenha e sumir pela porta! — exclamou Gerard. — E foi o que eu fiz!

— Lenha!! — exclamou Cris.

— Lenha!! — exclamou Gerard.

— Parabéns! — cumprimentou Cris.

— Obrigado! — agradeceu Gerard.

— Muito bem-feito!

— Bem-feito mesmo! — disse Gerard. — E depois...

— ... e depois?... — perguntou Cris, apreensivo.

— Nunca mais! — respondeu Gerard.

— Nunca mais! — concordou Cris, aliviado.

— Claro!

— Óbvio!

— Pode morrer de ligar...

— Ligar até morrer!

— É isso!

— É isso mesmo!

Tlin tlón tlin tlón... (tocou o celular de Gerard) tlón tlin tlin tlón... (como se fosse um alarme... de incêndio!)

— Cara!!... — disse Gerard, que empalideceu ao ver o número no visor.

— É a... Nereida?! — perguntou Cris.

— Não!... é a Ca... rolina! — gaguejou Gerard, olhando nos olhos assustados de Cris. — O que eu faço?

Tlin tlón tlin tlón...

— Carolina... deixa eu ver... Carolina... deixa eu pensar...

— Ela não pára de me ligar ultimamente — disse Gerard. — É toda hora isso!

... tlón tlin tlin tlón...

— E o que ela quer? — perguntou Cris.

Tlin tlón tlin tlón...

— Sei lá... quando eu atendo... ela vem com um papo estranho... de ter algo a me dizer, o caralho!

... tlón tlin tlin tlón...

— Papo estranho... dizer algo... o caralho... — disse Cris, procurando ganhar tempo.

Tlin tlón tlin tlón...

— Fala, Cris, o que eu faço? — disse Gerard, entrando em pânico.

... tlón tlin tlin tlón...

— Sei lá, cara! Atende, caralho!

Tlin tlón tlin...

Gerard atendeu o celular. E desabou, afundando-se novamente no sofá. Falou baixo demais para ser ouvido por Cris... trocou umas poucas palavras com Carolina, desligou o telefone e voltou-se para Cris, branco como um ovo.

— Fala, Gerard, me diz! Você tá pálido. Alguém morreu? Alguém foi assassinado? Algum problema gravíssimo? Fala, Gerard, que cara é essa? O que a Carolina queria? — insistiu Cris, que avistou finalmente a gatinha... espreitando os dois embaixo da mesa de jantar da sala.

— Não sei se eu fiz certo... — disse Gerard, meneando a cabeça. — Não sei se eu devia...

— Mas o que você fez? Fala, porra!

— Fiquei de ir na casa dela ainda hoje... mais tarde — respondeu Gerard. — Caguei, né, cara??! Caguei completamente...

— Cagou?

— Caguei, não caguei? — perguntou Gerard, aflito. — Você não acha que eu caguei?

— Não sei... acho que cagou! — respondeu Cris.

— Mas por que eu caguei? — disse Gerard, querendo se aprofundar... na eventual cagada.

— Cagou porque você acha que cagou... porque você acha que ver a Carolina é uma cagada... Faz quanto tempo que você não vê ela? — perguntou Cris, tentando encontrar a gata que... havia sumido debaixo da mesa de jantar!

— A sós, tipo só nós dois, faz muito tempo... nem me lembro quando, meses, talvez... Vejo ela às vezes em festa... mas saio batido quando vejo que ela está presente... A gente mal se fala quando se vê pessoalmente, sabe?... ficam os dois totalmente sem assunto... mas depois que eu vou embora ela fica me ligando... Eu nunca atendo, sabe?.... Mas às vezes ela liga do celular de outra pessoa... Diz que o dela está sem bateria e o caralho!... aí eu não reconheço o número e atendo, não tem jeito...

— Um truque baixo!... baixíssimo! É típico... E aí vocês conversam sobre?...

— Sobre problemas, só sobre problemas! — respondeu Gerard. — A gente quebra o pau por causa de todo tipo de pequenos problemas, tipo o último pré-datado da venda do título do clube maldito, o paradeiro da guia do plano de saúde de quatro anos atrás... essas coisas. Você acredita? A gente se agride como se estivesse numa guerra, imaginando um inimigo do outro lado do aparelho. É uma coisa maluca... Sendo que quando a gente se vê pessoalmente, um fica olhando o outro sem assunto, mas de um jeito estranho... Como se ainda tivesse uma coisa entre a gente... Como se a gente fosse se agarrar de repente e rolar, sei lá, um carinho!... Aí a gente se despede... às vezes com os olhos... sei lá, úmidos... É até bonito... A gente fica de conversar, de tomar um café, o caralho!... Aí depois ela me liga, ou eu ligo... e começa o apocalipse! Na verdade, mais ela me liga do que eu ligo... muito mais ela me liga!... e quando eu ligo... o que acontece muito raramente... do meu lado tem sempre uma coisa objetiva, entende?... pra resolver uma questão qualquer pendente... Não ria!

— Não tô rindo — disse Cris, esfregando as mãos no rosto barbado. — Longe disso...

— Tô falando sério... — continuou Gerard. — Fiz uma força tremenda pra chegar nisso: pra eu não ligar nunca, pra eu levar a minha vida... Eu praticamente me amarrei num poste, numa camisa-de-força... Eu me desviava de tudo o que dissesse respeito a ela... você sabe, você acompanhou... você foi um dos que me incentivaram a...

— Cair fora e começar a comer o maior número de mulheres possível!

— É, foi isso... você sabe disso... — disse Gerard. — Eu inclusive te agradeço, por eu ter conseguido...

— Conseguido... o que exatamente, Gerard? — disse Cris, desafiando o amigo.

— Conseguido chegar aonde eu cheguei... vivo! — proclamou Gerard. — Lembra quando eu te ligava de noite caído no sofá, chorando, tremendo, ameaçando dar cabo da porra da minha vida? E depois... lembra daquela fase de falar, falar e falar?

— Senti isso no bolso — disse Cris. — Na conta do telefone...

— Cris! Acho que falei cem anos seguidos!

— Duzentos anos, Gerard... foram uns duzentos anos... pelo menos!

— Foram quinhentos anos de merda no seu ouvido! — reconheceu Gerard. — Mas enfim...

— Enfim... — disse Cris, olhando cético com um olho para Gerard... enquanto, com o outro, procurava a gata.

— ... enfim... enfim! — disse Gerard, com um ar cansado. — Enfim, agora que estou bem... agora que estou ótimo... ela fica me ligando!

— Gerard... — disse Cris, feliz por reencontrar a gatinha, que os observava em cima da cômoda de madeira branca de um metro e meio de altura, no canto da sala.

— Fala, Cris! — disse Gerard, impaciente.

— Gerard... — disse Cris, que não tirava os olhos da Sasha, intrigado sobre... como ela tinha ido parar em cima da cômoda!

— Fala, porra! — disse Gerard. — Cris, larga essa gata! Olha pra mim! Você tá me irritando falando com esse tom de voz sem olhar pra mim...

— Olha, Gerard. Vou dizer pra você o que aconteceu comigo — disse Cris, olhando nos olhos de Gerard. — Você acha que eu estou bem, não estou?

— Acho... total... Você é um sobrevivente, você é um herói...

— Você acha que a Mariana é a melhor coisa que aconteceu na minha vida, não acha?

— Acho... — disse Gerard. — Acho que desde o dia em que você conheceu essa gata... você se tornou... um Novo Homem!!...

— E você se lembra de como eu consegui essa gata, não se lembra? — perguntou Cris.

— Foi no consultório do seu médico, não foi isso? — recordou-se Gerard. — Só você mesmo pra achar uma linda gostosinha... assistente do médico do seu pai! Cacete!!

— E ela foi logo tomando a minha pressão, cara!... e pegou forte no meu pulso!... Foi louco! — empolgou-se Cris. — Foi um impacto! A Mariana quase chamou uma ambulância, cara. Ela pirou comigo no mesmo minuto! Mas não é isso o que eu quero dizer... Não é o *como* o mais importante. O mais importante é: você sabe *por que* eu consegui essa gata?

— Porque você finalmente aceitou alguém pra cuidar de você na vida!... — sentenciou o Profundo e Vertical Gerard.

— Cala a boca! — protestou Cris. — Que cuidar de mim o caralho! Gerard, não ria! Me ouça...

— Ouço...

— Gerard: eu comecei a conseguir a Mariana no dia em que eu finalmente...

— Deu um pé na bunda da Larinha! — completou Gerard, animando-se um pouco diante da saga de Cristiano.

— Eu não dei um pé na bunda da Larinha! — contestou Cris.

— Claro que deu! Você deu um sonoro pé na bunda da Lara... Eu quase escutei lá de casa...

— Eu não dei um pé na bunda da Lara! Ela é que me deu um pé na bunda!!

— Como, ela? — desconfiou Gerard. — Ela entrou com a bunda, pelo que eu saiba...

— Gerard, me ouça: quer saber como eu me livrei da Lara? Você quer mesmo saber como eu consegui o que sempre me pareceu impossível?

— Fala!... não sei o que isso tem a ver comigo, mas...

— Gerard, a gente tem que fazer a coisa de um jeito... no meu caso, por exemplo, eu tive de dar um pé na bunda de um jeito... que pareceu que quem deu foi ela, entende?

Gerard olhou para Cris incrédulo.

— Meeeeeeuu, a gente tem de se livrar! — exclamou Cris. — A fila tem de andar! Senão... a gente não pára de comer nunca, entende? Ou de ter vontade de comer, o que é a mesma coisa. Se depender da gente... a gente nunca pára de comer!... a gente não consegue se livrar!... perder uma boceta é como perder um braço, uma perna, uma bola do saco...

— É!!... é muito... dolorido! — concordou Gerard.

— Para nós, bicho!! Porque, meu, a Larinha já deve estar com outro cara, sabia? — disse Cris.

— Você acha?

— Certeza! Ela vai fazer de tudo pra ter um filho e o caralho, sabia? E já deve estar com outro cara... certeza!... eu sabia disso... eu intuía isso...

— Você tá preocupado demais intuindo uma coisa que você nem sabe!... — contestou Gerard. — Até onde eu sei, você tá enganado! A Larinha tá na dela, cara!... ela não disse que preferia ficar sozinha a estar com você? Olha, Cris... desculpa te falar isso, mas a Larinha é maior do que você imagina...

— Gerard! Me ouça!

— Tô ouvindo, Cris.

— Sabe quando eu me livrei finalmente da Lara? — disse Cris, insensível aos argumentos pró-Larinha. — Quando eu decidi ir com tudo na história com ela! Quando eu decidi aceitar toda a pressão dela sobre a minha pessoa... quando eu passei a vê-la todos os dias e aceitar tudo o que vinha dela... Lembra dessa fase, depois que ela jogou aquele treco em mim?

— A água benta? — disse Gerard, deixando escapar um sorriso sacana.

— Ou o que seja, eu não sei, ela nunca me falou o que foi... eu nunca vou saber... mas você não sabe como eu fiquei sugestionado... como você está prestes a ficar agora!... o efeito daquela porra sobre mim... como que me induzindo a... aceitar tudo o que vinha dela! *Meeeeeuuu*... lembra quando eu não saía da casa dela, almoçava e jantava lá, comia ela todas as noites?... e às vezes de dia!... a gente ia até fazer caminhada juntos nas ruas do bairro... você imagina isso?

— É verdade!... você estava... irreconhecível!

— Totalmente irreconhecível... — disse Cris. — A ponto de, em duas semanas, nem ela me reconhecer! Não é incrível? A ponto da nossa relação se deteriorar completamente em apenas... duas semanas!!... Uma coisa intensiva! Mas também... uma garota que não trabalha! Você espera o quê? Era o dia todo em casa... atrás de mim todos os segundos do dia...

— *Ela não trabalha?? Você* tem coragem de falar que...

— Mas eu tenho meus negócios! Meus imóveis pra cuidar! Ela, nada... só de olho em mim e no que o pai põe pra ela no banco e... quer saber?... de olho na balança! Odeio mulher que não trabalha! Era o dia todo contando caloria! Isso porque ela é magra! A Lara não fazia outra coisa na vida a não ser me aporrinhar com tabela disso e daquilo e... com cada uma das milhares de cagadas que eu fazia... dia e noite!... tipo não conseguir dormir com o meu ronco monstruoso à noite e o caralho... até culminar... naquele triste episódio do bufê...

— Triste!! Essa é a palavra!... — disse Gerard, balançando afirmativamente a cabeça.

— Você acha graça!... Gerard filho-da-puta... é que não foi com você...

— Graças a Deus não foi comigo! — ironizou Gerard. — Sair correndo perseguido por um caralho gigante no meio da rua...

— Não era um caralho gigante! — esbravejou Cris. — Não vamos exagerar. Era um pinto... desses de galinha!! E podia ser um assalto... um seqüestro-relâmpago!!

— Que assalto, cara! Você é que é um louco!

— Como, um louco? Você tá fazendo caminhada no bairro com a gata... passa na frente de um bufê infantil... e bonecos gigantes... resolvem te perseguir e te atacar!!...

— Cara! Os bonecos só estavam brincando! Eles ficam ali dançando e brincando com quem passa na frente do bufê quando tem festinha! É o trabalho deles!!

— Trabalho o cacete!! E por que um deles obstruiu o meu caminho quando eu passei com a Lara? Por que ele não me deixou passar?... ficou querendo dar a mão, fazendo graça, balançando os braços, sem deixar eu passar? E por que, quando eu desviei e segui em frente... ele correu atrás de mim?

— Sei lá... pra te pedir um cigarro... pra te cumprimentar! — disse Gerard, não conseguindo conter o riso diante de Cris. — Qual o problema do pinto querer te cumprimentar?

— Meeuuuuu... o pinto, quer dizer, o filho-da-puta dentro daquele pinto me seguiu, cara!! juro!! Me seguiu por uns 100, 200 metros... eu e a Lara começamos a andar mais rápido, pra você ter uma idéia... tipo *fugindo daquele pinto!* Mas o pinto veio correndo e alcançou a gente na esquina e pôs a pata... pinto tem pata?

— Pinto o quê? Pata??

— Ele pôs a porra da pata no meu ombro, cara!... Foi por isso que eu dei uma porrada no pinto! E foi *ele* quem pulou em cima de mim e me agarrou... eu só me defendi, velho! E a Lara começou a gritar... e veio o outro bicho... sei lá, um dinossauro roxo... meu, ele veio em cima de mim também!... e depois veio o dono do bufê!... entende o que aconteceu? Pinto viado filho-da-puta!!...

Gerard apenas olhava para Cris, ouvindo... como se ele fosse... um maníaco perigoso!

— ... mas foi a Lara quem realmente pirou por conta disso... — continuou Cris, no embalo. — Claro, eu pirei também, quando vi que ela pirou... e me descontrolei totalmente, eu sei... isso é minha culpa total!... puxar de volta o assunto de crianças, da débil mental da sobrinha dela, das festinhas que eu tive de ir em bufê... de ter filhos, do caralho! Acho que aquilo foi demais, realmente... Mesmo pra ela, aquilo tinha sido demais... Fui além, reconheço... Mas meu, por que merda esses bonecos tinham de encanar comigo? Me explica?

— Não faço idéia... — disse Gerard. — Acho que é seu carma com bufês infantis, com crianças, com isso tudo que voltou entre vocês... Talvez pra te libertar de uma vez por todas!

— Claro, só pode ser isso! — disse Cris. — A coisa ter chegado ao ponto máximo entre mim e ela. A gente ter chegado... no fundo do poço! A simbologia toda disso... Foi quando ela decidiu me dar o pé na bunda, me tocou da sua vida, da sua casa... da sua cama...

— Maravilha! — exclamou Gerard. — E não era isso que você queria?

— Maravilha total! — disse Cris. — Só então eu me senti livre e aberto para poder perceber uma garota como a Mariana, entende... Uma garota calma, centrada... Uma médica, novinha, recém-formada, entende?... que quando a gente se vê é sempre uma coisa calma... controlada... uma rotina, sabe?... sem cobranças!... cineminha... trepadinha... Por isso eu tô te dizendo, Gerard... às vezes, para a coisa chegar ao ponto máximo, a gente tem de fazer o contrário!... de alguma forma, a vida exige que a gente faça o caminho oposto...

— O contrário do quê? — perguntou Gerard, confuso com o exemplo conturbado de Cris. — O oposto do quê?

— De tudo o que temos feito e buscado até um determinado momento, cara! — respondeu Cris. — Tipo: estamos fazendo assim, então temos de fazer assado...

Cris respirou por um segundo... e se lembrou da existência da gatinha... procurando-a novamente pelos cantos da sala. Na sua frente, Gerard acendia mais um cigarro... parecendo completamente perdido.

— Não tenta entender nada, Gerard. — disse Cris, localizando a Sasha... em cima da TV gigante de plasma! — Tem coisas que a gente não consegue entender na hora, só vai entender muito tempo depois... e isso apenas parcialmente! Só vai lá e come a Carolina hoje, tá certo? Eu te contei essa história toda só pra te dizer isso.

— Mas... — disse Gerard — e o touro??

Cris soltou um suspiro profundo... e estacionou o olhar em Gerard, por um momento... e ouviu atentamente a descrição do touro prateado parado na areia. Enquanto ouvia, fazia sinais com o olho direito para a Sasha, que parecia retribuir os olhares dele lá de cima da TV de plasma... uma cumplicidade total entre ele e a gatinha, pensou Cris... um esconde-esconde!... uma alegria!... uma... previsibilidade! uma juventude!... tudo tão ingênuo, doce e reconfortante... tão diferente e distante... das experiências estranhas vividas por Gerard... essas maluquices com gatas descontroladas e que incluíam... um touro!

— Olha, Gerard, esse touro... — disse Cris, depois de ouvir o Relato — ... isso só pode ter a ver com a Carolina, velho!

— Carolina? Como! O que você tá falando?!

— Você sabe do que eu tô falando! Isso tem a ver com a Carolina... sinto muito!

— Olha, vamos mudar de assunto, ok? Esquece esse lance do touro, ok?? Eu não tô querendo falar sobre isso agora...

— Você tá pirado, Gerard — insistiu Cris. — E você acha que isso não tem a ver com a Carolina. Tem tudo a ver com a Carolina... é o que eu tava te dizendo agora há pouco: você está sempre procurando no lugar errado. Se não é a Carolina, me diga, o que pode ser essa piração com o touro? Ou então... você é viado!

— Cris, vai tomar no teu cu, esquece esse assunto!... — enfureceu-se Gerard, profundamente desgostoso com o rumo da conversa.

— Você tá fugindo, tá vendo? — insistiu Cris. — Escuta, me ouça: o que pode ser então essa merda desse touro?

— Eu não sei, você não é veterinário, não entende de touro, eu não quero falar disso! — disse Gerard, levantando-se do sofá e recomeçando a andar de um lado para outro da sala.

— Você tá fugindo, Gerard... Tá fugindo porque imagina que o touro tem a ver...

— Tem a ver com o quê? — disse Gerard, enfrentando Cris.

— Com o trauma que a Carolina meteu no meio da sua testa, cara!! Com o chifre... pronto, é isso! — provocou Cris, encarando Gerard nos olhos.

— Cala a boca, Cris! Eu não te dou o direito!! — gritou Gerard, levantando a voz e assustando novamente a gata, que saltou olimpicamente de cima da TV gigante e correu pela sala.

— Calo a boca porra nenhuma! — disse Cris, girando a poltrona, tentando acompanhar a gatinha. — Mesmo porque você pode estar errado! Você está lendo errado! Eu sou seu amigo, eu posso te falar...

— Não fala mais nada! — disse Gerard, apoiando-se na parede. — Cala essa boca!

— O caralho!, e você me escuta — disse Cris. — O touro pode ser outra coisa, pode ser um outro sinal...

— Sinal do quê, criatura? — perguntou Gerard, abrindo a porta da sacada do apartamento em busca de ar fresco na varanda.

— Um touro pode ser sinal de força, sabia? — disse Cris, abaixando a voz, girando a poltrona na direção do sofá e falando de costas para Gerard. — ... uma força contida... Um touro carrega duas coisas, cara: de um lado, uma virilidade incrível, a força de um puta macho... pensa bem: o que é mais macho do que um touro?

— Sei lá... um leão, um urso...

— Talvez, mas o touro tem algo além — continuou Cris, falando de costas, como se estivesse proferindo... um seminário. — ... um touro tem uma coisa que só um verdadeiro macho tem: essa coisa bovina, contida, de não se mexer...

de quem apenas observa e aguarda... a sua hora. Me diga uma coisa: ele tava imóvel na praia, não estava?

— Ele quem?

— O touro, cacete! — disse Cris, girando de volta na poltrona e encarando o atrapalhado Gerard. — Gerard, acorda! Não foge do assunto. Do que a gente tá falando?

— É... ele estava imóvel... o touro... — disse Gerard. — A porra do bicho não andava, não cagava... não fazia nada.

— Então, ele só está esperando o momento... de demonstrar toda a sua virilidade!... toda sua força de macho!... o momento certo. Me diga uma coisa: você sabe como um touro trepa? Já viu um touro foder uma vaca? — perguntou Cris para Gerard, que recebia um golpe de ar morno no rosto, vindo da sacada...

Gerard olhou fundo nos olhos de Cris... como se olhasse o infinito... imaginando, no seu íntimo, uma vaca de costas para ele... balançando o rabo e roçando... a *sashazinha extra large* que ela trazia no meio das pernas!...

— Escuta... — continuou Cris, enfático. — Presta atenção em como funciona: o touro fica parado, imóvel, vendo a vaca balançar o rabo, de costas para ele. Aí a coisa vai crescendo dentro dele, toda aquela força, aquela virilidade, aquela loucura de macho vai tomando conta dele... Aí ele não se agüenta e sabe o que ele faz? Você imagina o que ele faz?

— Nem imagino... — disse Gerard, com os olhos duros... e a imagem da vaca de costas fixada na retina... — Quer dizer... acho que o touro...

— ... dá um salto no ar e voa pra cima da vaca! — completou Cris, levantando-se num pulo da poltrona giratória. — Ele dá um vôo no ar, cara, como aqueles monstros de desenho japonês que voam parados, saca? O touro se atira no ar em direção à vaca, duro e retesado, e sabe o que acontece? Sabe?

— O... quê? — perguntou Gerard, *atirando-se na vaca em pensamento*.

— Ele encaixa a vara de primeira na vaca! — disse Cris, entusiasmado com a cena, simulando um encaixe com os punhos no ar. — De primeira! Ele acerta na primeira! Ele pula e enterra a vara com tudo na rachadura monstro da vaca! Mete a coisa fundo de cara! Aterrissa diretamente naquela racha! Imagina a cena: o bicho pula, alça um vôo e aterrissa com tudo no lombo da vaca, já enfiando a vara de primeira. Um touro voador... alucinado... e sabe o que mais? Sabe o que acontece em seguida?

— Cara... o que mais pode acontecer? — disse Gerard, quase ofegante... voando parado no ar... em seus pensamentos!

— Ele fica se segurando com os pés, se equilibrando e jogando tudo o que ele tem, toda sua energia, toda a sua força contida de macho, dentro da vaca... Que muge feito uma vaca filha-da-puta! É pura magia, cara! É força e equilíbrio ao mesmo tempo!

— Nossa! Pura magia mesmo! — concordou Gerard, excitado pela cena na sua cabeça e surpreso pela força da performance de Cris. — Eu nunca ia imaginar isso. Então você quer me dizer que...

— Que você tem que comer a Carolina! É isso o que esse touro quer dizer... é por isso que ele apareceu na sua vida... — disse Cris, sentando-se novamente na poltrona.

— Mas isso é o oposto do que...

— Isso!! Claro!! É o oposto do que você acha que esse bicho significa e é o oposto do que você tá fazendo em relação à Carolina e o que aconteceu entre vocês e essa merda toda. Tá na hora de você fazer o oposto de tudo. O contrário de tudo o que você fez na vida!

— Mas... eu não sei se eu tô preparado... — balbuciou Gerard...

— Preparado pra quê, cara!? — perguntou Cris. — Pra comer a Carolina?

— Preparado pra... — disse Gerard. — Você sabe o que eu tô querendo dizer!

— Gerard! — disse Cris.

— Cris — disse Gerard. — Eu não tô num bom momento...

— Gerard, presta atenção: eu não estou falando nada além disso... nada além de você comer a Carolina. Nem um passinho adiante. Você não tem que pensar em passado, em presente, em futuro, o caralho! Olha pra mim: você me faz um favor? Faz isso por mim? Vai lá e come a Carolina. Voa em cima dela!

— Ir lá e comer a Carolina... — ponderou Gerard.

— Isso.

— Voar em cima dela... — insistiu Gerard.

— Isso.

— Apenas isso? — insistiu Gerard.

— Numa só tacada!

— Assim: ir lá, na casa dela... que foi nossa. — disse Gerard, esforçando-se para não embargar a voz — ... e... — disse ele, saindo para a sacada do apartamento, uma enormidade de um corredor de uns 50 metros.

— E!?... Porra! Caralho! Gerard! Cadê a gata?! — relampejou Cris, pulando da poltrona giratória.

— A... gata? Que gata?? — disse Gerard, voltando-se para Cris.

— Porra! Caralho! Gerard!! — gritou Cris, empurrando Gerard da frente da porta de correr da sacada. — Você deixou a porta da sacada aberta!

— A porta da sacada??... aberta?... claro que eu deixei aberta... tava uma névoa aqui e...

— Eu não percebi!!! Caralho!! Eu falando aqui... e você abriu a porra da porta! Cadê a Sasha? Saaasha! Saaaaaaasha!

— Qual o problema de ter aberto a porta da sacada?

— Saaaasha! Sashaaaaaaa! — gritava Cris, ignorando Gerard, correndo e se debruçando no parapeito por toda a extensão da sacada. — Sashazinha!! Caralho, fodeu! — disse Cris, voltando-se para Gerard da outra ponta da sacada. — A Sasha pulou da sacada!!

— Cris!! Que porra é essa dessa gata? — disse Gerard, debruçando-se também no parapeito na sua ponta da sacada. — Nunca vi isso... uma gata que pula da sacada... que filha de uma vaca!... ela fica trancada em casa?

— Não fala assim!! Ela fica!!... ela pula!!... ela é novinha!! — disse Cris, gritando com Gerard, transtornado pelo salto da gata. — Peraí... Cara!!.. Tô vendo ela!!... Vem aqui! Nesse canto! Corre aqui! Olha!!... na sacada de baixo!... acho que é o rabinho dela!!... só pode ser... tá vendo?!?... ali, no canto!?... atrás do vaso!!...

— Rabo?... — disse Gerard, correndo ofegante e debruçando-se também no parapeito. — Caralho! É tanto vaso!... aquilo... é um rabo?

— Graças a Deus esse prédio tem desnível entre sacadas!... — disse Cris, suando frio. — Ela podia ter morrido... se espatifado lá embaixo... Sashaaaaaaaaaa... fica aí, entendeu? Quietinha, tá? Não pula mais, tá?... Tô indo aí, ok? Me espera... tô descendo, já tô indo, viu? Eu e o Gerard...

Cris levou Gerard pelo braço, saindo esbaforido do apartamento amplo, mas Gerard desceu direto pelo elevador. Não parou no 18º andar junto com Cris, para presenciar o Tenso Resgate da Gatinha Manhosa... e Fugitiva... que durou horas... estendendo-se pela madrugada!! Uma gatinha sacana pulando de sacada em sacada... de andar em andar... um total de 19 sacadas... felizmente em desnível!... uma após outra... até chegar ao térreo. E atrás dela foi Cris, tocando a campainha de 18 apartamentos, incomodando o sagrado sono de domingo de 18 sagradas famílias, debruçando-se no parapeito de 19 sacadas — incluindo a sua!... E, quando chegou ao térreo, a gatinha ainda correu pela rua, a Sashazinha vaquinha filha-da-putinha, quase provocando acidentes com mortes no trânsito, se fosse de dia!... pra se pendurar, como uma putinha, no toldo da loja de cosméticos da esquina, de onde foi retirada a muito custo por Cris, com a ajuda de uns bêbados passantes... e de algum coitado que teve de arrumar uma escada... em plena madrugada de um sagrado domingo!... para o resgate!! Uma situação de merda, cara!... uma gatinha que tem de viver trancada!... que adora levar um dedinho no rabinho mas... se você abre a porta de correr da sala... ela é capaz de pular 19 sacadas até chegar à rua! E depois correr pra se pendurar sabe Deus onde! O sujeito não pode nem tomar um arzinho, refrescar a sala... nem curtir a própria sacada! É um prisioneiro em sua própria casa! Prisioneiro da sua própria gata!

Gerard saiu perturbado do apartamento de Cris, dado o inusitado... dessa vaca dessa gatinha!... mas desconfiado de algo maior... algo... talvez, mais *vertical*... mais profundo... sem ter certeza de que essa desconfiança dissesse respeito exclusivamente... à gatinha, entende? Ou ao conjunto... da *obra* de Cris, percebe!? Gerard juntou então a gatinha e o touro... o papo de ficar ali, se segurando nos pezinhos... se equilibrando... força e equilíbrio... e a fragilidade disso!... e uma gatinha que pula da sacada!... Mas não conseguiu ligar os pontos! E nem teve tempo, porque mal saiu do elevador e atravessou o hall de entrada do prédio, seu celular gemeu no bolso da calça.

Tlin tlón tlin tlón...

Gerard tirou o aparelho vivo do bolso, imaginando qualquer possibilidade...

Tlón tlin tlin...

Era Sandrinha! Ligando para ele depois de dois meses de sumiço! Mas Gerard não atendeu e seguiu apertando o passo... deixando para trás o prédio de Cris, o resgate e o caralho... Já eram mais de 11 horas da noite de domingo... e algo dentro dele dizia: *Gerard, rápido!*

8

CORRIDA DO MEMBRO

Gerard chegou em casa... quer dizer, na sua ex-casa... pouco antes da meia-noite, esperando encontrar ali uma Grande Surpresa... que ele não saberia dizer, por antecipação, qual seria ou onde estaria: à vista?... como uma parede derrubada, um novo sofá, novas cortinas imaculadas... ou subterrânea?... como uma troca de fiação elétrica, essa merda de segunda linha que só havia dado problemas... ou uma substituição de canos e tubos... igualmente baratos e... o caralho! Gerard entrou ressabiado, com um frio descendo pela espinha... esse velho conhecido... e segurando o mijo!... uma enorme de uma vontade incômoda e totalmente fora de hora e lugar... de ir direto pro banheiro mijar os tubos! Ao passar pela porta da sala, Gerard abaixou a cabeça... incomodado também... pelo ato falho! Há quanto tempo ele não pisava no Local Sagrado e Depois Profanado? Um ano? Dois anos?? Quantas vidas foram erguidas e destruídas ali? Uma vida? Duas vidas?? Qual dos dois relógios, por tanto tempo estacionados lado a lado e perfeitamente sincronizados, se adiantou primeiro, atravessando o compasso? Ou foi um deles que travou o ponteiro? Sendo que tudo ali continuava mais ou menos no lugar, como Gerard pôde perceber já na entrada... tudo mais ou menos onde ele deixou na Noite Fatídica, em que sonhos foram assassinados como crianças... diante de testemunhas como as Poltronas Gêmeas!... ali, logo na entrada!... alinhadas lado a lado, na frente do sofá, no meio da sala... juntas pra sempre, pra toda a... eternidade?... Ou até enquanto dure: poltronas de couro sintético vermelho e ocre e que, no entanto, apesar da diferença de cores, pareciam... ter nascido juntas! uma para a outra!... lindas essas Poltronas Gêmeas! E muito práticas!... Valeram a pena os... quanto foi mesmo... gasto?... Dois, 3 mil reais... cada uma?... Muito bem gastos, pelo visto!... dado elas ainda estarem em ótimo estado e continuarem se entendendo perfeitamente uma com a outra e também com o sofá bege que se espraia na frente delas... esse sim, coisa de... 5 mil, 6 mil reais... num sofá?... em seis vezes... no cartão!? E a cortina imaculada transparente da janela?... que também se espraia, invadindo a sala de jantar... linda e suave e transparente e... coisa de ... uns 2 paus!?... como uma cortina pode custar 2 paus? Sendo que, tudo somado, só ali na sala... totalizando coisa de... 10, 12 mil reais? Em suaves prestações que saíram das catacumbas do bolso do Incansável Funcionário com Salário Gerard, que correu em segundos o olhar pela sala, fazendo contas como uma Implacável Máquina de Calcular o Passado... se deparando... aqui e ali... com pequenas novidades, claro!... nada que se assemelhasse a uma Grande Surpresa, mas que adicionavam pequenos toques, aqui e ali... como os véus diáfanos de tecido indiano jogados sobre um canto do sofá marrom espraiado, ou as almofadas de cetim vermelho com filetes dourados, jogadas e espraiadas elas também... pelo sofá marrom!... ou os candelabros longos de vidro queimado distribuídos pelos cantos da sala... umas coisinhas novas que adicionavam toques tão... exóticos!, cara, tão... místicos!, velho... tão de acordo... com o Novo Momento do Ser Adorado... quer dizer... do ex-Ser Adorado!... sendo que, aos poucos, Gerard ia se dando conta de que a Grande Surpresa era que, afinal, nada disso era mais dele, cara!, quer dizer... sofá, poltrona, cortina, a mesa de jantar — para jantarzinhos de até oito pessoas, ou quatro casaizinhos, a 4 paus!, em três prestações que não foram nada suaves, no final das contas — e nada disso era mais dele, cara... como o par de cinzeiros de vidro em forma de ameba, que se encaixam perfeitamente um no outro, em cima da mesinha de centro da sala, que eles ganharam sabe-se lá de quem por conta da inenarrável e jamais esquecível... data... percebe, velho? Tudo tão sem dizer mais nada a respeito... da pessoa que anda pela sala de estar, invisível como um ácaro, olhando para um lado, olhando para o outro, fuçando com a bica da narina pra sentir o cheiro de tudo, entrando pela porta do canto direito da sala, a que dá na cozinha... dando de cara com... armários embutidos! Doze paus! Cacete! O preço da sala inteira!! Armários embutidos de 12 paus redondos! Em apenas 15 prestações, porra!! E olha que Gerard insistiu! Olha que Gerard tentou com seu melhor número, o Macho Falido em Minoria... Gerard praticamente se indispôs com a vendedora da Armários Embutidos Outlet!, ou uma porra qualquer dessas... a vendedora negra e oprimida que oportunisticamente se aliou ao Ser Adorado na hora da compra... e teve a brilhante idéia, o insight!, de alongar o prazo do pagamento dos armários para muuuuuuuuuito além do permitido e do razoável!... desmoronando ali a Razão de Gerard... que ainda tentou, como último recurso, se indispor com o gerente na hora da entrega, como última tentativa de abortar os armários... *Olha, meu senhor, convenhamos...* 12 *paus em* 15 *vezes por móveis com esse acabamento pífio!!... Isso me faz pensar seriamente... em desfazer o negócio!!* Mas deu negócio, cara, é claro que deu negócio, velho... tinha de dar negócio de qualquer maneira!... porque um armário embutido Outlet é praticamente um tubo respiratório... no Doce Universo Encantado e Embutido do Ser Adorado!... que odiou Gerard mais do que a sua própria mãe naquela manhã fatídica na Armários Integrados Outlet!, ou uma porra qualquer dessas... armários que agora jazem na cozinha sob o olhar renovado e terno de Gerard... o olhar carinhoso e bondoso de Gerard... diante de armários embutidos tão caros mas no fundo tão práticos e integrados... e tão bonitos! E dali Gerard vai fuçar na área de serviço... já no quintal... ali, o Santo Refúgio do Baseado... aquele baseadinho depois da janta que... por algum motivo... *não fazia nenhum sentido* para o Ser Adorado!... o baratinho quase escondido ao lado da pia do tanque... quando Gerard ouvia ao longe... tudo já tão distante!... em algum lugar do passado!... os gritos do Ser Adorado lá de dentro chamando Gerard para resolver um problema prático e urgente qualquer... dando início à Inexplicável Desavença Prática Pós-Jantar de toda santa noite!! E também estava quase igual a área de serviço; não fosse por uma quantidade substancialmente menor de roupas... com ênfase na inexistência de cuecas penduradas!... estaria quase do mesmo jeito!... é o que Gerard pôde perceber, concluindo assim a Vistoria... o Plano Geral da Obra... realizada até onde a vista alcança... até a sala de TV (nossa! 4 paus! oito vezes! tela plana!!!), até o corredor que dá para os quartos (Móveis Integrados Outlet! lá também!, ou uma porra qualquer dessas)... Gerard pôde ver, Gerard pôde fuçar, pôde fungar com seu Grande Nariz Comprido... porque nada nessa casa tem mais... o seu *cheiro de mijo*, porra!!

Terminada a Vistoria, Gerard pediu um minutinho para Carolina e se trancou no lavabo. Estava suado, nervoso. Carolina ficou à espera dele na poltrona gêmea vermelha da sala, na saída do lavabo — e imaginar a impaciência dela atrás da porta só retardava o mijo... Gerard estacionou de pé, na frente do vaso, e tentou mudar de assunto... internamente, consigo mesmo!... tentou desesperadamente se desviar das lembranças... que o acometiam ali, de pau pendurado pra fora da calça... tentando ao mesmo tempo se esquecer de tudo, apagar tudo... limpar seu pensamento pro mijo sair mais rápido... *vai mijo!!*, *sai mijo!!*... Gerard chegou a ligar a água da pia do banheiro, pra depois fechar os olhos e ouvir o barulho de duzentas cachoeiras caindo atrás dele e assim facilitar... o escoamento, mas... caralho!! Como Carolina sempre detestou seu mijo! E que má hora pra mijar e refletir, Gerard! Que má hora pra trazer à tona... as Amargas Lembranças do Mijo pra Fora do Vaso!! Uôôôôôôôôôôôôôôôôôôôôôô... aquele Mijão Gostoso!... que deixava um cheiro forte no banheiro porque Gerard mijava... e respingava pra fora do perímetro permitido!... o Mijo Mais Sensacional que volta e meia respingava... longe do laguinho... no fundo do vaso!!... o mijão grosso e violento, amarelão e caudaloso, aquela delícia de mijo!... sendo que era Gerard terminar de balançar pra Carolina invariavelmente ter Algo Muito Importante a fazer no banheiro... dirigindo-se para ele a passos largos e pesados... se arrastando como uma gerente de Auschwitz gorda e violenta... uma sargentona pesadona muito da escrota que a primeira coisa que fazia ao entrar no banheiro era encarar o vaso e arredores pra conferir... se Gerard tinha respingado!... se Gerard tinha errado... a pontaria do trabuco! E a segunda coisa que Carolina fazia era... enlouquecer completamente em seguida! *Oooohhhhhhhhhhhhhhhhh!!* Como o mijo fora do laguinho transtornava o Ser Adorado! Nada no mundo transtornava ela tanto... quanto as gotinhas douradas do mijão amarelando a borda da porra da privada... e, às vezes, também, em certas ocasiões... imprimindo pequenas marcas douradas no chão de cerâmica branca do piso sempre limpo do banheiro!... como patinhas de um bicho bem nojento!

Ali, trancado no banheiro, suando frio, mijando aos trancos... com o barulho da torneirinha auxiliando Gerard naquele difícil momento... *sai, mijo!!, sai, caralho!!*... Gerard se dava conta, olhando pro fundo do laguinho... que o cheiro de mijo era o seu próprio cheiro, velho! Era o próprio Gerard que se *esvaía* no laguinho, cara! E vai explicar isso, irmão... vai explicar que o mijo para Gerard é uma espécie de... Território! E que há um descontrole nisso! Que o mundo mijado... *oscila*, não é mesmo? Que o trabuco que transporta o mijo... *balança*, não é isso? Que é impossível controlar o jato do mijo, caralho! Que num dia entre mil a gente se lembra na hora de mijar de apontar o cano na direção certa, acertando o jato no laguinho dourado lá no fundo... mas que nos outros 999 dias — ou nas outras 4.480 mijadas, a gente simplesmente... se esquece na hora de mijar de controlar 100% a direção do jato, porra! E a gente também se recusa a mijar sentado, cara! Vai ela entender que mijar sentado é uma humilhação que não faz nenhum sentido... Que nós não fomos feitos para isso, caralho! Que não venha Ser Adorado algum aventar isso! Porque nós somos seres *especializados*, bicho!: na nossa específica e, às vezes, pouco sutil anatomia... tem um saco ali pendurado!... e a gente foi feito assim e talvez seja essa a única hipótese palpável, a única explicação possível... pra mijar de pé! É só isso: algo dentro da gente evita que o nosso saco roce em algo por baixo... aquele abismo embaixo do rabo que a gente sente quando senta e abre a bunda por algum Nobre Motivo... como cagar, por exemplo!... e o saco ali pendurado... fica exposto demais... ouviram bem, Seres Adorados?! Pode acontecer... sei lá, pode acontecer tanta coisa na vida, cara!... como uma ceifadeira vir por baixo!!, a gente nunca sabe o que vem por aí... o nosso destino!... uma ceifadeira escrota pode muito bem vir por baixo e encontrar a gente ali sentado de bunda aberta e o saco pendurado...e pode acontecer de ela ceifar nossas bolinhas penduradas que caem rolando como bolinhas de gude pela cerâmica branca do banheiro imaculado!... Quer dizer... como bolas *de boliche*, velho!!... Que arrepio só de pensar nisso! Que puta medo dessa ceifadeira! Vai entender isso, né, cara? Vai o Ser Adorado entender isso e tantas outras coisas, amigo... Vai o Ser Adorado entender que o máximo que Gerard consegue fazer... é se abaixar, a muito custo... depois de mijar, com muito esforço... e limpar com papel higiênico uma a uma as gotinhas que caíram pra fora do vaso!... quase entortando a espinha naquele banheiro apertado!... para realizar... esse difícil trabalho!... sendo que ele teve tanto cuidado... em acertar o jato!!... preocupado com a demora dentro do banheiro e com a impaciência de Carolina que o esperava sentada na poltrona gêmea vermelha no meio da sala... preocupado em como sair do lavabo dando mostras bastante evidentes de que...

Aihn... aihn... aihn!!...
... sim!, de que ele havia mudado!...
Aiaihiiinnnnnnnnnnnnnnnnnnnnnnnnnn!!...
... de que ele não chegaria mais em casa puto do serviço e... para ficar apenas num único exemplo horrível...
Aihn!...
... daria uma surra no cachorro!!... ao estacionar o carro na garagem e pegar o filho-da-puta mijando no pneu do carro!...
Aihn... aihn!...
... descendo o braço no bicho!... uma cena horrorosa... que deixaria, como deixou, todo mundo chocado: inclusive ele próprio, e todos à sua volta... como o Ser Adorado, que ouviu o barulho lá na cozinha enquanto preparava um jantarzinho... com casalzinho!... e também o guarda na rua... e a vizinhança toda...
Aihn... aihn... aihn!!...
... o cachorro gania, tentando se levantar, mas isso só aumentava a loucura de Gerard... que bateu mais e mais, quase se jogando em cima do animal... que a certa altura... se levantou e saiu em disparada para a rua, sufocado, louco, uivando e mancando feito um filho-da-puta...
Aihn... aihn... aihnnnnnn!!...
... sem saber por que apanhava e Gerard sem saber por que batia... além do mijo!... o cachorro nem mesmo cavou no canteiro do jardim!... nem mesmo se atirou sobre a porta do carro, pra dizer: *Oi, Gerard! Que bom que você chegou!...* riscando assim a Sagrada Pintura!...
Aihn... aihn... aihn... aihnnnnnnnnnnn!!...
... e Gerard entrando em casa de cabeça baixa, fingindo que não ouvia os ganidos, com o punho dolorido... olhan-

do prum lado, olhando pro outro... de soslaio, como um criminoso!... com vergonha de si e dos outros... e até da vizinha!... uma louca que gritava com o marido!... cara, naquela noite, Gerard conseguiu ser pior do que ela!

Aihn... aihnnnnnnnnnnnnnnnnnnnn!!...

Gerard mijou tudo o que tinha dentro de si naquele lavabo... como se despejasse no laguinho... e também fora dele!... uma Cascata de Aborrecimentos Passados... e saiu sentindo-se Outro, Quase Um Completo Estranho... como se estivesse passando por ali, na frente da sua ex-casa e resolvesse entrar pra... dar uma espiadinha numa porra qualquer, fazer um serviço, verificar a geladeira, consertar um encanamento, vender uma enciclopédia... vai saber!... entregar qualquer merda como... um pacote, um envelope urgente!...um buquê de flores!... uma...

Aaaihnaihnaihnnnnnnnn!!...

— Carolina, caralho! — disse Gerard, saindo do lavabo para a sala. — Tem alguma coisa gemendo lá fora!

— Coisa gemendo? Que coisa gemendo, Gerard? — perguntou Carolina, olhando para Gerard e depois em direção à janela.

... aihn aihnnnnnnnn... aihn...

— É a porra do cachorro, tá ouvindo? — insistiu Gerard, sucumbindo aos ganidos que vinham de algum lugar fora da casa.

— Cachorro? Ganindo? Não tô ouvindo cachorro nenhum... você tá louco?!...

Aihnnnnnnnn... aihn... aihnn!!

— Tô louco nada! Eu sei muito bem quando é esse cachorro que tá enchendo o sa...

AAAAAAAAAAAAaiiiiiiihnnnnnnnn!...

— Isso eu sei que você sabe! E como você sabe!! — disse Carolina... ligeiramente nervosa por reconhecer os gemidos... e o passado! — Ninguém no mundo sabe tanto do gemido dele como você, Gerard!

— Do que você tá falando? — perguntou Gerard, insistindo temerosamente no assunto. — Se você tá se referindo àquela vez, àquela noite... com o cachorro... Isso não é justo!... você sabe muito bem que aquilo aconteceu porque eu estava...

Aihn aihnnnnnnnn!!...

— ... no fundo do poço!! — completou Gerard.

— No fundo do poço... você? No fundo do poço estava eu, Gerard!... — disse Carolina, procurando se acalmar, respirando fundo. — Você não imagina quanto! E nem quão fundo! E nem por isso... meu Deus, que vexame!... nem por isso eu batia no coitado!... Mas eu acho que a gente, sinceramente, que a gente deve mudar de assunto...

Aihn aihnnnnnnnn... aihnnn!...

— Deixa eu ver o que tá se passando!... — disse Gerard, aproximando-se da janela da sala.

— Gerard, caralho! Deixa o cachorro! — gritou Carolina. — Deve ser algum gato, Gerard!... Deixa isso pra lá!... pelo amor de Deus, Gerard!... não é o momento *mesmo* disso!!...

— Meu... — disse Gerard, olhando de volta pra Carolina. — Eu não tô agüentando esse bicho...

...aihn aihnnnnnnnn...

— Gerard, senta aqui — disse Carolina, apontando o sofá bem na sua frente e oferecendo a Gerard um copo comprido com uma bebida vermelha de gosto amargo. — Por favor, senta aqui no sofá na minha frente... Se acalma, Gerard, bebe esse drinque... conversa comigo...

— Converso, Carolina... converso... — disse Gerard, tentando se controlar, sentando-se no sofá bem em frente de Carolina, bem em frente... dos mamilos pontiagudos!

Mamilos pontiagudos? É isso mesmo?! Que porra é essa atravessada... *nos biquinhos empinados de Carolina?*

— E aí, o que você tem feito? Diz... — perguntou Carolina, um pouco mais relaxada, recostando-se na poltrona gêmea vermelha.

— Muitas coisas, sei lá... — disse Gerard, atônito com... o par de preguinhos metálicos que Carolina enfiou nos biquinhos!... preguinhos metalizados atravessados nos mamilozinhos de Carolina!... preguinhos encravados nos faroizinhos... do Ser Adorado! — Sei lá, Carolina... — disse ele, perturbado — ... me diz você... o que *você* tem feito?

— O que eu tenho feito? Você quer saber... — disse Carolina, revirando o gelo no copo com os dedos e não muito entusiasmada pelo tema da conversa... *que ela mesma introduziu!* — Sei lá... vamos ver... deixa eu ver o que eu tenho feito...

— É... o que você tem feito ultimamente? — insistiu Gerard, sem fazer que reparou, nem que não reparou... nos preguinhos!... mas imaginando... o potencial destrutivo deles nos mamilozinhos! — Tem trabalhado muito?

— Trabalho... trabalho... — disse Carolina, como quem pensa demais pra dar uma resposta... enfadada com um assunto *de sua própria escolha!* — É, o trabalho tá ótimo — disse ela, animando-se ligeiramente.

— Que bom, fico feliz em saber disso! — disse Gerard... procurando ganhar tempo pra se recompor... e imaginando... o que os preguinhos devem provocar na língua! e nos mamilos!... se bem... contorcidos e aquecidos!! — Eu sempre achei que você iria se encontrar nesse seu novo trabalh...

AAAAAAAAAAAAaihnaihnnnnnnnn!!...

— Caralho! É essa porra de novo! — explodiu Gerard, saindo do transe hipnótico com os preguinhos metálicos.

— Você sempre achou coisas demais a meu respeito, não é, Gerard? — disse Carolina, ignorando o tormento de Gerard com os gemidos. — Esse, aliás, sempre foi um problema seu... achar coisas demais sobre a minha pessoa!

— Um problema meu? Você acha que me preocupar com você é um problema meu? — disse Gerard, tentando se equilibrar entre mamilos e cachorro e... — O que eu quero dizer é que eu sempre achei que você iria deslanchar, uma vez que...

Aihn aihnnnnnnnn!...

— Eu vou matar esse bicho! — disse Gerard, pulando do sofá marrom espraiado.

— Senta, meu! Não faz nada, cara! — gritou Carolina, interrompendo, nervosa, o Levante de Gerard. — Pelo amor de Deus, Gerard!! Deixa esse cachorro de lado!! E eu não quero falar de trabalho, ok? — disse ela, tentando manter a calma... a muito custo. — Se é isso que você quer saber, eu estou bem, estou preparando uma nova coleção de sapatos e...

Aihn aihnnnnnnnn!!!...

— ... amanhã mesmo tenho uma reunião com um representante de uma fábrica do Sul, as coisas vão indo muito bem e... você tem certeza de que é isso que você quer saber? Ou quer saber também... quanto eu tô ganhando?... se esse ponto também tá acertado?...

— Mas eu não falei isso, Carolina! Eu nem toquei na palavra dinheiro!! — defendeu-se Gerard, sentando-se no sofá e mirando novamente... os preguinhos metálicos. —

Não é nada disso que eu quis dizer, eu quis apenas saber se você estava bem na nova profissão, no novo trabalho, porque afinal de contas...

— Afinal de contas, eu não te chamei aqui pra falar da minha vida e do meu trabalho, cara!!... — disse Carolina, determinada, incisiva. — Não agora e não com você, ok?

— Mas por que não? E por que não comigo? — protestou Gerard... imaginando... o metal incandescente na língua. — Por que a partir de um certo ponto você definiu que na sua vida eu não era mais a pessoa que... o cara que... — disse Gerard, sem se tocar, cara, sem realmente ter a mínima noção de como lidar com Carolina e os preguinhos e... — Sendo que eu sempre fui a pessoa que... acreditou que você... deveria ir em frente e... e de repente você definiu que eu não era mais o cara que iria...

AAAAAAAAAAAAAAAAihn aihnnnnnnnn!...

— Cala a boca, inferno!! — gritou Gerard em direção à janela, feito um descontrolado.

— Gerard, pára com isso, chega disso! Ou você pára com isso ou some daqui!! A gente não vai chegar a lugar algum com isso! — disse Carolina, erguendo a voz e descruzando as pernas sobre a poltrona gêmea vermelha. — Fica calmo, vai... Relaxa, bebe um pouco, vai... Gostou desse drinque? É amarguinho, não é? Tá sentindo um saborzinho amargo?...

— É ótimo. — disse Gerard, recuperando-se momentaneamente de um Longo Declive Emocional e provando o drinque preparado por Carolina. — Eu já nem sei, cara!... já nem sei o que eu tô ouvindo!... escuta!... ei!?... humm!... o que é isso que você preparou?

— Bebe! É uma poção mágica! Bebe! — disse Carolina, sorrindo maliciosamente para Gerard. — Feita especialmente... para pessoas especiais como eu e você!

— Poção mágica? Você está brincando?! — disse Gerard, afastando o copo da boca. — Para pessoas especiais como eu e você? O que são pessoas especiais como eu e você? O que você colocou nesse copo, Carolina??

— Bebe, que depois eu explico... Mas olha, o drinque sozinho tem pouco efeito... Precisa estar acompanhado... — continuou Carolina, tirando uma caixinha de madeira avermelhada de dentro do pequeno baú oriental de origem comprovada (um pau e meio, cinco vezes, no cartão!) em cima da mesa de centro da sala (quinhentinhos, em três cheques! Outlet!) e, de dentro da caixinha, dois comprimidos brancos, inclinando-se em seguida para Gerard no sofá marrom à sua frente. — ... precisa tomar acompanhado disso! Vai, toma junto com essa balinha aqui, vai!... fica outra coisa, eu garanto!... Toma, toma junto...

— Meu Deus, Carolina, o que você está fazendo? O que é isso? — disse Gerard, espantado com a atitude de Carolina, mas aceitando, no entanto, a pílula branca oferecida por ela. — A gente não precisa disso, a gente nunca precisou disso...

— Engano seu, cara... total engano seu, pra variar, Gerard... Isso é o que você sempre pensou... — disse Carolina, engolindo a pequena pílula. — Isso é o que você sempre achou...

— Isso é o que eu sei! — disse Gerard, depois de um gole de drinque amargo com balinha. — Isso é o que eu sempre soube... se você tivesse me ouvido, a gente não precisava estar aqui tomando poções mágicas com balinhas brancas...

— Gerard, porra! — disse Carolina, erguendo-se da poltrona com os mamilos empinados... e pontiagudos! — Pára de falar do que foi, do que deveria ter sido... disso, daquilo... Nem eu nem você temos passado, ok? A gente não tem passado, tá certo? E nem futuro, combinado? Não há nada que indique nada pra gente juntos, ok? Todo mundo sabe disso! Minha terapeuta, a sua taróloga, até a cozinheira que começou na semana passada sabem disso! Agora relaxa! — disse Carolina, aproximando-se e recostando Gerard no sofá marrom. — Vamos imaginar que você... que você... deixa eu pensar... que você veio aqui... entregar uma pizza! Pronto! É isso! Você é... um entregador de pizza!!

— Carolina!!

— Não é divertido?... Você chegou e tocou a campainha e quando eu vi você... carregando aquela coisa redonda nos braços... com esse seu sorriso...

— Carolina, pára! — disse Gerard, perturbado com as analogias e com Carolina de pé na sua frente... com os preguinhos na altura... do seu queixo. — Você não sabe com o que você está brincando... você não faz idéia...

— Uma pizza meio mozarela, meio pepperoni, certo? Tá bom meio a meio? — disse Carolina, sorrindo maliciosamente... e vulgarmente... para Gerard. — E quando você entra, você se senta aqui nesse sofá com a pizza no colo... aí abre a tampa da embalagem e...

— Carolina, o que é isso? — disse Gerard, espantado. — Eu não estou te reconhecen...

— E tem um buraco no meio da pizza! — exclamou Carolina, olhando para Gerard como uma louca. — E de dentro do buraco sai... — continuou ela, sentando-se de joelhos no sofá marrom ao lado de Gerard — ... deixa eu ver!... *huuummmmmm*... deixa eu ver o que temos nessa caixa... de dentro do buraco sai...

AAAAAAAAAAAAAAAAihn aihnnnnnnnn!!!...

— Carolina, caralho!... que sites você tem fre...

— ... de dentro do buraco sai... sai uma enorme de uma...

— sussurra Carolina, falando baixinho no ouvido de Gerard e procurando ávida com a mão direita... a *big sausage de Gerard*... AAAAAAAAAAAAAAAihnnnnnnnn!!...

— ... meu chato gostoso... — sussurrava Carolina, apertando Gerard no meio das pernas. — Gerard, como você é chato, mas como você está gostoso...

— Ca...rolina... — suspirava Gerard, desarmado, quer dizer, armado, mas sem esboçar reação com os movimentos dela... — Dispensa o chato!...

— É isso que dá comer todo mundo!... — continuou ela — ... comer todas as gatas da cidade... dá nisso!... Cara!, como você tá mudado, como você tá gostoso... Você também tá fazendo musculação, Gerard?

AAAAAAAAAAAAAAAihnnnn!!...

— *Eeeeeeu?* — disse Gerard, deixando a tensão e os gemidos do cachorro lá fora de lado, procurando relaxar mais e mais... sob os efeitos estranhos... da Poção Mágica. — Não é bem assim... o que andaram te falando... o povo fala muito!... Não foram assim *todas* as gatas...

— Me disseram que foram muitas... — continuou Carolina, abaixando o zíper da calça de Gerard... com algum esforço. — Digamos que eu tenho acompanhado...

— Tem acompanhado como? Você está me espionando? Não foram todas... digamos que foram... — sussurrava Gerard, fingindo não notar o que se sucedia... bem no meio das suas pernas abertas...

— Quase todas!... — completou Carolina, enfiando a mão na abertura do zíper.

Aaaaaaaaaaaaaaaaaaihnnnnnnn!!...

— A maioria!... — sussurrou Gerard, ouvindo os ganidos mais e mais distantes, virando-se para o Rosto Lindo de Carolina... aproximando sua Grande Boca Faminta... dos mamilozinhos perfurados da gata!

— E elas te trataram bem, meu entregadorzinho? — disse Carolina, avançando com a mão dentro do cuecão de Gerard, procurando trazer a *big sausage* para fora. — Me diz... como elas te trataram nesse período em que eu te deixei solto com sua motinha por aí... entregando pizza?!

— Carolina, manera! Como assim, me deixou solto? — balbuciou Gerard, ainda com um esboço de raciocínio... já totalmente dispensável... ao mesmo tempo que afastava a alça da blusinha e libertava... os mamilozinhos perigosos pontiagudos!! — A gente talvez precise falar um pouco sobre isso...

— A gente não tem nada pra falar, Gerard... — disse Carolina, brincando com a *big sausage* livre de Gerard pra fora da calça. — A gente meio que já falou tudo... tá tudo meio dito e redito...

Aaaaaaaaaaaaaaaaaaaihnnnnnnnn!!...

— Não nesse ponto! Caralho, como geme esse bicho!! Como assim, *você* me deixou solto? — disse Gerard, levantando um pouco a voz, incomodado novamente com os ganidos... mas já lambendo carinhosa e deliciosamente os mamilos!... e contorcendo os preguinhos!... lambendo o friozinho do metal... e a quentura dos bicos... e pirado com *o que rolava lá embaixo!* — Eu é que saí fora!... você sabe muito bem disso... — ... mais e mais amolecido por aquela Delícia de Bico... e pela mãozinha leve de Carolina alisando... o seu caralho! — Olha, essa é a *sua* versão dos fatos e como sempre você escolhe a versão que mais lhe conv...

— Fica quietinho, fica... — disse Carolina, chacoalhando de forma mais veemente a *big sausage*. — Eu não disse nada, tá bom? Já falei pra você ficar beeemmm quietinho...

Aaaaaaaaaaaaaaaaaaaaihnnnnnnnn...

— Carolina, espera — disse Gerard, confuso e excitado...
— Tem umas coisas que não estão ainda no seu devido lug...

— Eu deixei você soltinho... soltinho... — disse Carolina no ouvido de Gerard, enquanto continuava a ação com a mão... lá embaixo. — Pra depois ter você assim, de volta, mais bonito, mais gostoso... meu entregador de pizza com um buraquinho no meio!...

— Mas... o que é isso, Carolina? O que você está falando? Esse papo... — protestou Gerard, sufocado pelos beijos de Carolina no seu ouvido e no pescoço... retomando os movimentos da língua nos pedacinhos afiados de metal que esquentavam... até arder na língua e nos biquinhos dela, até ficarem... quase incandescentes... — Não é nada disso!... você praticamente me obrigou a... *ahhhhhhhhhh*... que delícia... Carolina... isso que você tá...

Carolina se levantou do sofá bege, olhando fixamente para Gerard... que permanecia sentado, surpreso e desconcertado com a *big sausage* pra fora da calça e com os mamilos e...

Aaihn ainnnnhh!...

— Nooooossa! Que gato! Você é... um Novo Homem, Gerard!! — exclamou Carolina enquanto tirava completamente a blusinha branca de alcinha, revelando completamente os peitinhos duros e inchados atravessados pelos preguinhos metálicos incandescentes. — Cara, como você está outro!!... — continuou ela, tirando a calça jeans e também a calcinha, ficando totalmente nua no meio da sala, na frente de Gerard e de quem, eventualmente, passasse lá fora, na cal-

çada... uma situação que antes ela teria evitado... com a própria vida! — Vem comigo, vem, Gerard... não diz mais nada... só vem comigo pro quarto, vem — disse ela, virando-se de costas para Gerard e revelando... nessa Noite Interminável de Ganidos e Revelações Inesperadas Talvez Chocantes... um enorme dragão chinês tatuado por toda a extensão das suas costas!...
Aaaiiiiiiiiiiiiiiiiiiihnnnnnnnn!!...
Cara!... Gerard nem teve tempo de pirar com o dragão chinês... nem se encantar, se enfeitiçar, se intimidar... nem porra nenhuma! Porque antes que ele esboçasse qualquer surpresa ou reação, Carolina o segurou pelas mãos e o levou para dentro do corredor escuro da casa... para o infinito!... para o inevitável, velho!... deixando para trás... ganidos e papinhos e medos e discursos e... o fundo do poço!... segurando Gerard pelas mãos e praticamente carregando Gerard... que foi andando torto de cacete inchado, balançando como um astronauta... até o quarto!... sendo que estava tudo mais ou menos ali também... como Gerard pôde perceber, num átimo... tudo como ele havia deixado... cortinas, lado da cama, travesseiro, tapetinho-para-quando-sair-do-banho molhado... cabeceira, gaveta... despertador quebrado... o canto para o arremesso de cuecas... e de todo o resto!... o banheiro límpido... e implacável!... o vaso de onde caíam para fora do laguinho dourado... as gotinhas do mijão amarelo!... tudo mais ou menos no lugar... a não ser pelo candelabro rústico de barro com três velas, que veio de uma tribo qualquer perdida no mundo, para ir parar em cima dessa cômoda afinal tão integrada (Outlet!) ao todo do quarto... velas imediatamente acesas por Carolina e que tingiram o cenário com a cor viva do fogo... incendiando tudo!... preguinhos... mamilos... dragão... e Gerard... *Big Sausage!... Anal Madness!... Anal Destruction!!*

Caía uma tempestade ácida quando Gerard saiu da casa de Carolina... o céu desabava em pedaços!... como se todos os vulcões da Terra decidissem explodir as entranhas em direção à Lua... naquela mesma noite!... e todos os seres vivos e mortos entrassem em decomposição profunda... juntos!... exalando uma quantidade de gases jamais vista!... que subia na atmosfera pra voltar na forma de... chuva e partículas!... e porra!! como machuca essa chuvinha ácida!!... como queimam essas gotinhas pesadas, escrotas e ardidas como cerveja morna!... que ferveção estranha essa, que começa na nuca e desce pela espinha, queimando e provocando calafrios, câimbras e tremedeiras nos braços e nas mãos de Gerard... que desceu a rampa da garagem com o molho de chaves pra abrir o portão da casa balançando nas mãos... *plín plín plín plín*... todo ensopado e exalando ele próprio... uns cheiros estranhos!... uma mistura de suor e sal e água ardida da chuva e... Poção Mágica!... não a servida por Carolina com a balinha, mas a verdadeira!... a única!... a que Carolina guardava... *dentro dela!!* E que lambuzava a boca, as mãos e o nariz comprido... entre outras coisas também compridas!... de Gerard!... *plín plín plín plín*... Qual é a chave mesmo que abre a merda do portão, porra?... qual delas, dentre... essas seiscentas chaves?! Gerard não se lembrava... e não tinha como se lembrar, já que as chaves da casa foram todas... trocadas!... *plín plín plín plín*... e mesmo que não tivessem sido... *covardemente trocadas!*... Gerard nesse estado... *nesse momento que ele estava passando!*... como ele iria se lembrar da chave correta!? Gerard testou a da porta da frente, a da porta dos fundos... a da garagem... a do armário da cozinha (Outlet!!)... e outras de lugares ainda mais remotos, que ele não fazia a menor idéia *que existissem!... e que precisassem de chave!!*... como a casinha de gás dos fundos da casa... o caralho! Alguém pode explicar a Gerard por que trancar com chave a casinha de gás... e o porquê de *existir* uma casinha de gás... se o gás era encanado (três paus, cinco vezes... no carnê da prefeitura!)!?... *plín plín plín plín*... Gerard se atrapalhou, embaralhou sem querer as chaves nas mãos... e teve de testar uma a uma novamente!... chave a chave... atrapalhando-se novamente, confundindo-se novamente... com as mãos meladas de suor e da água escrota e da Poção Mágica e... *plín plín*...PLÓFT!!... Cacete! Foi-se o molho de chaves! Gerard derrubou as... mais de seiscentas chaves?!... do molho no chão!... que caíram dentro de uma minicratera cheia de água e partículas! O que fez com que Gerard se abaixasse... a muito custo!... quase sendo derrubado pelos resíduos grossos dessa chuva pesada que desabava nas suas costas... provocada por ondas de decomposição intensa!... quase prostrando Gerard de uma vez por todas, estirando o sujeito no chão até o fim dos tempos!... que parecia estar bem próximo!... deixando-o zonzo!... confuso!... atordoado!... chapado!... praguejando contra si e contra o universo em pedaços... e contra Carolina, claro... que *covardemente* havia tentado impedir Gerard de... meu!!... afinal, o que Carolina tentava impedir trocando as chaves da ex-casa?... que Gerard algum dia invadisse a casa que agora era só dela para... estuprá-la?... para violentar no meio da noite... sua própria patroa?... essa, agora... e *definitivamente*... quem sabe?... ex-patroa?

Gerard ergueu-se a muito custo, com o molho de chaves nas mãos... e começou a enfiar chave a chave novamente no buraco indecifrável... testou a da porta dos fundos, a da porta do armário da sala (Outlet!)... a da portinhola do... painel de luz!... o que é um *painel de luz!?*... com a água da chuva queimando os miolos!... os calafrios percorrendo seu corpo... os membros comprimidos debaixo da roupa ensopada de chuva cáustica e detritos... como se ele tivesse levado um murro!... o molho de chaves... *plín plín plín plín*... balançando!... as mãos viscosas tremendo!... até, finalmente... Gerard acertar a chave!!... e destrancar o portão!... Cara!!... Gerard já estava completamente derretido pela chuva ácida!... completamente empastelado pelos elementos químicos!... dentro e fora do seu corpo!... completamente... purificado! Gerard então subiu de volta pela rampa, correndo, aos trancos, apressado pra se livrar daquela merda daquele... *plín plín plín plín*... e jogou o molho de chaves pra dentro pela portinhola da porta de entrada, voltando desembestado rampa abaixo... quase levando um puta de um tombo!... desses de sair rolando!... tipo ensangüentado!... chegando de volta no portão para finalmente abri-lo e dar de cara... com o cachorro miserável que ficou a noite toda ganindo do lado de fora!... enchendo tremendamente o saco pra que alguém interrompesse uma ex-Linda Noite Maravilhosa apenas para... botá-lo pra dentro!... e que mal esperou Gerard se recuperar do espanto ao vê-lo pra se enfiar debaixo de suas pernas como um lagarto... quase derrubando Gerard numa poça de detritos!... e sair correndo rampa acima, não sem antes dar uma paradinha no meio da rampa para encarar Gerard e... chacoalhar o rabinho!... fazendo que ia e não ia... dando uma gingadinha com a bundinha!... como se dançasse um sambinha!... com a língua pra fora como se desse uma banana pra Gerard!... começando a latir como se Gerard fosse, de fato, um Completo Estranho!... que estivesse passando por ali para... entregar algo... como que dizendo: *vai tomar no teu cu, Gerard!!... vai entregar pizza... na casa do caralho!!*... pra depois desembestar em direção ao quintal, sumindo na escuridão da garagem... sabendo talvez que as coisas nunca estiveram piores para ele... imaginando o senhor-tapa-na-orelha que estava seguramente a caminho... porque ele se molhou, porque ficou pra fora do portão, porque ele mijou aquela noite no pneu do carro e, principalmente, porque... ganiu a noite inteira!... embaçando principalmente as preliminares!... *tão arduamente reconsideradas por Gerard!*... infernizando como pôde o interior da Linda Noite Maravilhosa de Gerard e Carolina... Carolina e Gerard... quer dizer, a ex-Linda Noite Maravilhosa porque... afinal, no fim das contas...

Velho!... nem Gerard, nem Carolina, nem ninguém nunca vai conseguir descrever exatamente o que aconteceu no interior daquele... estábulo!... repleto de poções e de touros, dragões, cavalos, jumentos... e gaivotas, cobras, lagartos... e ganidos!... e o caralho!... uns pulando sobre os outros... alucinados!... apavorando!... Assim como Gerard também nunca vai esquecer o dragão... opa!, quer dizer: a Dragoa!... que, a certa altura, simplesmente decidiu que a vida só valia a pena ser vivida... pulando sobre Gerard como se ele fosse... de fato!... um Touro!!... prostrando com força o Touro de costas na cama e dobrando as pernas dele pra cima... para então calmamente... suavemente... empurrar os joelhos dele até o peito peludo... pra depois sentar-se sobre a barriga das coxas dele e se encaixar sobre... Êêêêêêêêêêêêêêêêêêêêêêêê.... dominando completamente o bicho!... cavalgando quem foi ali pra cavalgar... numa só tacada, de preferência... e acabou cavalgado!... Tudo muito suavemente, mas... sendo impedido de erguer o tronco e agarrar... os mamilos pontiagudos!... que brilhavam na luz da vela... como estrelas!... sendo empurrado para baixo com força e ternura... sendo abortado em seus movimentos pela Dragoa que soltava fogo pelas ventas... e pelas frestas!!... cabendo a ele apenas inúteis movimentos abdominais... algo tardios!... tentando inutilmente alcançar com o bocão faminto... os mamilos empinados prateados... e toda a galáxia em cima do seu corpo!! Uôôôôôôôôôôôôôôôôôôôô... a Dragoa descendo, descendo e se encaixando... calmamente... centímetro a centímetro... lentamente... sobre o animal imobilizado... 2, 5, 9, depois 10 centímetros... descendo sobre... 11... depois 12!... centímetros!... enterrando seu corpo pra baixo... suavemente!... 13... 14!... *mais alguns, mais alguns*... suspirava o bicho... *mais alguns centímetros!!*... 16... 16 e meio!... *mais, mais centímetros!!*... 17!!... 17 e meio!!... *mais, mais!*... 18!! Velho... o Touro daria tudo!... até o próprio rabo ali aberto, escancarado!... por mais um ou 2 centímetros!... de caralho!!... um ou 2 centímetros adicionais para serem enterrados lentamente... suavemente... pela Dragoa que empurrava o corpo pra baixo, dobrando os seus joelhos e estocando fundo dentro dela os... onde parou a conta? quantos centímetros no total? 18?... *mais, porra!*... *mais centímetros!!*... *eu sei que tem mais, eu mereço mais, caralho!*... 18 e... alguma coisa??... fincando... fincando... quem tem uma calculadora?... enterrando agora fundo... os milímetros!... pra dentro dela!!... enlouquecendo completamente o... Eêêêêêêêêêêêêêêêêêêêêêêêê... abduzindo o Touro!... como se ele fosse... um frango assado!... um franguinho que ardia sob a luz das velas do candelabro sobre a cômoda (Outlet!!) e que tentava, tentava... levantar o tronco para abocanhar... tudo girando, girando... um mundo passando pela mente vertiginosa do Touro Imobilizado... tudo girando, girando... cavalos e gaivotas... tudo tão doce e maravilhoso!... e louco!!... a Dragoa enterrando e retraindo... 6, 7... 18 centímetros!...

e cobras e jumentos e ganidos e... *mais e mais centímetros!!*... e uma gatinha!... a certa altura!... vista ali passando!... correndo alucinada entre os lençóis e atropelando o Touro, que seguiu ela com o olhar chapado enquanto a Dragoa descia novamente os centímetros e... *Sashazinha?! Olá, Sashazinha!! Você também aqui, gatinha? Sashazinha?! Desce desse armário Outlet, Sashazinha!!... Uôôôôôôôôôôôôôôôôôôôôô...*

... e como é bom morrer depois disso!... cair na cama, despencando de lado, encharcado de Poção Mágica por todos os poros... extenuado e entregue aos devaneios mais profundos!!... e olhar para o lado e ver a Dragoa repousando a cabeça sobre o travesseiro... aparentemente saciada e... também entregue aos seus devaneios!... tudo girando, girando e... caralho! Por que não ser abduzido e devorado todas as noites... por essa Dragoa violenta... e cheirosa?... por que não sair do escritório depois de um dia de trabalho e voltar calmo... e simpático!... pra entrar em casa com alegria renovada e encontrar... o Doce Universo Integrado da Dragoa Fodedora?... tudo girando, girando e... por que não se entregar completamente a ela... inclusive todos os seus 18 centímetros... e alguma coisa?!... e por que não levar a Dragoa para passear no bosque aos domingos, de mãos dadas?!... e, na volta, quando o sol se põe, fecundando a terra... e o caralho!... por que não ligar a TV ao chegar em casa e perder-se em demorados beijos na boca... e preliminares... no sofá marrom que se espraia pela sala!?... girando, girando e... por que não... fazer planos, porra!?... como colocar armários integrados também no banheiro? (Tudo Para Um Recomeço Outlet!)... ou instalar um ventilador de teto nesse quarto abafado?... ou trocar os revestimentos, a fiação elétrica... tudo em 12 prestações... e o caralho?!... e por que então não aproveitar para reformar também os... TÍMMMMMMMMM!! Gerard foi interrompido em seus devaneios... TLÚMMMMMMMM!! Por um meteoro, cara! Caiu um meteoro no quarto, velho! Gerard ouviu o estampido!... Viu o clarão inundar tudo!... Caiu ali, na cabeceira de Carolina!... Gerard pôde ver o organismo iluminado!... se mexendo!... vivo!!... o raio que irrompeu... do celular de Carolina, velho!... que acabava de receber... um Meteoro Monstro!... um torpedo enviado para Carolina no estertor da madrugada!... caindo, caindo, caindo... sobre a testa de Gerard, cara!!... sobre os sonhos e delírios de Gerard!... que entrou em parafuso!... tudo girando, girando... e o estampido ecoando nos seus ouvidos! TÍMMMMMMMM!!! Gerard se levantou da cama... a muito custo... e cambaleou até a cabeceira de Carolina, sem fazer ruído: ficou cara a cara com ela, aparentemente saciada, desfalecida... a ponto de sentir seu hálito... tão puro! E apanhou o celular de cima da cabeceira, como um espião silencioso... para se dar conta da concretude Daquilo!... da extensão da cratera!... do fim dos tempos! Mas não precisou apertar porra de botão nenhum daquela merda pra identificar a chamada!... pra confirmar que havia... e saber quem era... um próximo na lista!... Gerard ficou apenas imóvel, por um minuto... tremendo, pelado, viscoso... com uma pedra amarga no estômago... pensando, adivinhando, intuindo... calculando... a intensidade da queda... o impacto... o diâmetro... o caralho!... como um astrônomo calejado!

 Gerard bateu firme o portão quando saiu da ex-casa, velho!, e tirou o próprio celular do bolso... e eram *apenas cinco da manhã* e ele estava perfeitamente em tempo... para a Se-

gunda Gloriosa em Outra Freguesia! Já que ele também recebia seus próprios torpedos, Dragoa! Já que Sandrinha também tinha uma Grande Surpresa para ele!!... esperando Gerard ansiosamente... à hora que fosse!!... de shortinho enterrado no rabinho e doida pra jogar Gerard no sofá e balançar os peitos novinhos que ela havia providenciado... nos últimos dois meses!... *faz tanto tempo, né, Gerard?... e o jantar com seu tio, foi legal?*... peitos verdadeiramente cheios de milímetros que ela tinha turbinado especialmente... para o bocão exigente de Gerard!... oferecendo e encaixando e dizendo as coisas mais loucas! mais atrevidas!... Huuuummmmmmmm... *o que tem dentro dessa caixa??*... Huuuummmmmmmm... *do que será essa pizza??*
Êêêêêêêêêêêêêêêêêêêêêêêêêê... Lá vai o Gerard, velho!!... acelerando velozmente pra fazer entregas na madrugada!... Sem saber se vai comer... ou ser comido!... se saiu pra jantar... ou ser jantado!! Porque hoje em dia é assim e não há como evitar isso porque, se não for assim, desse jeito... não tem janta, velho!... e é por isso que a gente tá sempre faminto!... e quando elas passam na nossa frente, a gente não agüenta... ficar parado! Eu, você, o Gerard e pelo menos mais uns dez, só dos que eu conheço!... acelerando, acelerando... sobre as nossas quatro patas! Vendo ao longe dessa cratera esburacada e maravilhosa a linha de vulcões no horizonte infinito... exalando tufos e tufos de enxofre!... e os raios ultravioleta do sol nascerem por entre as negras nuvens carregadas de resíduos, que caem e perfuram pouco a pouco nossos lombos, revestidos dessa carcaça teimosa e impenetrável!... aos meteoros!... asteróides!... à galáxia inteira!!... o caralho!!... Meeeeeuuuuuuuuuuu.... a gente já está bem embaixo delas, velho!... Uauuuuuuuuuuuuuuuuuu!!... de uma dúzia delas, bicho!!... Uhhhhhhhhhhhhhhhhhh.... de presas que andam tão seguras de

si... tão decididas!!... com esses passinhos firmes... esse reboladinho... caminhando tão confiantes... em direção ao Nada!... Fingindo que isso aqui não é com elas!... que isso é apenas um passeio... um programinha à toa... um cineminha!!... que isso *não é uma cratera*!!... Uôôôôôôôôôôôôôôôôôô... Herbivorazinhas lindas!... e carnudas!!... caminhando, caminhando e fingindo que não têm... gostinho de sangue na boca! Como se não percebessem a gente correndo feito uns loucos debaixo das pernas delas... desviando dos coxões e se deslocando velozmente de baixo de uma... para baixo de outra... e de outra para outra... e depois voltando pra primeira!!... Êêêêêêêêêêêêêêêêêêêê... que delícia ver tudo daqui, cara... do chão!... que delírio!... correr embaixo delas!!... tão loucos e tão... primitivos! Olha, meu! Vou te falar uma coisa, cara: nunca confie numa baranga, velho!... ainda mais se ela for... uma baranga terapêutica!! Êêêêêêêêêêêêêêêêêêêêê... *novo o caralho, ouviu, massagista*??... Uôôôôôôôôôôôôôôôô... a gente prefere ser extinto do que mudar, ouviram, herbívoras!?... porque *a gente gosta de ser assim*!... pra sempre ou *quando der*, sacaram, meninas?!... e vai ser assim enquanto durar essa vontade de pular de uma vez e abocanhar com nosso bocão faminto... esse pescoção comprido delas!!... esses vulcões de ponta cabeça que passeiam bem em cima da nossa cabeça pontuda... Êêêêêêêêêêêêêêêêêêêêê... que alegria infantil, né, cara??... que inocência!!... predadores tão inocentes como nós se divertindo às pampas nesse banquetão de presas que caminham lentamente, fingindo que não percebem que entre as suas pernas torneadas e gigantes a gente fica até meio... Bobos e Felizes e Saltitantes Dando o Bote e... PÓÓÓFFFFFFFFFF!! Peraí... peraí... cara!! Aí uma delas te acerta com o rabo, velho! Quando você menos espera! E você sai rolando pela cratera infinita!... como uma cabeça de dinossauro rolando no chão do banheiro do Gerard!!... Mas se você tiver sorte, irmão... se a natureza por acaso decidir não ser tão má para um predador praticamente extinto como você... se a porrada não for tão forte a ponto de quebrar a espinha!... triturar as mandíbulas!... inviabilizar o sujeito!!... você ou eu ainda temos a chance de levantar e... sacudir o lombo, balançar a cabeça, esfregar a língua machucada nos dentes que restaram, voltar pra linha de tiro e... vamos esticar uma até o vulcão, velho?... ver quem chega primeiro naquele vulcão lá da ponta?!... vamos nessa, porra?!... vamos, cara!... perder essa pança!!... é o máximo que a gente consegue fazer pra se adaptar... pra sobreviver, bicho!... é *limpar o mijo e perder a pança*!... ouviram, barangas?!... então!... lá!!... até o vulcão!... o da ponta!... agora!... ver quem chega!!... um, dois... Êêêêêêêêêêêêêêêêêêêêêêêêêêêêêêêêêêêêê!!

© 2007 by Ubiratan Muarrek

Todos os direitos desta edição reservados à
EDITORA OBJETIVA LTDA. Rua Cosme Velho, 103
Rio de Janeiro – RJ – CEP: 22241-090
Tel.: (21) 2199-7824 – Fax: (21) 2199-7825
www.objetiva.com.br

Capa
Tecnopop (Marcelo Curvello, André Lima)

Foto da Capa
Patrick Zachmann / Magnum Photos

Revisão
Sônia Peçanha
Rita Godoy
Onézio Paiva
Tereza da Rocha

Editoração Eletrônica
Abreu's System Ltda.

CIP-BRASIL. CATALOGAÇÃO-NA-FONTE
SINDICATO NACIONAL DOS EDITORES DE LIVRO, RJ

M112c
    Muarrek, Ubiratan
        Corrida do membro / Ubiratan Muarrek. — Rio de Janeiro :
    Objetiva, 2007.

        254p.   ISBN 978-85-7302-839-3

        1. Romance brasileiro. I. Título.
    07-0303.   CDD: 869.93
                                    CDU: 821.134.3(81)-3

    29.01.07 01.02.07   000303

Conheça mais sobre nossos livros e autores no site
www.objetiva.com.br
Disque-Objetiva: (21) 2233-1388

IMPRESSÃO E ACABAMENTO:
YANGRAF Fone/Fax:
6195.77.22
e-mail:yangraf.comercial@terra.com.br